主編 袁行霈
王仲偉
陳進玉

編 國務院參事室
中央文史研究館

先秦時期

中華傳統文化
經典百篇

中華書局

凡 例

一、為傳承中華民族的歷代文化經典，弘揚中華民族優秀傳統文化，展現傳統文化在當代的意義，並為構建中華民族的精神家園，實現中華民族偉大復興的"中國夢"提供精神助力，國務院參事室、中央文史研究館特此編纂《中華傳統文化經典百篇》。

二、本書選文注重思想性、學術性、現實性和可讀性的統一，提倡並引導讀者閱讀原典，以便準確全面地領悟中華文化的精髓和真諦。本書所選的內容涉及中華文化的各個方面，其重點是那些關乎修身立德、治國理政、申張大義、嫉惡刺邪，以及倫理親情的傳世佳作。本書既是歷代名著名篇的精粹選本，也是中華民族優秀傳統文化的一個較小體量的縮影。

三、本書的選錄範圍，上起先秦，下迄近代，歷時數千年，包括先秦詩歌、辭賦及歷代論說、語錄、史傳、奏議、碑誌、雜記、序跋、尺牘等多方面的題材，希望能從各個角度、各個層次，全面反映中國優秀傳統文化的面貌及其深邃的精神內核。

四、本書擬定所選篇目後，十分慎重地確定各篇底本。原文中的古今字、通假字一般不作改動，惟異體字在轉換時，根據現行標準作了適當對換。每篇選文的末尾一律注明出處，即底本名稱和所在卷數。

五、本書對每篇選文，均設置【題解】、【注釋】、【解析】三個欄目加以詮釋。【題解】部分簡介作者生平、成書概況、篇題含義及該文寫作背景，力求要言不繁，言之有據。【注釋】部分解釋字詞，注明難字讀音，串講句子大意。對歷史典故、地理沿革、職官制度等疑難問題，亦不迴避。務求準確、曉暢，避免煩瑣引錄古籍原文。【解析】部分闡釋文章主題，旨在以當代人的視野，深入淺出地發掘中華文化永世不磨的精神內涵與特質，切中肯綮，雅俗共賞。

六、本書所選篇目，大多以原篇目為題（如《桃花源記》、《阿房宮賦》之類）。出自某書而原本未設篇目者，即以某書為題並注明選錄幾則（如《老子》、《論語》之類）。在原書中未獨立命名的文字（如《子產不毀鄉校》、《論貴粟疏》之類），今則參考前人選本另擬新題。

七、本書所收各篇的編次，不分文體類別，概以作者時代或成書先後為序。凡同一時代的作者，則按其生卒年先後為序。成書年代或作者生卒年尚存異說者，則暫取一說，並在【題解】中予以說明。

八、本書卷末附有《本書引用參考書目》。

目　錄

皋陶謨

 題解　　《尚書》就是"上古的史書",記載了自堯舜至東周的歷史,基本內容是古代帝王的文告和君臣談話記錄。全書按朝代編排,分為《虞書》、《夏書》、《商書》和《周書》四部分。春秋戰國時期稱《書》,漢代改稱為《尚書》,"以為上古帝王之書"(王充《論衡·正說篇》)。儒家尊其為經典,故又稱《書經》。《尚書》相傳經孔子搜求、編訂,用以教授門徒。先秦儒家所傳《尚書》原有百餘篇,秦焚書後多失傳,後世出現今文、古文兩種傳本。秦博士伏生傳授的二十八篇(不含《泰誓》篇),因為用漢隸寫成,被稱為《今文尚書》;經孔子後人孔安國整理的"孔壁古文本",較《今文尚書》多十六篇,由先秦古文字寫成,被稱為《古文尚書》。東晉元帝時,豫章內史梅賾獻上偽託為漢代孔安國作傳的《孔傳古文尚書》,共五十八篇,其內容實際是今、古文的合編本。這部《尚書》由于彙聚了前人的解說,注釋詳明,加上王朝的提倡,很快便成為法定標準文本並留傳後世。但到宋代,吳棫、朱熹等學者懷疑其為偽書,清人閻若璩的《尚書古文疏證》進一步考訂辨偽，力證其偽，故後人又稱之為偽《孔傳》，其書中各篇的真偽需要分別具體論定。現今通行的《十三經注疏》本《尚書》，是唐代孔穎達據偽《孔傳》所編訂的《五經正義》本。

本篇節選自《尚書·虞書》。皋陶（gāo yáo），也寫作"咎繇"，人名，舜、禹時的大臣。"謨"是謀劃的意思。"皋陶謨"即皋陶為帝舜謀劃政事。

曰若稽古 ❶，皋陶曰："允迪厥德 ❷，謨明弼諧 ❸。"禹曰："俞 ❹！如何？"皋陶曰："都 ❺！慎厥身 ❻，修思永。惇敘九族 ❼，庶明勵翼 ❽，邇可遠在茲 ❾。"禹拜昌言曰 ❿："俞！"

皋陶曰："都！在知人，在安民。"禹曰："吁！咸若時 ⓫，惟帝其難之 ⓬。知人則哲 ⓭，能官人 ⓮。安民則惠 ⓯，黎民懷之。能哲而惠，何憂乎驩兜 ⓰，何遷乎有苗 ⓱，何畏乎巧言令色孔壬 ⓲？"

皋陶曰："都！亦行有九德 ⓳，亦言其人有德，乃言曰載采采 ⓴。"禹曰："何？"皋陶曰："寬而栗 ㉑，柔而立 ㉒，願而恭 ㉓，亂而敬 ㉔，擾而毅 ㉕，直而溫 ㉖，簡而廉 ㉗，剛而塞 ㉘，強而義 ㉙，彰厥有常，吉哉 ㉚！

"日宣三德 ㉛，夙夜浚明有家 ㉜。日嚴祗敬六德 ㉝，亮采有邦 ㉞。翕受敷施 ㉟，九德咸事 ㊱，俊乂在官 ㊲，百僚師師 ㊳，百工惟時 ㊴，撫于五辰 ㊵，庶績其凝 ㊶。無教逸欲有邦 ㊷，兢兢業業，一日二日萬幾 ㊸。無曠庶官 ㊹，天工㊺，人其代之。天敍有典㊻，敕我五典五惇哉㊼！天秩有禮㊽，自我五禮有庸哉㊾！同寅協恭和衷哉㊿！天命有德，五服五章哉(51)！天討有罪，五刑五用哉(52)！政事懋哉(53)！懋哉！天聰明(54)，自我民聰明。天明畏(55)，自我民明威(56)。達于上下(57)，敬哉有土(58)。”

皋陶曰：“朕言惠(59)，可厎行。”禹曰：“俞！乃言厎可績。”皋陶曰：“予未有知，思曰贊贊襄哉(60)！”

《尚書注疏》卷四

注釋

❶ 曰若稽古：考察古時立治之道。曰若，發語詞，無義。稽，稽考，考察。

❷ 允迪厥德：真誠地遵行古代賢王的德行。允，誠實，真實。迪，遵行。厥，代詞，指先賢。

❸ 謨明弼（bì）諧：治國方略得以實現，群臣同心協力。謨，謀，指治國方略。弼，輔助，這裏指大臣。

❹ 俞：歎詞，表肯定、應允。

❺ 都：歎詞，表感歎。

❻ “慎厥身”二句：慎修其身，思為長久之道。

❼ 惇（dūn）敍九族：以寬厚的態度對待同族的人。惇，敦厚。敍，同“序”，次第。

❽ 庶明勵翼：眾人皆明其教，各自勉勵輔佐治國。庶，眾多。翼，輔助，意為如鳥之羽翼而奉戴之。

❾ 邇可遠在茲：由近及遠，先從自身做起。邇，近。茲，這裏。

❿ 昌言：美言。

⓫ 咸若時：大家都這樣。時，通"是"，這樣。

⓬ 惟帝其難之：堯也知道知人安民為難。惟，即使。

⓭ 哲：明智。

⓮ 官人：指用人得當。官，任用。

⓯ 惠：仁愛。

⓰ 驩（huān）兜：堯時大臣，因與共工一同為非作惡，被舜流放到崇山。

⓱ 遷：流放。有苗：即"三苗"，古代部族名。因作亂，被舜流放到三危。

⓲ 巧言令色：《論語·學而》："巧言令色，鮮矣仁！"令色，偽善的面貌。孔：很。壬：奸佞。

⓳ 九德：即下文所説"寬而栗"等九種品德。

⓴ 乃言曰載采采：説某人有好的德行，必須以許多事實作為依據。載，施行。采采，許多事。

㉑ 寬而栗：寬宏豁達而恭敬謹慎，不隨意。栗，威嚴。

㉒ 柔而立：性情溫和，而又有自己的主見。

㉓ 願而恭：謹慎謙遜而嚴肅認真，不怕事。願，小心謹慎，含有怕事之意。

㉔ 亂而敬：有治國才能，且辦事認真，不恃才放曠。亂，治，這裏指治理才能。

㉕ 擾而毅：善于聽取意見，且行事果斷，不為紛雜意見所迷惑。擾，柔順，這裏指能聽取他人意見。毅，剛毅，果斷。

㉖ 直而溫：行為正直而態度溫和，不生硬。

㉗ 簡而廉：從大處着眼，而從小處着手。簡，弘大。廉，廉約。

㉘ 剛而塞：性情剛正，但又思慮周全，不魯莽。剛，剛正。塞，充實。

㉙ 強而義：堅強勇敢且不違道義。義，合宜。

㉚ 吉：善。

㉛ 三德：九德之中有其三。

㉜ 浚（jùn）明有家：恭敬努力可以做卿大夫。

㉝ 祗（zhī）：恭敬。

㉞ 亮采有邦：可以輔佐天子處理政事而為諸侯。亮，輔佐。采，事務。

㉟ 翕（xī）受敷施：合三德與六德而並用之，並佈施政教，普遍推行。翕，合聚。敷，普遍。

㊱ 九德咸事：行為合于九德的人，都讓他擔任一定的職務。事，任職。

㊲ 俊乂（yì）在官：才德超群的人，都獲得官位。俊，才德超過千人者。乂，才德超過百人者。

㊳ 百僚師師：指眾大夫互相學習效法。

㊴ 百工惟時：各方面事務的負責人都把自己的職責事務做好。百工，百官。時，善。

㊵ 撫于五辰：順應天象變化來處理政務。撫，順從。五辰，指金木水火土五星，這裏泛指天象。

㊶ 績：功績。凝：成就。

㊷ 無教逸欲有邦：治國者不要貪圖安逸和私欲。

㊸ 一日二日萬幾：一天之內發生的事情很多。一日二日，指每天。萬幾，萬端，指事務紛繁。

㊹ 無曠庶官：不要讓官位空缺。這裏指不要任用不稱職的人，不稱其職無異于官位空缺。曠，空缺。

㊺ “天工”二句：指官職是天命所設，人代天行治國之事。意思是不稱其職的人是不能代替上天的。

❹❻ 天敍有典：上天規定了人倫次序的常法。敍，次序。典，常法。

❹❼ 敕（chì）：告誡，命令。五典：指君臣、父子、兄弟、夫婦、朋友五者之間的倫常秩序。五惇：使上述五種關係深厚。

❹❽ 天秩有禮：上天規定了人的尊卑等級，以及相應的不同禮節。秩，次序。禮，禮節，這裏指五禮。

❹❾ 自我五禮有庸：指天子、諸侯、大夫、士、庶五種人應遵從五禮。庸，用，這裏指推行五禮。

❺⓿ 同寅（yín）協恭和衷哉：君臣之間互相尊重，恭敬和善，同心同德。寅，恭，恭敬。衷，和善。

❺❶ 五服五章：五服指天子、諸侯、大夫、士、庶人五等禮服。章，文采。五服文采各異，表示等級不同。

❺❷ 五刑：指墨、劓（yì）、剕、宮、大辟五種刑罰。五用：用來懲罰五種罪人。

❺❸ 懋（mào）：勤勉。

❺❹ 聰明：指聽取意見和觀察問題。

❺❺ 天明畏：上天明察（揚善懲惡）可畏。

❺❻ 自我民明威：上天的可畏是由下民揚善懲惡的行為決定的。

❺❼ 達于上下：上天與下民相通，意指天意與民意相通。

❺❽ 有土：指擁有國土者。

❺❾ "朕言惠"二句：我所説的都合乎事理，可以付諸實踐。惠，順，合乎事理。底（zhǐ），致，使達到。

❻⓿ 思曰贊贊襄哉：不過是想建議治國之道罷了。贊，輔佐。襄，完成，這裏指治國這件事。

本篇記錄了帝舜與大臣謀議政事的過程，其中中心發言人是大臣皋陶。皋陶發言的中心內容就是希望帝舜繼承帝堯的治國傳統，使國家得到進一步發展。在與禹的對話中，他提出修身、知人、安民三條具體建議，並以"九德"作為修身、知人的詳細標準，強調君王應以身作則，言傳身教。接着，皋陶列出上天所規定的五典、五禮、五服及五刑，建議君主據此整頓社會倫常與等級秩序，用禮儀制度規範人們的社會行為，用刑罰來懲治犯罪的人。最後，他指出天意與民意相通，上天考察政治得失，是以庶民的意見為標準的。

　　皋陶的發言充分體現了古代為政者的德政思想和民本思想。他從修身、用人的標準提出九德，目的就是為了安民。堯帝時發生的四大惡人事件正是關于用人的典型事例：用人不當，就會給庶民造成災難。因此，他強調在禮制的規範下，帝王能夠"慎厥身，修思永"，以身作則，自上而下以寬厚仁慈的道德規範人們的社會行為，最終達到全民整體素質的提高。這種以德為政的治國方針，突顯了庶民百姓的重要性，也體現了中國較早的民本思想。

洪範

《洪範》篇在《今文尚書》和《古文尚書》中都有。漢人《書序》說："武王勝殷，殺受，立武庚，以箕子歸，作《洪範》。"又據《史記‧宋世家》、《尚書大傳》等文獻記載，此篇為文王建國十三年，武王伐紂勝利後箕子所作。隨着出土文獻的不斷發現，近代以來的研究認為，此篇的成書時間當在商末，但自西周至戰國，曾經過後人的附益加工。（劉起釪《〈洪範〉成書時代考》）"洪"的意思是大，"範"的意思是法。"洪範"的意思就是"大法"，即治國之道。

惟十有三祀 ❶，王訪于箕子 ❷。王乃言曰："嗚呼！箕子，惟天陰騭下民 ❸，相協厥居 ❹，我不知其彝倫攸敍 ❺。"

箕子乃言曰："我聞在昔，鯀陻洪水 ❻，汩陳其五行 ❼。帝乃震怒，不畀洪範九疇 ❽，彝倫攸斁 ❾。鯀則殛

死 ❿，禹乃嗣興 ⓫，天乃錫禹洪範九疇 ⓬，彝倫攸敍。

"初一曰五行 ⓭，次二曰敬用五事 ⓮，次三曰農用八政 ⓯，次四曰協用五紀 ⓰，次五曰建用皇極 ⓱，次六曰乂用三德 ⓲，次七曰明用稽疑 ⓳，次八曰念用庶徵 ⓴，次九曰嚮用五福 ㉑，威用六極 ㉒。

"一、五行：一曰水，二曰火，三曰木，四曰金，五曰土。水曰潤下 ㉓，火曰炎上 ㉔，木曰曲直 ㉕，金曰從革 ㉖，土爰稼穡 ㉗。潤下作鹹 ㉘，炎上作苦，曲直作酸，從革作辛，稼穡作甘。

"二、五事：一曰貌，二曰言，三曰視，四曰聽，五曰思。貌曰恭 ㉙，言曰從 ㉚，視曰明，聽曰聰，思曰睿 ㉛。恭作肅，從作乂 ㉜，明作哲 ㉝，聰作謀 ㉞，睿作聖 ㉟。

"三、八政：一曰食 ㊱，二曰貨 ㊲，三曰祀，四曰司空 ㊳，五曰司徒 ㊴，六曰司寇 ㊵，七曰賓 ㊶，八曰師 ㊷。

"四、五紀：一曰歲，二曰月，三曰日，四曰星辰，五曰曆數 ㊸。

"五、皇極：皇建其有極 ㊹。斂時五福 ㊺，用敷錫厥庶民 ㊻。惟時厥庶民于汝極 ㊼，錫汝保極。凡厥庶民，無有淫朋 ㊽，人無有比德 ㊾，惟皇作極 ㊿。凡厥庶民，有猷有為有守 51，汝則念之。不協于極 52，不罹于咎，皇則受之 53。而康而色 54，曰：'予攸好德 55。' 汝則錫之福。時人斯其惟皇之極 56。無虐煢獨而畏高明 57。人之有能有為，使羞其行 58，而邦其昌 59。凡厥正人 60，既富方穀 61，汝弗能使有好于而家 62，時人斯其辜 63。于其無好德 64，汝雖錫之福，其作汝用咎 65。無偏無陂 66，遵王之義；無有作好 67，遵王之道；無有作惡，遵王之路。無偏無黨，王道蕩蕩 (68)；無黨無偏，王道平平 (69)；無反無側 (70)，王道正直。會其有極 (71)，歸其有極。曰皇極之敷言 (72)，是彝是訓，于帝其訓，凡厥庶民，極之敷言，是訓是行 (73)，以近天子之光 (74)。曰天子作民父母 (75)，以為天下王。

"六、三德：一曰正直 (76)，二曰剛克 (77)，三曰柔克 (78)。平康正直 (79)，強弗友剛克 (80)，燮友柔克 (81)，沉潛剛克 (82)，高明柔克。惟辟作福 (83)，惟辟作威，惟辟玉食。臣無有作福、作威、玉食。臣之有作福、作威、玉食，其害于而家，凶于而國。人用側頗僻 (84)，民用僭忒 (85)。

"七、稽疑：擇建立卜筮人 (86)，乃命卜筮，曰雨 (87)，曰霽，曰蒙，曰驛，曰克，曰貞 (88)，曰悔，凡七。卜五，占用二，衍忒 (89)。立時人作卜筮，三人占 (90)，則從二人之言。汝則有大疑 (91)，謀及乃心 (92)，謀及卿士，謀及庶人，謀及卜筮。汝則從 (93)、龜從、筮從、卿士從、庶民從，是之謂大同。身其康強，子孫其逢吉 (94)。汝則從、龜從、筮從、卿士逆、庶民逆，吉。卿士從、龜從、筮從、汝則逆、庶民逆，吉。庶民從、龜從、筮從、汝則逆、卿士逆，吉。汝則從、龜從、筮逆、卿士逆、庶民逆，作內吉 (95)，作外凶。龜、筮共違于人，用靜吉 (96)，用作凶。

"八、庶徵：曰雨，曰暘 (97)，曰燠 (98)，曰寒，曰風。曰時五者來備 (99)，各以其敘，庶草蕃廡 (100)。一極備 (101)，凶；一極無，凶。曰休徵 (102)：曰肅 (103)，時雨若；曰乂，時暘若；曰晢，時燠若；曰謀，時寒若；曰聖，時風若。曰咎徵 (104)：曰狂 (105)，恆雨若；曰僭 (106)，恆暘若；曰豫 (107)，恆燠若；曰急 (108)，恆寒若；曰蒙❿，恆風若。曰王省惟歲⓲，卿士惟月，師尹惟日。歲、月、日時無易⓫，百穀用成⓬，乂用明，俊民用章⓭，家用平康。日、月、歲時既易，百穀用不成，乂用昏不明，俊民用微⓮，家用不寧。庶民惟星，星有好風⓯，星有好雨。日月之行⓰，則有冬有夏。月之從星⓱，則以風雨。

"九、五福：一曰壽，二曰富，三曰康寧，四曰攸好德，五曰考終命 ⓲。六極：一曰凶短折 ⓳，二曰疾，三曰憂，四曰貧，五曰惡，六曰弱。"

《尚書注疏》卷一二

注釋

❶ 惟：句首發語詞。下文同。十有三祀：即十三年，指文王受命建周的第十三年，武王繼位的第四年。有，通"又"。祀，年。

❷ 王訪于箕（jī）子：周武王詢問箕子。箕子，殷紂王的叔父和大臣。

❸ 陰騭（zhì）：庇護。騭，定。

❹ 相協厥居：使下民和諧地安住。相，幫助，一説為使的意思。厥，指下民。

❺ 彝（yí）倫：常理。攸敘：所序，引申為制定，規定。

❻ 鯀（gǔn）：相傳為禹的父親。陻（yīn）：堵塞。

❼ 汩（gǔ）陳其五行：擾亂了天帝所創造的五行規律。汩，亂。陳，列。其，指下文的天帝。五行，金、木、水、火、土。詳見下文。

❽ 畀（bì）：給予。九疇：九類。

❾ 斁（dù）：敗壞。

❿ 殛（jí）：誅殺。

⓫ 嗣興：指大禹接替父親治理洪水。

⓬ 錫：通“賜”，賜予。下文同。

⓭ 初一：第一。

⓮ 敬用五事：敬慎地做五件事。五事，指貌、言、視、聽、思。詳見下文。

⓯ 農用八政：勤勉地做好食、貨、祀等八種政務。詳見下文。

⓰ 協用五紀：使五種計時方法與天時相合。協，合。五紀，歲、月、日、星辰、曆數五種計時方式。詳見下文。

⓱ 皇極：君王所建立的法則。皇，大。極，居中，引申為中道，此處指法則。一説為至高無上的原則。

⓲ 乂（yì）用三德：要用正直、剛克、柔克三種德行治民。詳見下文。

⓳ 明用稽疑：要明確是非，用卜問的方式解決疑難問題。稽，卜問。

⓴ 念用庶徵：用心考察各種徵兆。

㉑ 嚮用五福：用五福來引導人們行善。嚮，通“饗（xiǎng）”，勸勉。五福，指壽、富、康寧、好德、終命這五種福。詳見下文。

㉒ 威用六極：用六種懲罰使人畏懼。威，通“畏”，畏懼。六極，指凶短折、疾、憂、貧、惡、弱六種懲罰。詳見下文。

㉓ 水曰潤下：水向下潤澤。以下幾句是在描繪五種物質的自然屬性。

㉔ 炎上：向上燃燒。

㉕ 曲直：指木材用來作器物時可以彎曲，也可以伸直。

㉖ 從革：可以變化形狀，指金屬類的東西可以根據人的需求變成不同形狀。革，變化。

㉗ 爰：通“曰”。稼穡：泛指農業活動。

㉘ 潤下作鹹：水的味道是鹹的。以下幾句是在講這五種物質所對應的味道。

㉙ 貌曰恭：容貌要恭敬。以下幾句在講對五事的要求。

㉚ 從：順從，指説話要合乎情理。

㉛ 睿（ruì）：通達，思慮廣遠。

㉜ 從作乂：説話合乎情理，則天下可治。以下幾句在講不同的態度行為會有不同的結果。

㉝ 哲（zhé）：明智。

㉞ 聰作謀：指如果聽取意見廣泛就能善謀。

㉟ 睿作聖：指如果考慮問題通達，就可以成為聖人。

㊱ 食：代指農業。

㊲ 貨：代指工商業。

㊳ 司空：掌管建築工程等的官職。

㊴ 司徒：掌管教育的官職。

㊵ 司寇：掌管司法的官職。

㊶ 賓：賓客，指外交事務。

㊷ 師：軍隊，指軍事管理。

㊸ 曆數：即曆法。

㊹ 皇建其有極：君王建立他的統治法則。其，代詞，代指君王。

㊺ 時：通“是”，代詞，這。

㊻ 敷：遍佈，普遍。

㊼“惟時厥庶民于汝極”二句：這樣百姓面對你的統治法則，就會幫助你保衛、守護它們。意指百姓擁護君王的統治。

㊽ 無有淫朋：不要結黨營私。淫，邪惡。朋，朋黨。

㊾ 人：指臣子，與上文的“庶民”相對。比德：勾結做奸邪之事。

㊿ 惟皇作極：只遵守君王建立的準則。

(51)“有猷（yóu）有為有守”二句：（百姓中）有謀略、有作為、有操守的，你就要記住並任用他們。猷，謀劃。念，時常想到。

(52)“不協于極”二句：（行為）不合法則，但還沒有犯罪的（人）。罹（lí），遭受。

(53) 受：接受，容納，引申為寬容。

(54) 而康而色：假如他態度謙恭。第一個“而”為連詞，假如；第二個“而”為代詞，你。康，和悦。色，臉色。

(55) 予攸好（hào）德：我喜歡（您建立的）道德準則。

(56) 時人：這些人。斯：乃。

(57) 無虐煢（qióng）獨而畏高明：不要欺侮孤獨無依的人而畏懼高貴顯赫的人。煢獨，泛指鰥寡孤獨、無依無靠的人。高明，指高貴顯赫的貴族。下同。

(58) 使羞其行：使他的才華德行能夠施展。羞，進獻。

(59) 而邦其昌：這樣國家就會昌盛。其，乃，就。

(60) 正人：指做官的人。

(61) 既富方穀：既要給他們爵祿使之富貴，同時又要讓他們行善政。方，並。穀，善，一説指祿位。

(62) 而家：國家。而，你。

(63) 時人斯其辜：這些人就將會犯罪。辜，罪過。

(64) 于其無好德：對于那些不贊成你所建立的道德準則的人。

(65) 其作汝用咎：他們為你做事用的就是罪惡的行為。意指他們會給你帶來危害。

(66) 無：通“勿”。陂（pō）：頗，偏頗，歪斜。

(67) 無有作好：不要作私好。意指不要徇私枉法。

(68) 蕩蕩：寬廣。

(69) 平平（pián pián）：形容治理有序。

(70) 反、側：指違犯法度。

(71)“會其有極”二句：會集那些遵守準則的人，使他們歸向君王的法則。

(72)“曰皇極之敷言”三句：君王所建立的是要遵守的法令，既是君王的訓導，也是天帝的意志。

(73)是訓是行：按照這個法則行事。

(74)以近天子之光：用來接近天子的光輝。意指依附天子。

(75)“曰天子作民父母”二句：天子應當像臣民的父母一般，做天下臣民的君王。

(76)正直：端正人的曲直。

(77)剛克：以剛強取勝。克，勝。

(78)柔克：以柔順取勝。

(79)平康正直：對待平和康寧的人，要以正直的方式。以下幾句都在講對待不同的人要用不同的方式。

(80)強弗友：強硬且不親善（的人）。友，親近。

(81)燮（xiè）友：態度和順可親（的人）。

(82)沉潛：都表示低下意，用以指代庶民。與下文的“高明”相對。

(83)辟：指君王。

(84)人用側頗僻：指臣子背離準則。

(85)民用僭（jiàn）忒（tè）：臣民因此犯上作亂。忒，作惡。

(86)卜筮：以龜甲、蓍草占卦。

(87)雨、霽、蒙、驛、克：是龜甲卜卦的五種兆象。霽，兆形像雨止而雲氣在上。蒙，兆形像霧氣蒙蒙。驛，兆形像不連貫的雲氣。克，兆形交錯。

(88)貞、悔：蓍草占筮的兩種卦象。貞，內卦。悔，外卦。

(89)衍忒：指推演卜筮所得卦象的變化（以判斷吉凶）。衍，通“演”，推演。忒，變更。

(90)“三人占”二句：如果三人占卜，聽從兩個人的判斷。

❾❶ 則：假若。

❾❷ 謀及乃心：你自己要先考慮。乃，你，你的。

❾❸ 從：占卜術語，指占卜結果與占卜者的意願相符合。與下文的"逆"相對。

❾❹ 逢：大，盛。

❾❺ "作內吉"二句：對內吉利，對外就不吉利。

❾❻ "用靜吉"二句：不做事就吉利，做事就凶險。

❾❼ 暘（yáng）：日出，放晴。

❾❽ 燠（yù）：暖，熱。

❾❾ 時五者來備：這五種現象都能按照一定的規律發生。備，齊備。

⓵ 蕃廡（wǔ）：（草木）生長旺盛。

⓵ 一極備：（上述五種現象中的）一種現象過多。與下文的"一極無"對應。

⓵ 休徵：各種好的徵兆。休，美好。

⓵ "曰肅"二句：（君王治理政務）如果態度恭肅，雨就會按時而來。雨，原作"寒"，今據顧頡剛、劉起釪《尚書校釋譯論》改。這幾句對應上文的"五事"，並用不同的徵兆説明不同的治理態度。

⓵ 咎徵：各種不吉的徵兆。

⓵ "曰狂"二句：君王行為狂妄，大雨就會下個不停。恆，長久，持續。

⓵ 僭（jiàn）：過失，差錯。

⓵ 豫：一本作"舒"，安逸。

⓵ 急：急躁，指行事不周全。

⓵ 蒙：昏昧，指辦事糊塗。

⓵ "王省（xǐng）惟歲"三句：大意是説王、卿士、師尹三者的職責不同，觀察他們的角度時段也應不同。君王之所視察，就像一

年包括四時；卿士就像月，統屬于歲；師尹就像日，統屬于月。省，視察。師尹，眾官之長，指大夫官。

⑪ 歲、月、日時無易：大意是年月日四時皆正常，則政治清明。易，變化。

⑫ 用：因此。下同。成：豐收。

⑬ 俊民用章：賢能的人因此能夠得到任用。章，顯明，這裏指提拔。

⑭ 微：不明，昏暗，這裏指不被提拔。

⑮ “星有好風”二句：有的星喜歡帶來風，有的星喜歡帶來雨。古代天文學認為月亮經過某些星宿會帶來特定的氣象變化。此處比喻庶民的喜好變化無常。好，愛好，喜歡。

⑯ “日月之行”二句：日月運行有常，就會有冬夏這樣的四季變化。比喻庶民應像眾星為日月所統率一樣，臣服于統治，這樣國家才會安定。

⑰ “月之從星”二句：如果月亮偏離太陽而順從于星星，就會帶來風或是雨。比喻君臣順縱庶民的欲望，就會帶來災禍。

⑱ 考終命：高壽善終。考，老。

⑲ 凶短折：早死。凶，未成人而死。短，年未二十而死。折，未婚而死。

解析

　　《洪範》篇記載了箕子對武王關于治理天下問題的回答，內容深刻豐富，是研究上古政治、哲學思想的重要文獻。文章一開始就通過武王與箕子的對話，交待了本篇的緣起與主題，即如何治理好國家。然後簡單地闡述了“洪範九疇”即九條治理大法的內容，作為全篇的綱目。自此以下逐條講解五行、五事、八政、五紀、皇極、三德、稽疑、庶徵、五福、六極這些具體內容。

　　全篇系統地闡發了治理國家的原則和方法，提出了"皇極"這一重要概念，強調君王要樹立統治原則的最高標準。所謂皇極，即"無偏無陂，遵王之義；無有作好，遵王之道；無有作惡，遵王之路。無偏無黨，王道蕩蕩；無黨無偏，王道平平；無反無側，王道正直。"這一段話的核心就是"王道正直，公正不偏"，這是國君為維護社會秩序、處理社會事務、統一臣民思想而採取的中道原則。《左傳》襄公三年在讚揚晉國祁奚薦賢的事跡時說："《商書》曰：'無偏無黨，王道蕩蕩。'其祁奚之謂矣。"為甚麼說祁奚符合王道的原則？是因為他"稱其仇，不為諂；立其子，不為比；舉其偏，不為黨"。這正是《洪範》宣揚的公平正直之道。如何達到這一目標？《洪範》提出了治理國家的三種手段——"三德"，即正直、剛克、柔克。"剛克"和"柔克"是"正直"的兩翼和補充，針對的不僅僅是"沉潛"（庶民）和"高明"（貴族）這兩類不同身份的人，還用來區別對待持不同政治態度的人。以"剛克"鎮壓"強弗友"的反抗者，以"柔克"軟化"燮友"的馴服者。這種剛柔相濟的施政手段，正是歷代帝王交替運用德與法、刑與禮、懷柔與高壓的統治方式。

　　此外《洪範》提出為政要處理好八方面的政事，即"農用八政"。八政中，最有意義的是以食、貨居首，即強調農業和工商業，其後才是祭祀、軍事等其他活動。殷商時期，紂王篤信天命，把"祀"與"戎"放在首位，而箕子所提出的這一治國之道是以衣食為本，說明了對經濟的重視。後來史書的《食貨志》之名即源于此，唐代杜佑的《通典》將"食貨"居于《通典》各門之首，《管子》的經濟思想"倉廩實，則知禮節；衣食足，則知榮辱"，都是《洪範》八政以食貨為先的延伸與發展。

文中還提出為政要敬用五事，五事指貌、言、視、聽、思，講的是對行為和思想的五種要求，強調當政者要明察、善斷。殷代統治的特點是"殷人尊神，率民以事神，先鬼而後禮"（《禮記·表記》）。在這樣的神權背景下，箕子所提出的《洪範》五事，已不再用神的意志來概括一切，而是注意將視聽所得的經驗和理性思考結合起來，這就超出了人的感性認識階段，對理性思考提出了更高的要求。

同時，上古思想中許多重要的哲學命題在本篇中也有重要的論述，例如對"五行"的論述、對卜筮與天象吉凶關係的討論等，這對研究上古歷史與哲學思想都有極為重要的參考價值。儘管《洪範》篇體現出的上古哲學與政治思想，不可避免地帶有天人感應思想、神化君權的色彩，但其哲學思想的體系性與完整性，政治理論的方法性與實踐性，都體現出了中華上古文明的高度成熟，對後世影響深遠。

無逸

《今文尚書》和《古文尚書》皆存《無逸》篇，二者內容相同，只是所在篇次各異。關于該篇成書時間，據《史記·魯周公世家》記載，周公還政周成王以後，怕成王"有所淫泆"，所以寫《無逸》"以誡成王"。因此一般認為是在周公還政以後所作。但與《尚書》其他篇目相比，本篇文字相對平易、流暢，所以宋代胡宏的《皇王大紀》懷疑該篇為周公絕筆，較之周公其他諸誥最為晚出，今人張西堂則認為該篇可能成于春秋末年。

本篇是周公勸諫成王之作，"無逸"是說不要貪圖安逸享樂。

周公曰："嗚呼！君子所其無逸 ❶。先知稼穡之艱難 ❷，乃逸 ❸，則知小人之依。相小人 ❹，厥父母勤勞稼穡 ❺，厥子乃不知稼穡之艱難，乃逸乃諺 ❻，既誕 ❼，否則

侮厥父母 ❽，曰：'昔之人無聞知 ❾。'"

周公曰："嗚呼！我聞曰，昔在殷王中宗 ❿，嚴恭寅畏 ⓫，天命自度 ⓬，治民祗懼 ⓭，不敢荒寧 ⓮，肆中宗之享國 ⓯，七十有五年。其在高宗 ⓰，時舊勞于外 ⓱，爰暨小人 ⓲。作其即位 ⓳，乃或亮陰 ⓴，三年不言 ㉑，其惟不言，言乃雍 ㉒。不敢荒寧，嘉靖殷邦 ㉓。至于小大 ㉔，無時或怨 ㉕。肆高宗之享國，五十有九年。其在祖甲 ㉖，不義惟王 ㉗，舊為小人。作其即位，爰知小人之依 ㉘，能保惠于庶民 ㉙，不敢侮鰥寡 ㉚。肆祖甲之享國，三十有三年。自時厥後 ㉛，立王生則逸，生則逸，不知稼穡之艱難，不聞小人之勞，惟耽樂之從 ㉜。自時厥後，亦罔或克壽 ㉝，或十年，或七八年，或五六年，或四三年。"

周公曰："嗚呼！厥亦惟我周太王 ㉞、王季 ㉟，克自抑畏 ㊱。文王卑服 ㊲，即康功田功 ㊳。徽柔懿恭 ㊴，懷保小民，惠鮮鰥寡 ㊵。自朝至于日中昃 ㊶，不遑暇食 ㊷，用咸和萬民 ㊸。文王不敢盤于遊田 ㊹，以庶邦惟正之供 ㊺。文王受命惟中身 ㊻，厥享國五十年。"

周公曰："嗚呼！繼自今嗣王 ㊼，則其無淫于觀、于逸、于遊、于田 ㊽，以萬民惟正之供。無皇曰 ㊾：'今日耽樂。'乃非民攸訓 ㊿，非天攸若，時人丕則有愆 51。無若殷王受之迷亂 52，酗于酒德哉 53！"

周公曰："嗚呼！我聞曰，古之人猶胥訓告 54，胥保惠，胥教誨，民無或胥譸張為幻 55。此厥不聽，人乃訓之 56，乃變亂先王之正刑 57，至于小大。民否則厥心違怨 58，否則厥口詛祝。"

周公曰：“嗚呼！自殷王中宗，及高宗，及祖甲，及我周文王，茲四人迪哲 ❺❾。厥或告之曰：‘小人怨汝詈汝 ❻⓿。’則皇自敬德 ❻❶。厥愆 ❻❷，曰：‘朕之愆。’ 允若時 ❻❸，不啻不敢含怒 ❻❹。此厥不聽，人乃或譸張為幻，曰：‘小人怨汝詈汝。’則信之，則若時，不永念厥辟 ❻❺，不寬綽厥心，亂罰無罪，殺無辜。怨有同 ❻❻，是叢于厥身。”

周公曰：“嗚呼！嗣王其監于茲 ❻❼。”

《尚書注疏》卷一六

❶ 君子所其無（wù）逸：君子在位，不應該貪圖安逸享樂。君子，地位高的人，這裏指做官的人。所，處在。其，指其位。無，通“毋”，不要。

❷ 稼穡（sè）：稼本指種植莊稼，穡指收穫莊稼，此處泛指農業勞動。

❸ “乃逸”二句：這樣，處在安逸的環境，就會知道百姓的痛苦了。乃，這樣。小人，與上文的“君子”相對，地位低的人，這裏指普通百姓。依，通“隱”，隱痛，疾苦。

❹ 相（xiàng）：看。

❺ 厥：他，指上文的“小人”。

❻ 乃逸乃諺：不僅安逸享受，行為還放肆不恭。諺，通“喭”，粗野。

❼ 既誕：時間久了以後。誕，《漢石經》作“延”，表示長久。

❽ 否則：于是。

❾ 昔之人無聞知：上了年紀的人甚麼也不懂。昔，久。聞知，指知識。

❿ 殷王中宗：指太戊，殷代第七世賢主。商從成湯以後，政教漸衰。到太戊時，殷商復興，故稱中宗。

⓫ 嚴恭：指外貌莊敬。寅畏：指內心敬畏。恭、寅，都表示恭敬義，前者強調外在，後者強調內心。

⓬ 天命自度（duó）：以天命為標準來衡量。度，衡量。

⓭ 祗（zhī）懼：敬慎小心。祗，恭敬。

⓮ 荒寧：荒怠自安，此處指安逸縱樂。

⓯ "肆中宗之享國"二句：所以中宗在位七十五年。肆，所以。享國，指在王位。有，通"又"。

⓰ 高宗：指武丁，商王小乙之子，勤于政事，使商朝的政治、經濟、軍事、文化得到空前發展，史稱"武丁盛世"。

⓱ 時舊勞于外：高宗從前在外和百姓一起勞作。時，通"是"，指高宗。相傳高宗為太子時，其父小乙曾命令他出外行役。

⓲ 爰（yuán）暨小人：于是和百姓（共同稼穡）。爰，于是。暨，連詞，和。

⓳ 作：等到。其：指高宗。

⓴ 乃或亮陰：又碰到他的父親死去，居喪守孝。或，又。亮陰，一作"諒闇（ān）"，居喪守孝。

㉑ 言：説話，這裏指討論國事。

㉒ 言乃雍：等到守喪結束開口説話時君臣和諧。意思是深得大臣擁護。雍，和諧。

㉓ 嘉靖：安定。

㉔ 小：指百姓。大：指群臣。

㉕ 無時或怨：沒有人發怨言。時，通"是"，指高宗。

㉖ 祖甲：武丁的兒子帝甲。一説成湯之孫太甲。

㉗ "不義惟王"二句：祖甲以為代兄為王不合道義，逃亡民間，做過

很久的平民百姓。東漢經學家馬融説："祖甲有兄祖庚，而祖甲賢，武丁欲立之。祖甲以王廢長立少，不義，逃亡民間。故曰不義惟王，久為小人也。"舊，久，長時間。一説"舊"為"過去"義。

㉘ 爰：于是。

㉙ 保惠于庶民：安定百姓，愛護眾民。保，安。惠，仁愛。

㉚ 鰥（guān）：年老無妻的人。寡：年老無夫的人。

㉛ "自時厥後"二句：從這以後，所立的君主生來就貪圖安逸。時，通"是"，這。厥，指上述三位帝王。

㉜ 惟耽樂之從：只是沉溺在享樂之中。

㉝ 亦罔或克壽：沒有國君能夠長壽。罔，沒有。克，能夠。

㉞ 周太王：即古公亶父，文王的祖父，周公的曾祖。

㉟ 王季：文王的父親，周公的祖父，名季歷。

㊱ 抑：謙下。畏：敬畏。

㊲ 卑服：從事卑賤的勞作。服，從事。一説卑服指生活節儉。

㊳ 即：就，從事。康功：開通道路的勞動。康，指路。田功：耕種田地的勞動。

㊴ "徽柔懿恭"二句：（他）和藹仁慈，善良恭敬，使百姓和睦、安定。徽，善良。懿，美。

㊵ 惠：仁愛，愛護。鮮：善，這裏指善待百姓。

㊶ 自朝至于日中昃（zè）：從早上到中午到下午。日中，中午。昃，太陽偏西。

㊷ 不遑（huáng）暇食：沒有閒暇時間吃飯。遑暇，空閒。

㊸ 用：以。咸和：和諧。咸，通"諴"，和睦。

㊹ 盤：安樂。田：田獵。

㊺ 以庶邦惟正之供：文王使眾國進貢正常的賦税（從不橫徵暴斂）。

以，使。正，正稅，指正常的進貢。供，進獻。

㊻ 受命惟中身：中年受命為君。受命，接受天命。中身，中年。

㊼ 繼自今嗣王：從今以後的繼位君主。

㊽ 淫：過度。觀：觀遊，這裏指不合禮制、不合時節的觀遊。

㊾ 無（wù）皇曰：不要遽然地説。皇，遽（jù），倉猝。

㊿ "非民攸訓"二句：不是教導百姓的好榜樣，也不是順從天意的好君主。若，順從。

(51) 時人丕則有愆（qiān）：這樣的人于是就有了過錯。丕則，同上文的"否則"，于是。愆，過錯。

(52) 殷王受：即紂王。

(53) 酗于酒德：把酗酒作為酒德。酗，沉迷于酒。于，為。

(54) 胥：互相。訓告：勸導。

(55) 民無或胥譸（zhōu）張為幻：百姓沒有互相欺騙詐惑的。譸張，欺誑。幻，欺詐，惑亂。

(56) 人乃訓之：人們就會以此為榜樣（相互欺詐）。訓，榜樣。一説人們就會順從自己的意願。訓，順從。

(57) 正刑：政策法令。

(58) "民否則厥心違怨"二句：百姓無所適從，就會心生反抗怨恨的情緒，口中發出詛咒的語言。詛祝，詛咒。

(59) 迪哲：通達明智。迪，蹈，實踐。哲，智慧。

(60) 詈（lì）：罵。

(61) 皇自：自己更加。

(62) 厥愆："厥或愆之"的省文，有人指出他們的過錯。

(63) 允若時：確實像這樣。允，信，確實。時，通"是"，這樣。

(64) 不啻（chì）：不但。

⑥⑤ "不永念厥辟（bì）"二句：不多考慮國家的法度，不放寬自己的胸懷。辟，法度。

⑥⑥ "怨有同"二句：民心同怨，這種怨恨的情緒就會聚集在你身上。叢，聚集。

⑥⑦ 監：通"鑑"，鑑戒，可以對照引為教訓。

　　西周初年，周公東征，初定天下，但仍面臨着內憂外患、民生凋敝的局面。加之成王年少，初掌政權，經驗不足。在此情況下，周公作《無逸》，總結殷商統治經驗，告誡成王要勤政，切勿貪圖安逸享樂。文中首先對成王提出要求"君子所其無逸"，怎樣才能做到這一點？周公認為首先要了解"稼穡之艱難"，這樣才能知曉百姓的疾苦。隨後，周公以商周幾代聖明君主為例，進一步說明無逸的重要性。最後周公告誡成王及後世嗣君要力戒逸樂，正確對待民眾的怨詈，虛心聽取臣民意見。

　　《無逸》篇體現了周初統治階級的執政理念，對後世君主產生了深遠的影響。成王、康王秉承無逸思想，勤勉為政，實現了"成康之治"，使周王朝達到了繁榮昌盛的頂峰。漢朝光武帝以《無逸》為鑑，虛心納諫，開創了"光武中興"。清朝康熙帝則直接受《無逸》篇的影響，實踐"無逸"之道，重農保民，開創了"康乾盛世"。

《周易》二卦

題解

　　《周易》在先秦一般只稱作《易》，後來儒家尊之為經，自漢代以來稱《易經》。傳世的《周易》由"經"、"傳"兩部分組成，"經"指原經或文本，其內容包括六十四卦的卦名、卦爻象和卦爻辭，約產生在西周初期至中期之間。"傳"包括"十翼"，即《彖（tuàn）》上下、《象》上下、《繫辭》上下、《文言》、《序卦》、《說卦》、《雜卦》七種十篇，主要是解釋"經"的文字，約成書于戰國末年。"傳"之解"經"，其特色在于將《易》由原來的卜筮之書發展轉化成了道德義理闡釋之書，從而使《易》一躍成為"群經之首"，在中國文化史上產生了很大的影響。《周易》這部書，把認識客觀規律和人們對這種規律的利用兩者結合起來，用于指導人們根據形勢的變化採取正確的決策，實質上是一部"開物成務"、"極深研幾"之書。早期的《周易》，"經"、"傳"並未混在一起，漢儒把《彖》、《象》纂入"經"中。《文言》是專門解釋乾坤二卦的，三國的王弼把它取出，放在乾坤二卦的卦、爻辭後面，作為乾坤二卦的結論，後世因利就便，也就成為習慣。唐代孔穎達奉命撰修《周易正義》，取王弼注而為之疏，使王弼本成為留傳最廣的本子。這裏所選的乾坤二卦，居《周易》六十四卦之首，在《周易》哲學體系中佔有極其重要的地位。《周易》以陰陽作為最高的哲學範疇，而乾坤二卦對天地之間陰陽兩大勢力的性質和功能做了全面的闡發，它們是進入《周易》哲學體系的門戶，如果不先讀懂乾坤二卦，便無從窺見易道的底蘊。

乾卦

☰（乾下乾上）乾 ❶：元，亨，利，貞。

初九 ❷：潛龍，勿用 ❸。

九二：見龍在田 ❹，利見大人。

九三：君子終日乾乾 ❺，夕惕若。厲，無咎。

九四：或躍在淵 ❻，無咎。

九五：飛龍在天 ❼，利見大人。

上九：亢龍有悔 ❽。

用九 ❾：見群龍無首，吉。

《彖》曰 ❿：大哉乾元 ⓫，萬物資始，乃統天。雲行雨施 ⓬，品物流形。大明終始，六位時成。時乘六龍以御天。乾道變化 ⓭，各正性命。保合大和，乃利貞。首出庶物，萬國咸寧。

《象》曰 ⓮：天行健 ⓯，君子以自強不息。"潛龍勿用"，陽在下也 ⓰。"見龍在田"，德施普也 ⓱。"終日乾乾"，反

復道也 ❶。"或躍在淵",進無咎也。"飛龍在天" ❶,大人造也。"亢龍有悔",盈不可久也。"用九",天德不可為首也 ❷。

《文言》曰 ❷:"元"者善之長也 ❷,"亨"者嘉之會也,"利"者義之和也,"貞"者事之幹也。君子體仁足以長人 ❷,嘉會足以合禮,利物足以和義,貞固足以幹事。君子行此四德者,故曰"乾:元、亨、利、貞"。

初九曰:"潛龍勿用",何謂也?子曰:"龍德而隱者也 ❷。不易乎世,不成乎名,遁世無悶,不見是而無悶。樂則行之,憂則違之,確乎其不可拔,潛龍也。"

九二曰:"見龍在田,利見大人",何謂也?子曰:"龍德而正中者也 ❷。庸言之信,庸行之謹,閑邪存其誠,善世而不伐,德博而化。《易》曰:'見龍在田,利見大人',君德也。"

九三曰:"君子終日乾乾,夕惕若,厲,無咎",何謂也?子曰:"君子進德修業 ❷。忠信所以進德也,修辭立其誠,所以居業也。知至至之,可與言幾也。知終終之,可與存義也。是故居上位而不驕,在下位而不憂。故乾乾因其時而惕,雖危無咎矣。"

九四曰:"或躍在淵,無咎",何謂也?子曰:"上下無常 ❷,非為邪也。進退無恆,非離群也。君子進德修業,欲及時也。故無咎。"

九五曰:"飛龍在天,利見大人",何謂也?子曰:"同聲相應 ❷,同氣相求。水流濕,火就燥,雲從龍,風從虎。聖人作而萬物睹。本乎天者親上,本乎地者親下,則各從其類也。”

上九曰：“亢龍有悔”，何謂也？子曰：“貴而無位❷⁹，高而無民，賢人在下位而無輔，是以動而有悔也。”

“潛龍勿用”❸⁰，下也。“見龍在田”，時舍也。“終日乾乾”，行事也。“或躍在淵”，自試也。“飛龍在天”，上治也。“亢龍有悔”，窮之災也。乾元“用九”，天下治也。

“潛龍勿用”，陽氣潛藏❸¹。“見龍在田”，天下文明❸²。“終日乾乾”，與時偕行❸³。“或躍在淵”，乾道乃革❸⁴。“飛龍在天”，乃位乎天德❸⁵。“亢龍有悔”，與時偕極❸⁶。乾元“用九”，乃見天則❸⁷。

“乾，元”者❸⁸，始而亨者也；“利，貞”者，性情也。乾始能以美利利天下，不言所利，大矣哉！大哉乾乎！剛健中正，純粹精也。六爻發揮❸⁹，旁通情也。“時乘六龍”，以“御天”也。“雲行雨施”，天下平也。

君子以成德為行❹⁰，日可見之行也。“潛”之為言也❹¹，隱而未見，行而未成，是以君子“弗用”也。

君子學以聚之❹²，問以辯之，寬以居之，仁以行之。《易》曰：“見龍在田，利見大人”，君德也。

九三重剛而不中❹³，上不在天，下不在田。故乾乾因其時而惕，雖危無咎矣。

九四重剛而不中❹⁴，上不在天，下不在田，中不在人，故“或”之。“或”之者，疑之也，故“無咎”。

夫“大人”者，與天地合其德❹⁵，與日月合其明，與四時合其序，與鬼神合其吉凶。先天而天弗違❹⁶，後天而奉天時❹⁷。天且弗違，而況于人乎？況于鬼神乎？

"亢"之為言也,知進而不知退,知存而不知亡,知得而不知喪。其唯聖人乎 ❹! 知進退存亡而不失其正者,其唯聖人乎!

《周易注疏》卷一

❶ 乾:卦名。以天為象,以健為義。乾卦,包含元、亨、利、貞四種德性。《子夏易傳》説:"元,始也。亨,通也。利,和也。貞,正也。"就是説,乾卦是代表一切事物的原始根源,它是毫無阻礙,無不通達,絕對祥和有益而無害的,而且是潔淨清正的。一説,"元、亨、利、貞"當讀作"元亨,利貞",元亨是大通順,利貞是占問的事有利,貞是占問。

❷ 初九:乾卦 ☰ 有六畫,稱六爻(yáo)。"一"為陽爻,稱九。初九,指最下第一爻為陽爻。九二、九三指從下往上數第二、第三陽爻。上九,指最上陽爻。

❸ 潛龍,勿用:意思是説,乾卦的第一爻(初九),象徵潛伏着的龍,以不用為佳。龍是中國古人最崇敬的生物,而且相信它具有神靈的作用,在這裏是借用龍的功能,説明卦爻變化只可以想象而不可捉摸的狀態。子夏説:"龍所以象陽也。"潛龍,即潛伏隱藏的龍。

❹ "見龍在田"二句:乾卦的第二爻(九二),象徵已經出現在田地上的龍一樣,可以見到高貴的大人物而有利了。第一個"見",同"現"。田,地。大人,指聖明德備的人。

❺ "君子終日乾乾"四句:是説君子整天固守剛健中正的德性,雖然到了夜晚,還要像白天一樣的警惕自勵。為學為道的君子只有這樣惕勵,才不會有過失和憂患。乾乾,借用重複本卦的卦名,作為形容詞用。乾卦代表了至陽、至剛、至健、至中、至正等道

理。把乾乾兩字重複地用作形容詞，就是表示人要效法乾卦的德性與精神，隨時隨地固守着剛健、中正、如陽的德性。惕，小心謹慎。厲，嚴謹而危正的德性。

❻ 或躍在淵："或"是將然之辭。"或躍"謂將欲跳躍而尚在猶疑，躍躍欲試而有所圖進。九三陽爻居剛位，故戒之以惕懼；九四陽爻居柔位，故有跳躍之志而又能猶疑三思。如此則可保前景無憂害。

❼ "飛龍在天"二句：此君子顯達之象。飛龍在天，謂龍飛于天，表示升騰之象。利見大人，是有貴人相助之義，亦表示外部客觀環境有利。

❽ 亢龍：即龍飛得太高。有悔，有不好的事情。比喻處在高危的地位。

❾ 用九：乾卦所特有，與《周易》筮法、占法有關。從卦象層面上講，就是乾卦六爻全為"老陽"的卦象。從數的角度解釋，就是說乾卦六爻全為"九"。這條辭反映乾中有坤但乾不是坤的特點，朱熹《周易本義》論"用九"說："六爻皆變，剛而能柔。"

❿ 《象》：指《象傳》，它是對卦名、卦體、卦義予以解說的文字。

⓫ "大哉乾元"三句：是說乾元之氣太偉大了，它使萬物得以萌生，並且統領主宰大自然的運作過程。乾元，指"天"的元氣，即充沛宇宙間、開創萬物的陽氣。統，統領。天，猶言大自然。

⓬ "雲行雨施"五句：是說雲雨以時興降，各類物種在大氣的流動中隨之長成；太陽終而復始地周天運動，宇宙上下四方之位于是確定。這就好像太陽按時乘駕着六龍有規律地運行于天空。品物，即各類事物。流形，流佈成形。這是指萬物因雨水的滋潤而不斷變化發展、壯大成形。大明，即太陽。終始，指太陽東升西落的周天運動。六位，也可以說成六合、六虛，指上下四方之位或天地四時（即兩儀四象）。卦有六爻六位以象宇宙，所以六位亦指六爻所在的六個位置。六位時成，就造化而言，謂乾元大明終始有序，宇宙六合于是確定；就《易》而言，謂乾元大明之德圓而神，由于它的終始有序地運動而使得六十四卦各卦的爻位因之確定。"時乘六龍以御天"一句，就象而言，是說太陽乘駕六龍有規律地

運行于天；就意而言，是說聖人憑藉乾卦六爻的往復規律而駕御自然。

⓭ "乾道變化" 六句：是說由乾元之氣所決定的天道有規律地運動變化，使得萬物各得其所；乾元之氣恆久地維持着和諧的狀態，所以它能施利于萬物並使萬物正常運作。天道生長、萬物終始相續，天下萬物都可寧定安吉。

⓮《象》：指《象傳》，它是對卦辭、爻辭予以詮釋的文字。

⓯ "天行健" 二句：是說天道運動不止，這便是乾卦的意象。君子應當效法乾道，自覺奮勉，永無止息。行，運轉不停。君子，指有才德之人。以，是以，所以。

⓰ 陽在下：指初九陽氣初生而居下。陽氣微弱，喻君子所處之客觀環境不利，行動的時機不成熟。

⓱ 德施普：指九二陽氣出現于地面，其生養之德普及萬物。

⓲ 反復道：指反覆行道不使偏差。反復，指重複踐行。道，正道。

⓳ "飛龍在天" 二句：是說爻已至五，龍飛于天，君子風雲際會，成為獲得顯爵之大人，可大有作為于天下。造，指有所作為。

⓴ 天德：指陽剛之德。《周易正義》："天德剛健，當以柔和接待于下，不可更懷尊剛為物之首，故云 '天德不可為首' 也。"

㉑《文言》：即釋說乾、坤二卦之言，為《十翼》之一，又稱《文言傳》。六十四卦只有乾、坤二卦有《文言傳》。

㉒ " '元' 者善之長也" 四句：元是眾善之首，亨是美的集合，利是義的體現，貞是治事的根本。嘉，美。會，會合。和，反應，體現。貞，正。幹，根本。

㉓ "君子體仁足以長人" 四句：君子履行仁善則足以為人君長，會合眾美則足以符合禮，施利于萬物則足以體現義，堅守正道則足以治事。長人，為眾人之君長。貞固，堅持正道。

㉔ "龍德而隱者也" 九句：是說有龍一樣的品德而不得不暫且隱居的人，他不會為污濁的世俗改變節操，不迷戀于成就功名，逃離這

個世俗不感到苦悶，不為世人稱許也不感到苦悶。稱心的事付諸實施，不稱心的事絕不實行，具有堅定不可動搖的意志，這就是潛龍的品格。"龍德而隱者"，《周易正義》認為這是"以人事釋'潛龍'之義"。遁，隱避。不見是，不被世人所稱許。違，棄，不用。確，堅定。拔，轉移，動搖。

㉕ "龍德而正中者也"六句：是説有龍一樣的品德而立身中正的人，始終能做到言必守信，行必謹慎，防範邪僻而保持誠摯，為善于世而不自誇，德澤廣施以感化天下。正中，指九二居下卦之中。庸，有平常和中和的雙重意思。閑，防止。存，保持。善世，為善于世，亦可訓為治世。伐，誇耀。德博，德澤廣被。化，感化天下。

㉖ "君子進德修業"至"雖危無咎矣"：這幾句講的是君子如何增進美德和修養功業，即追求忠信可以增進美德，修治言論而立足于誠摯可以積蓄功業。能預知事物如何進展而採取相應的行動，這樣的人才可能保有適宜之行。所以能居高位而不驕橫，在下位而不憂愁。勤勉于事而隨時惕懼，雖有危險亦可無害。知至至之，知，預知。前"至"謂進展，指事物如何進展。後"至"謂自己的行動如何進展，指採取相應的行動。言幾，討論幾微之理。原本無"言"字，今據阮元校勘記補。知終終之，前"終"字謂事物發展的終極結果，後"終"字謂自己行動的終極走向。存義，使自己的行動保持適宜。因其時，指隨時。

㉗ "上下無常"七句：這是譬喻賢人的上升、下降是無常則的，並非有違正道；他的進取、隱退也是無定規的，並非隨波逐流。君子增進美德、修養功業，應該抓住時機，所以沒有甚麼過失。無常、無恆，指無常則、無定規。邪，違離正道。離，當用為"麗"，依附，趨附。群，猶言世俗。

㉘ "同聲相應"十句：這是譬喻同類的聲音互相感應，同樣的氣息互相求合。水向低濕處流，火往乾燥處燒，雲隨龍吟而興，風隨虎嘯而起，聖人奮起治世而萬物顯明可見。依存于天的親近于上，依存于地的親近于下，各以類相從而發揮作用。

㉙ "貴而無位"四句：這是譬喻某種人太尊貴了反而沒有位置可以安

身，太高貴了下面難有親上的人。賢人都處在下位而高高在上者得不到好的輔助，所以一旦輕舉妄動就將"有所悔恨"。

㉚ "潛龍勿用"至"窮之災也"：這幾句話是説，初九爻在最下的一位，所以不起作用，是謂"潛龍勿用"。九二爻的"見龍在田"，是説已得其時、得其位了。九三爻的"終日乾乾"，是指對于事功行為所持的態度。九四爻的"或躍在淵"是有自試的現象。九五爻的"飛龍在天"，是説在上位治道的情況。上九爻的"亢龍有悔"，是説已經達到爻位的最高點，難免會有物極必反的災晦。時舍，謂陽氣舒發，時機已到。舍，通"舒"。窮，盡，極。

㉛ 陽氣潛藏：指初九如陽氣潛伏，藏而未發。

㉜ 天下文明：指九二如陽氣發出地面，萬物焕發光彩。

㉝ 與時偕行：指九三如陽氣發展到一定階段，萬物將趨于繁盛。行，發展。

㉞ 乾道乃革：指九四如陽氣發展至一個新階段，萬物正臨轉化。乾道，天道，即大自然的運行規律。革，變革。

㉟ 乃位乎天德：位，此言尊居"天位"。天德，指九五如陽氣發展到最旺盛階段，萬物已至繁茂。

㊱ 與時偕極：極，窮極，窮困。爻位至上則時已窮，上九六極則行必困。

㊲ 乃見天則：乾德至極而能通其變，不為盈滿，及時退返，和光同塵，如此最能體現天之法則。天則，自然法則，客觀規律。

㊳ "'乾，元'者"至"純粹精也"：這幾句是説，乾卦象徵天，有元亨之德，它能化生萬物並使之亨通。和諧有利，貞正堅固，是天所藴含的本性和內情。天以嘉美的惠利澤及萬物，而它卻不自伐其德，這真是太偉大了。偉大的天，它剛健中正，純粹至精。

㊴ "六爻發揮"六句：是説乾卦六爻的運動變化，曲盡萬物的發展情理。乾德有規律地運移其六爻，如同乘駕六龍而健行于周天，行雲降雨，帶來天下太平。發，動，運動。揮，移動，變化。旁通，猶言曲盡。情，天地萬物的情理。時，按時，有規律。

❹ "君子以成德為行"二句：是説君子以德業的成就，作為行為的目的。而德性之目標，是以平日可以顯見的行為作為標準。成德，成就德業。為行，作為立身行事之目的。日，俞樾《群經平議》以為"日"是"曰"之訛，"曰可見之行"，是説要把這種理想體現在具體的行動上。

❹ "'潛'之為言也"四句：初九爻辭所講的"潛"，意思是隱藏着而沒有顯現，行動尚未顯著，所以君子暫時不施展才用。

❹ "君子學以聚之"四句：是説君子靠學習來積累知識，靠發問來辨決疑難，胸懷寬闊而居于適當之位，心存仁愛而施諸一切行為。聚，積累知識。辯，通"辨"。仁以行之，即以仁愛之心行事，《中庸》的"力行近乎仁"即此。

❹ "九三重剛而不中"五句：是説九三是多重陽剛疊成的，居位不正中，上不達于高天，下不立于地面，所以要不斷健強振作，隨時保持警惕，這樣即使面臨危險也可免遭咎害。重剛而不中，初九、九二均為陽剛之爻，九三仍為陽爻，故稱"重剛"。六十四卦的每卦只有二、五兩爻居中，故九三"不中"。

❹ "九四重剛而不中"八句：是説九四是多重陽剛疊成的，居位不正中，上不達于高天，下不立于地面，中不處于人境，所以強調"或"。強調"或"的意思，就是説要有所疑慮而多方審度，這樣就能不遭咎害。中不在人，指九四之位近于天，遠于地，故説中不在人。

❹ "與天地合其德"四句：這是通過多種比擬來讚揚九五的"大人"。合，猶言符合、相同。

❹ 先天：先于天象，這裏指自然界尚未出現變化時，就預先採取必要的措施。

❹ 後天：後于天象，這裏指自然界出現變化之後，及時採取適當的措施。天時，指大自然的陰晴寒暑等變化規律。

❹ 其唯聖人乎：這是《文言》作者的慨歎語，與末句相同而復用，旨在渲染慨歎語氣。

坤卦

䷁（坤下坤上）坤 ❶：元，亨。利牝馬之貞 ❷。君子有攸往 ❸，先迷，後得主，利。西南得朋 ❹，東北喪朋。安貞吉 ❺。

《彖》曰：至哉坤元 ❻！萬物資生，乃順承天。坤厚載物 ❼，德合無疆。含弘光大，品物咸亨。牝馬地類 ❽，行地無疆，柔順利貞。君子攸行 ❾，先迷失道，後順得常。西南得朋 ❿，乃與類行。東北喪朋，乃終有慶。安貞之吉 ⓫，應地無疆。

《象》曰：地勢坤 ⓬，君子以厚德載物 ⓭。

初六 ⓮：履霜 ⓯，堅冰至。

《象》曰：履霜堅冰 ⓰，陰始凝也。馴致其道，至堅冰也。

六二：直方大 ⓱，不習無不利 ⓲。

《象》曰：六二之動 ⓳，直以方也。不習無不利，地道光也。

六三：含章 ⓴，可貞。或從王事 ㉑，無成有終。

《象》曰：含章可貞 ㉒，以時發也。或從王事，知光大也。

六四：括囊 ㉓，無咎無譽。

《象》曰：括囊無咎 ㉔，慎不害也。

六五：黃裳 ㉕，元吉。

《象》曰：黃裳元吉 ㉖，文在中也。

上六：龍戰于野 ㉗，其血玄黃 ㉘。

《象》曰：龍戰于野 ㉙，其道窮也。

用六 ㉚：利永貞 ㉛。

《象》曰：用六永貞 ㉜，以大終也。

《文言》曰：坤，至柔而動也剛 ㉝，至靜而德方 ㉞。後得主而有常 ㉟，含萬物而化光 ㊱。坤道其順乎，承天而時行 ㊲。

積善之家，必有餘慶；積不善之家，必有餘殃。臣弒其君，子弒其父，非一朝一夕之故，其所由來者漸矣，由辯之不早辯也 ㊳。《易》曰"履霜堅冰至"，蓋言順也 ㊴。

直其正也 ㊵，方其義也。君子敬以直內 ㊶，義以方外，敬義立而德不孤。"直方大，不習無不利"，則不疑其所行也 ㊷。

陰雖有美 ㊸，含之，以從王事，弗敢成也。地道也，妻道也，臣道也，地道無成而代有終也。

天地變化 ㊹，草木蕃。天地閉，賢人隱。《易》曰"括囊，無咎無譽"，蓋言謹也。

君子黃中通理 ㊺，正位居體，美在其中而暢于四支，發于事業，美之至也！

陰疑于陽必戰 ㊻，為其嫌于無陽也 ㊼，故稱"龍"焉；猶未離其類也 ㊽，故稱"血"焉。夫玄黃者 ㊾，天地之雜也，天玄而地黃。

《周易注疏》卷一

❶ "坤：元，亨"句：坤，卦名，以地為象，以順為義。元，亨，詞義與乾卦略同，此處特指"地"配合"天"，也能開創化生萬物，並使之亨通。《周易本義》"元亨"連讀，訓為"大亨"，可備一説。

❷ 利牝（pìn）馬之貞：貞，正也，指守持正固。"牝馬"柔順而能行地，故取為坤德之象。

❸ "君子有攸往"四句：這幾句説明坤德在于柔順、居後，搶先必迷，隨後則利。攸，所。"先迷，後得主，利"三句，《周易本義》讀作"先迷後得，主利"，朱駿聲的《六十四卦經解》以"利"屬下文，讀作"先迷後得主，利西南"。兩説可並存。

❹ "西南得朋"二句：尚秉和的《周易尚氏學》取《十二辟卦圖》為説，指出坤居西北亥位，陰氣逆行，沿西南方向前行遇"陽"漸盛，若沿東北方向前行則失"陽"漸盡；而"陰得陽為朋"，故西南行"得朋"，東北行"喪朋"。此説闡明的"陰陽為朋"之理甚為精當，今從之。

❺ 安貞吉：這是歸結"得朋"、"喪朋"之義，説明坤德以安順守正為吉。

❻ "至哉坤元"三句：是説偉大的坤元之氣，萬物依靠它成長，它順從稟承天的志向。至，形容詞，指大地生養萬物之德美善至極。

❼ "坤厚載物"四句：是説地體深厚而能普載萬物，德性廣合而能久遠無疆。它含育一切使之發揚光大，萬物亨通暢達遍受滋養。無疆，兼含地域無涯和時間無限之義。"含弘光大，品物咸亨"，《周易集解》引崔憬曰："含育萬物為弘，光華萬物為大。動植各遂其性，故言'品物咸亨'也。"

❽ "牝馬地類"三句：是説母馬與地有類同的德性，其持久的耐性使其在大地上健行不已，其柔順的品格使其利于持守正道。利貞，利于持守正道。

❾ "君子攸行"三句：是説君子有所前往，要是搶先居首必然迷入歧途、偏失正道，要是隨從人後、溫和柔順就能使福慶久長。先，即先動，謂貿然先行。後，即後動，謂謹慎隨後。坤主柔節，故

宜後不宜先。得常，謂坤德能順則福慶常保。

❿ "西南得朋"四句：是説往西南將得到友朋，可以和朋類共赴前方；往東北將喪失友朋，但最終也仍有喜慶福祥。西南，謂陽方。朋，指得陽為友。類，眾。陰無陽不行，南行得陽以為友，故可與眾偕行。東北，謂陰方，行往陰方則失陽以為友。"東北喪朋，乃終有慶"，是説往東北方向雖喪陽失朋，但行至終極，必將旋轉為西南方，則也會出現得朋之"慶"，故曰"乃終有慶"。這是揭示陰陽循環消長之理，表明只要安順守持坤德，即使"喪朋"，也將出現"得朋"之時。

⓫ "安貞之吉"二句：安守正道而獲得吉祥，是説要應合坤地的美德而永遠保持下去。安貞，安守正道。應地，應合效法坤地美德。無疆，永遠保持下去。

⓬ 地勢坤：此釋坤卦上下"坤"皆為"地"之象。《説卦傳》謂坤象取地、其義為順，《大象傳》即依此為説。

⓭ 厚德載物：是説地勢是順着天的，君子應效法地，用深厚的德澤來化育萬物。

⓮ 初六：居卦下第一位，故稱"初"；以其陰爻，故稱"六"。

⓯ "履霜"二句：是説陰氣初起，必增積漸盛，猶如微霜預示着堅冰將至。履，踐，踩。

⓰ "履霜堅冰"四句：是説履踐秋霜意味着冬日的陰氣已開始凝積，依照循序漸進的規律，堅冰必然到來。"馴致其道，至堅冰也"即"堅冰之至，馴致其道也"，為協韻而倒其語序。馴，順，循。就客體而言，是説大自然積漸之規律；就主體而言，是説察知幾微而因循之。

⓱ 直方大：這是從六二的位、體、用三方面説明爻義之美。《周易正義》有："生物不邪謂之'直'也，地體安靜是其'方'也，無物不載是其'大'也。"尚秉和的《周易尚氏學》有："方者，地之體；大者，地之用；而二又居中直之位，故曰'直方大'。"

⓲ 不習無不利：六二之爻位居中得正，能行中正之道，雖未嫻熟于事，然亦無所不利，此所謂"不習"之事。習，猶言學習。

⑲ "六二之動"四句：是説六二的舉動行止，正直而端方，無所修習卻能無所不利，這是因為效法了廣大的地道。地道，指地的柔順之道。

⑳ "含章"二句：是説六三陰居陽位，猶如內含美德而不輕易發露，故可守貞。含，懷有。章，文采，指美德。

㉑ "或從王事"二句：或，不定之辭，含抉擇時機之義。成，成功。無成，猶言不以成功自居。有終，即盡"臣職"至終。此二句承前文義，展示了"含章，可貞"的具體情狀。

㉒ "含章可貞"四句：內懷美德而可以守正，這是説六三同時也能夠抓住時機發揮才能；或許還會追隨君王做事，説明其智慮明智而遠大。知光大，知，通"智"。六三居下卦之上，有為臣頗多艱難之象，故須"知光大"才能擺正位置，慎行免咎。

㉓ "括囊"二句：是説六四處位不中，其時不利施用，故以"括囊"喻緘口不言、隱居不出。這樣雖不致惹害，但也不獲讚譽，故曰"無咎無譽"。括，閉也，猶言"束緊"。

㉔ "括囊無咎"二句：《象傳》説："束緊囊口，免遭咎害。" 説明六四必須謹慎小心才能不惹禍患。六四以陰居陰，有謙退自守、慎而又慎之象，這是處位不利能獲無咎的重要條件。故爻辭以"括囊"為喻，《象傳》以"慎不害"設戒。

㉕ "黃裳（cháng）"二句：是説六五以柔居上卦之中，其德謙下，故獲"元吉"。黃，居"五色"之"中"，象徵中道。裳，古代服裝是上衣下裳，故"裳"象徵"謙下"。元，大也，猶言"至大"。

㉖ "黃裳元吉"二句：《象傳》説："黃色裙裳，至為吉祥。" 説明六五以溫文之德守持中道。"文在中"，文，謂溫文，與威武相對，亦喻坤德。六五獲"元吉"，在于居尊而能柔和謙下，與乾卦九五陽剛向上正好相反。

㉗ 龍戰于野：是説上六陰氣至盛，陰極陽來，二氣交互和合，故有"龍戰"之象。龍，喻陽剛之氣。戰，接。龍戰，指陰陽交合。

㉘ 其血玄黃：此句承上句意，謂陰陽二氣交合，流出青黃交雜之血。尚秉和的《周易尚氏學》有："萬物出生之本，由于血。血者，

天地所遺氤氳之氣。天玄地黃，'其血玄黃'者，言此血為天地所和合，故能生萬物也。"

㉙ "龍戰于野"二句：二龍交戰于野外，這意味着陰道盛極而走向困窮。本爻"龍戰"的喻意，含兩個方面：一、陰氣至盛，終究要導致陽來；二、坤道窮盡，則轉入陰陽交合。所謂"天地生生之德"，就在兩者的矛盾統一中體現了出來。此爻明顯反映了《周易》陰陽相推、變易不窮的思想。

㉚ 用六：義與乾卦"用九"相對，但"用六"是就陰爻而言。

㉛ 利永貞：是說柔極能濟之以剛則利。永，永久，含"健"義。能永久守正，即見陽剛之質。

㉜ "用六永貞"二句：即"用六永貞"，（由陰變陽，）以小變大來作終結。所謂"大"，即陽大陰小。"以大終"猶言"以陽為歸宿"。

㉝ 至柔而動也剛：尚秉和的《周易尚氏學》有："坤柔動剛，義與'用六'、'大終'同。言坤雖至柔，遇六則變陽矣。"

㉞ 方：古人以為天圓地方，此處含流佈四方之意。

㉟ 後得主而有常：《周易正義》："陰主卑退，若在事之後，不為物先，即'得主'也；此陰之恆理，故云'有常'。"

㊱ 含萬物而化光：此句與《彖傳》"含弘光大，品物咸亨"之義同。《周易本義》："復明'亨'義。"

㊲ 承天而時行：《周易集解》引荀爽曰："承天之施，因四時而行之也。"以上幾句的大意是，大地極為柔順但變動時卻顯示出剛強，極為安靜但柔美的品德卻流佈四方。隨從人後、有人作主，于是保持福慶久長；包容一切、普載萬物，于是煥發無限光芒。大地體現的規律多麼柔順啊！它稟承天的意志沿着四時運行得當。這一節是總釋坤卦卦辭大義，以下六節分釋六爻喻旨。

㊳ 兩個"辯"：通"辨"，別也。

㊴ 蓋言順也：《象傳》的"順"作"馴"，朱熹疑"順"當作"慎"。在這裏，此"順"字兼馴（循）、順、慎而言。就客體現象而說，堅冰之至有循次積漸之過程；就主體教訓而說，謂當因依其理而

慎行之。本節是釋坤卦初六爻辭，主要闡發了防微杜漸的意義。

❹ “直其正也”二句：義，宜也。《易經蒙引》：“此‘正’、‘義’二字，皆以見成之德言。然直不自直，必由于敬；方不自方，必由于義。直，即‘主忠信’；方，即‘徙義’。直，即心無私；方，即事當理。”

❹ “君子敬以直內”三句：“敬以直內，義以方外”兩句復申直、方之義，猶言“以敬使內心正直，以義使外形端方”。德不孤，指美德廣佈，人所響應。

❹ 不疑其所行：指美德充沛，所行必暢達無礙，故不須疑慮。

❹ “陰雖有美”至“地道無成而代有終也”：這幾句的大意是，陰柔在下者縱然有美德，只是含藏不露而用來輔助君王的事業，不敢把成功歸屬己有。坤陰對乾陽來説是處于從屬地位的地道、妻道和臣道，它們本無所謂成功，而僅僅是替乾陽成就事功罷了。這裏指出坤道在客觀上是“成物”的，但在主觀上要不以為“成”、不自居其“成”。代有終，即替乾陽成就事功而歸功于乾陽。代，替。有，同“為”。終，猶“成”。

❹ “天地變化”四句：天地變化，草木繁盛。天地閉塞，賢人隱遁。

❹ “君子黃中通理”五句：是説君子修美于內而通達于外，時位正當而居中得體。內在的美德，流通于四肢，發揮于事業，這真是完美至極了。黃，中之色，六五柔居上卦中位，故稱“黃中”。理，指美在其中而見之于外的文理。正位居體，猶言“體居正位”，即正確居處己位。支，通“肢”。

❹ 陰疑于陽必戰：是説上六處坤之極，陰極返陽，猶“凝情”于陽，故必致交合。疑，通“凝”，猶言“凝情”。

❹ “為其嫌于無陽也”二句：是説爻辭取“龍”喻陽，是慮及讀者或疑卦中無陽，不明爻義。嫌，《説文解字》：“不平于心也，一曰疑也，從女兼聲。”

❹ “猶未離其類也”二句：是説上六既陰極遇陽，陰陽必合，故爻辭稱“血”以明交合。類，朋類，指陽性“配偶”。

❹ "夫玄黃者"三句：這三句説明爻辭"其血玄黃"，是譬喻天地交合之血混合。尚秉和的《周易尚氏學》有："言此血非陰非陽，亦陰亦陽，為天地所和合，故能生萬物。"又曰："陰陽合為'類'，離則為獨陰獨陽。獨陰獨陽不能生，即不成為'血'。既曰'血'，即陰陽類也，天地雜也。"這一段是説，陰氣凝于陽氣必然相互交合。作《易》者是怕讀者疑惑于坤卦沒有陽爻，所以在爻辭中稱"龍"代表陽；又因為陰不曾離失其配偶陽，所以在爻辭中稱"血"代表陰陽交合。至于血的顏色為青黃相雜，這是説明天地陰陽的血交互混合：天為青色，地為黃色。雜，指血色相混。

　　《周易》六十四卦，乾為純陽之卦，坤為純陰之卦；乾卦是陽卦之首，坤卦是陰卦之首。乾坤二卦集中體現了陰陽哲學的基本原理，是深入理解易道的關鍵。另一方面，六十四卦有不少事不同而文同者，這些文字的基本含義，在乾坤二卦裏都首先表現出來了。如乾卦之"元亨利貞"，坤卦之"西南東北"，各有一定含義，別的卦用時，皆本此以為說。故而乾坤二卦在《周易》一書中又有着起例的作用。

　　作為《周易》六十四卦之首，乾卦以天為象徵形象，具有陽性、剛健的特徵。其卦辭"元亨利貞"經由《象傳》解釋，被提煉為四個德性範疇，稱為乾之四德，其用意在于表明陽氣是宇宙萬物"資始"之本。但陽氣的自身發展，又有一定的規律，于是，六爻擬取龍作為陽的象徵，從潛龍到亢龍，層層推進，形象地展示了陽氣萌生、進長、盛壯乃至窮衰消亡的變化過程。其中九五"飛龍在天"，體現陽氣至盛至美的情狀；上九"亢龍有悔"，則披露物極必反、陽極生陰的哲理。

坤卦繼乾卦之後，寓有地以承天的意旨。全卦之義，在于揭示陰與陽既相對立又相依存的關係。在這對矛盾中，陰依順于陽而存在、發展。就卦象看，坤以地為象徵形象，其義主順。坤卦六爻主要抒發陰在附從陽的前提下的發展變化規律。二處下守中，五居尊謙下，三、四或"奉君"或"退處"，皆呈"坤，順"之德，而以二、五最為美善；至于初六履霜與上六龍戰，兩相對照，又深刻體現了陰氣積微必著、盛極返陽的辯證思想。

乾坤二卦不僅展示了《周易》作者對客觀世界的一種純粹理性認識，還具有一種普遍的實踐指導功能。如《繫辭》所說："夫《易》何為者也？夫《易》開物成務，冒天下之道，如斯而已者也。是故聖人以通天下之志，以定天下之業，以斷天下之疑。"《周易》作為一部"開物成務"之書，其中的易道囊括了天地萬物之理，可以啟發人們的智慧，開通人們的思想，把這個易道用于處理實際的事務，就能通權達變，決斷疑惑，採取正確的行動，做成一番事業。乾坤二卦對人們的啟示意義，正在于要"推天道以明人事"，從天道的剛健有為中學會自強不息、奮發有為；從地道的柔順寬容中學會寬厚涵容、厚德載物。乾坤並健，剛而能柔，柔中有剛。人們也要如同宇宙的自然法則那樣，把自強不息與厚德載物結成一種雙向互補、協調並濟的關係，既勇猛進取又虛懷若谷。

關于《周易》的核心思想，在《乾卦‧象傳》中有一個經典表述：“乾道變化，各正性命。保合大和，乃利貞。首出庶物，萬國咸寧。”“大和”即“太和”，是最高的和諧，既包括人與自然的和諧，也包括人與人之間的和諧。《周易》的核心思想是追求一種以大和為最高目標的天與人、自然與社會的整體和諧，其思維模式是一個陰陽互補的宇宙觀、世界觀，代表了中國文化自強不息、厚德載物的根本精神。

《詩經》四篇

《詩經》是中國第一部詩歌總集，共收錄 305 篇。其時代自西周初年至春秋中葉（約前 11 世紀至前 6 世紀）。原來只稱《詩》或"詩三百"，如《論語·季氏》云："不學詩，無以言。"《論語·為政》云："詩三百，一言以蔽之，曰：思無邪。"漢武帝建元五年（前 136 年）置"五經博士"，將《詩》與《易》、《尚書》、《禮》、《春秋》並列，這是官方確認《詩》為"經"的開始。這體現了對它的尊崇，並一直沿襲了下來。可見在古人心目中早已把《詩經》視為中華傳統文化最重要的原典之一。

漢代傳授《詩》的有魯、齊、韓、毛四家，後來其他三家詩先後亡佚，只有《毛詩》留傳至今。《毛詩》在《關雎》之下有《毛詩序》一篇。序又分小序和大序，小序解釋各篇的大意；大序是《詩經》全書的總序，其中說道："治世之音安以樂，其政和；亂世之音怨以怒，其政乖；亡國之音哀以思，其民困。"又說道："上以風化下，下以風刺上，主文而譎諫，言之者無罪，聞之者足以戒。"這些話對中國詩學都有重大的影響。

　　孔子曾將“詩三百”作為政治教化、美育和言語教育的教材，他說：“小子何莫學夫詩？詩可以興，可以觀，可以群，可以怨。邇之事父，遠之事君；多識于鳥獸草木之名。”(《論語·陽貨》)又說：“不學詩，無以言。”(《論語·季氏》)這些話對後世影響很大。

　　《詩經》有“六藝”、“四始”之說。“六義”指風、雅、頌三種體式和賦、比、興三種表現手法。“四始”一說指“風”、“小雅”、“大雅”、“頌”各自的第一篇，即《關雎》、《鹿鳴》、《文王》、《清廟》，本書所選的四篇正是《詩經》的“四始”之篇。

關雎

關關雎鳩 ❶，在河之洲 ❷。窈窕淑女 ❸，君子好逑 ❹。
參差荇菜 ❺，左右流之 ❻。窈窕淑女，寤寐求之 ❼。
求之不得，寤寐思服 ❽。悠哉悠哉 ❾，輾轉反側 ❿。
參差荇菜，左右采之。窈窕淑女，琴瑟友之 ⓫。
參差荇菜，左右芼之。窈窕淑女，鐘鼓樂之 ⓬。

《毛詩注疏》卷一

注釋

❶ 關關雎鳩（jū jiū）：關關，雌雄水鳥的和鳴聲。雎鳩，水鳥名，相傳"生有定偶而不相亂，偶常並遊而不相狎"。

❷ 洲：水中的陸地。

❸ 窈窕（yǎo tiǎo）淑女：窈窕，美心為窈，美狀為窕。淑，美善。

❹ 君子好逑（qiú）：君子，有身份的男子的通稱。好逑，好的匹配。逑，配偶。

❺ 參差（cēn cī）荇（xìng）菜：參差，長短不齊的樣子。荇菜，一種可食的水生植物。

❻ 左右流之：指採荇菜的女子時而向左、時而向右地採摘。流，通"摎（liú）"，捋取。下文的"左右采之"、"左右芼（mào）之"與此句意思相同。

❼ 寤寐（wù mèi）：寤，醒來。寐，入睡。

❽ 思服：思，發語詞，無實際意義。服，思念。

❾ 悠哉悠哉：形容時間之久長。

❿ 輾轉反側："輾"與"轉"同義，"反"與"側"同義，連起來用表示坐臥不寧的樣子。

⓫ 琴瑟友之：琴瑟，皆為古代彈撥樂器。友之，把她當成親密的朋友對待。

⓬ 鐘鼓樂之：鐘鼓，皆為古代打擊樂器。樂之，使淑女感到快樂。第四、五兩章的後兩句皆為迎娶後的想象之辭。

解析

　　《關雎》為"風"（又稱"國風"）的第一篇。"風"為地方樂調，共有十五國風，即當時十五個地區的地方樂調，其詞大多屬于民俗歌謠之類。

《毛詩序》說："詩者，志之所之也。在心為志，發言為詩。情動于中而形于言，言之不足，故嗟歎之；嗟歎之不足，故詠歌之；詠歌之不足，不知手之舞之，足之蹈之也。"第一首《關雎》正是這種創作過程生動而具體的體現。第一章以雎鳩的和鳴興起"窈窕淑女，君子好逑"，正所謂"情動于中而形于言"，此為全詩之要領。第二章的"寤寐求之"，第三章的"求之不得，寤寐思服。悠哉悠哉，輾轉反側"，正所謂"言之不足，故嗟歎之；嗟歎之不足，故詠歌之"，而這種嗟歎、詠歌又是那麼真率，毫無扭捏矯飾之態；第四章的"琴瑟友之"，第五章的"鐘鼓樂之"，寫君子想象中的婚嫁場面，正是"詠歌之不足，不知手之舞之，足之蹈之也"這種興奮狀態的生發。

全詩的感情既飽滿熾烈，又"和樂平正"（方玉潤《詩經原始》語）、"樂而不淫"，正應了孔子的評價："詩三百，一言以蔽之，曰：思無邪。"這也體現了我們的先民在婚戀觀上是多麼大膽坦誠、真率純潔。把《關雎》放在《詩經》的第一篇，有將婚戀視為"人倫之始"的意思。

鹿鳴

　　呦呦鹿鳴，食野之蘋 ❶。我有嘉賓，鼓瑟吹笙。吹笙鼓簧 ❷，承筐是將 ❸。人之好我 ❹，示我周行 ❺。

　　呦呦鹿鳴，食野之蒿。我有嘉賓，德音孔昭 ❻。視民不恌 ❼，君子是則是傚。我有旨酒 ❽，嘉賓式燕以敖 ❾。

　　呦呦鹿鳴，食野之芩。我有嘉賓，鼓瑟鼓琴。鼓瑟鼓琴，和樂且湛 ❿。我有旨酒，以燕樂嘉賓之心。

《毛詩注疏》卷九

❶ 蘋：一種陸生的可食植物。與下文的 "蒿"、"芩（qín）" 同義。

❷ 簧：樂管內發聲的舌片。

❸ 承筐是將：古人宴享時有奉送幣帛的侑賓之禮，這句是説在宴會上進行着侑賓之禮。承，奉送。筐，盛幣帛的器物。將，進行。

❹ 人之好我：人，指與會的嘉賓。我，指設宴的主人。

❺ 示我周行（háng）：嘉賓宣示大道，向我表達友好之情。示，告。周行，大道，正道。

❻ 德音孔昭：德音，美好的品德和聲譽。孔昭，非常昭著。

❼ "視民不恌（tiāo）" 二句：嘉賓所説的絕非輕佻之言，因而可以把它作為規則加以效法。視，通 "示"。恌，通 "佻"，輕薄。傚（xiào），同 "效"，效法。

❽ 旨酒：醇美的酒。

⑨ 嘉賓式燕以敖：嘉賓既可得到宴享之樂，又可得到遨遊之樂。燕，通“宴”。敖，通“遨”。

⑩ 湛（dān）：通“媅（dān）”，樂，盡興。

《鹿鳴》是“小雅”的第一篇，描寫的是周人宴享賓客的場面、過程。先有奉幣帛以侑賓的禮儀，再有歌樂中的酒食盡歡，最後有鼓樂齊鳴的合樂。宴飲活動的重點集中體現在主人的敬賓、嘉賓的美德，以及宴享活動維繫人心的作用上。“人之好我，示我周行”，這是說對主人報答的最好方式就是向他示以美德大道；“我有嘉賓，德音孔昭”，這是說對嘉賓的最大敬意就是能使其德音得到顯著的發揚；“和樂且湛”，“以燕樂嘉賓之心”，宴飲最重要的社會意義就在于營造一種祥和的氛圍，使賓主身心都得到愉悅。

文王

文王在上 ❶，于昭于天 ❷。周雖舊邦 ❸，其命維新。有周不顯 ❹，帝命不時。文王陟降 ❺，在帝左右。

亹亹文王 ❻，令聞不已。陳錫哉周 ❼，侯文王孫子。文王孫子，本支百世 ❽，凡周之士，不顯亦世 ❾。

世之不顯，厥猶翼翼 ❿。思皇多士 ⓫，生此王國。王國克生 ⓬，維周之楨。濟濟多士 ⓭，文王以寧。

穆穆文王 ⓮，于緝熙敬止 ⓯。假哉天命 ⓰，有商孫子。商之孫子，其麗不億。上帝既命，侯于周服。

侯服于周，天命靡常 ⓱。殷士膚敏 ⓲，祼將于京 ⓳。厥作祼將，常服黼冔 ⓴。王之藎臣 ㉑，無念爾祖 ㉒。

無念爾祖，聿修厥德 ㉓。永言配命 ㉔，自求多福。殷之未喪師 ㉕，克配上帝。宜鑑于殷，駿命不易 ㉖。

命之不易，無遏爾躬 ㉗。宣昭義問 ㉘，有虞殷自天 ㉙。上天之載，無聲無臭 ㉚。儀刑文王 ㉛，萬邦作孚 ㉜。

《毛詩注疏》卷一六

❶ 文王在上：周文王（名姬昌）的神靈在上天。史載周人自姬昌開始稱王，周人認為這是周族受天命之始。

❷ 于（wū）昭于天：得到天命而彰顯昭著。于，歎美聲。

❸ "周雖舊邦"二句：周邦雖是舊邦，但至文王而有了新的開始。舊邦，歷史悠久的邦國。命，天命，國祚。維，乃。

❹ "有周不顯"二句：周國得以彰顯，天命得以繼承。時，通"承"。不，通"丕"，意為大。

❺ "文王陟（zhì）降"二句：是說文王神靈的上下往來，始終在天帝的左右。陟降，上下。帝，天帝。

❻ 亹亹（wěi wěi）：勤勉貌。

❼ "陳錫哉周"二句：是說接受上天厚賜的是周文王的子孫。陳，通

"申"，重複。錫，通"賜"。陳錫，即厚賜。侯，維，只有。孫子，猶言子孫。

❽ 本支百世：本支，根幹和枝葉。這裏指周的本宗和支系。百世，世世代代。

❾ 不顯亦世：不，通"丕"。不顯，即大顯。與下文的"世之不顯"同。亦，通"奕"。亦世，即累世。

❿ 厥猶翼翼：厥，其。猶，通"猷（yóu）"，謀略。翼翼，謹慎貌。

⓫ 思皇多士：思，語氣詞，無實義。皇，滋長，增加。

⓬ "王國克生"二句：是説周王國能培育出"多士"，他們是國家的棟梁。克，能。維，是。楨，根幹，骨幹。

⓭ 濟濟：眾多貌。

⓮ 穆：和睦端莊。

⓯ 于（wū）緝熙敬止：緝熙，光明正大。敬止，誠敬謹慎。止，語尾助詞。

⓰ "假哉天命"六句：是説天命是偉大的，商不下數萬的子孫既已接受天命，臣服了周。假，大。有商，古人在稱某朝時常在前加一"有"字。麗，數目。不億，不止一億。古時以十萬為一億。侯，乃，于是。服，服事，臣服。

⓱ 靡：無，不。

⓲ 殷士膚敏：殷士，指助祭的殷人後代。膚敏，壯美敏捷。

⓳ 祼（guàn）將于京：殷人的後代也來到京城進行助祭。祼，祭祀的一種形式，也稱"灌祭"。將，進行。

⓴ 常服黼冔（fǔ xǔ）：常，通"尚"，還是，依然。黼冔，殷人依然穿戴着他們的禮服和禮帽。

㉑ 王之藎（jìn）臣：王，指主祭的周王。一説周成王。藎，進用。指周王所進用的殷商舊臣。

㉒ 無念爾祖：周人勸殷商舊臣棄舊從新，不要再懷想商之先祖。

㉓ 聿（yù）：循，遵行。

㉔ 永言配命：永遠膺承上天之命。

㉕ "殷之未喪師"二句：是說殷朝在未喪失民心時，他們也能配享上帝。

㉖ 駿命不易：駿命，大命，天命。不易，不容易。

㉗ 無遏（è）爾躬：是說天命不易長保，只是不要在你們身上中斷。遏，止。

㉘ 宣昭義問：宣昭，發揚光大。問，通"聞"。"義問"即令聞，好名聲。

㉙ 有虞殷自天：還須知道殷鑑是來自天意的。有，通"又"。虞，揣度。殷，通"依"，依從。"虞殷"含有藉鑑之意。

㉚ 無聲無臭（xiù）：無聲無息。

㉛ 儀刑：效法。刑，通"型"，模範。

㉜ 孚：信，信服。

　　《文王》是"大雅"的第一篇，《毛詩序》說："雅者，正也，言王政之所由廢興也。政有小大，故有小雅焉，有大雅焉。"《文王》一詩，歌頌的是周文王如何建國以及周王子孫如何守成王業，屬于政之大者。第一章以"文王在上，于昭于天"始，以"文王陟降，在帝左右"結，是說周文王的開國稱王乃受命于天，"周雖舊邦，其命維新"，強調文王是新受命者，有一個新的開始。第二章"文王孫子，本支百世"，第三章"思皇多士"、

“濟濟多士”，反覆強調“多士”的重要性，指出國家只有培育出大批的新人成為國家的棟梁，文王開創的基業才能“不顯亦世”，長治久安。第四章、第五章“商之孫子，其麗不億。上帝既命，侯于周服”，是說要想自己長治久安，必須要使敵人臣服，而這種臣服不能只靠武力，而要讓他們心悅誠服，他們可以保留自己的文化而侯服于新王。其中“天命靡常”一句強調天命並非固定不變的，而是取決于人事。第六章“殷之未喪師，克配上帝。宜鑑于殷，駿命不易”，進一步寫殷人也曾得到過天命，所以更應以殷為鑑。第七章作為結章，與第一章相呼應，既然要以天命為本，就應敬畏天命。別看“上天之載，無聲無臭”，但它是公平的，是會選擇的，只有效法文王，才能得到萬邦的誠信。

要之，此詩在對周文王充滿敬意的回憶與歌頌中，也對周王朝自身的發展做出了清醒的思考。

清廟

　　于穆清廟 ❶，肅雝顯相。濟濟多士 ❷，秉文之德 ❸。對越在天 ❹，駿奔走在廟 ❺。不顯不承 ❻，無射于人斯！

《毛詩注疏》卷一九

注釋

● "于（wū）穆清廟"二句：進入肅穆的清廟，人們好像又見到文王本身的相貌。于穆，猶言"穆穆"，意為肅穆。清廟，肅然清靜的廟宇。肅，敬。雝（yōng），同"雍"，諧和。顯，明，指有明德。相，助，指助祭者。

● 濟濟多士：濟濟，眾多。多士，指參加祭祀的眾多諸侯和公卿大臣。

● 秉文之德：都秉持着文王的德行。

● 對越在天：是説報答文王的在天之靈。對，報答。越，宣揚。

● 駿：通"逡"，形容奔走時急速的樣子。周時在廟堂祭祀時以小步速行為恭敬。

● "不顯不承"二句：是説文王的功德多麼顯赫，多麼盛美，人們都在毫不懈怠地繼承着他的盛德和功業。不，通"丕"，大。承，通"烝"，美善。射（yì）：厭倦、懈怠。斯，句末語助詞。

解析

    頌是宗廟之樂歌，分"周頌"、"魯頌"、"商頌"。這首《清廟》為"周頌"的第一篇，寫的是周人祭祀周文王的情景。據最新的出土文獻《戰國楚竹書·孔子詩論》第五簡記載，孔子曾這樣説："《清廟》，王德也，至矣！敬宗廟之禮，以為其本；秉文之德，以為其蘗。"這些話準確地揭示了此詩的兩大主旨。"于穆清廟，肅雝顯相"，"駿奔走在廟"，這都是"敬宗廟之禮"。"祭神如神在"（《論語·八佾》），祭祀祖先應恭恭敬敬地恪盡職責，懷着一顆敬畏之心，感念他的偉大業績，從而繼承和鞏固王德之本。"無射于人斯"，是要求子孫能毫不懈怠地"秉文之德"。而"秉文之德"的關鍵是"濟濟多士"，要有德才兼備的人才，使王德不斷地"分蘖"發揚。這樣看來，祭祀宗廟祖先不僅僅是形式，而是要通過這種形式追本溯源，不忘本初，凝聚人心，警示後人，緊抓人才的培養，從而光大祖先的王德和基業。

子產不毀鄉校

《春秋左氏傳》，簡稱《左傳》，《春秋》三傳之一，是中國第一部編年體史籍。"傳"是注釋說明的意思。"《春秋》三傳"都是注釋魯史《春秋》的，另兩種（《公羊傳》和《穀梁傳》）偏重發揮義理，只有《左傳》是以敘事為主，史料價值很高。相傳《左傳》為春秋末期魯國史官左丘明所編纂，但其實際成書年代或在戰國中前期。此書記載了從魯隱公元年（前722年）至魯哀公二十七年（前468年）二百五十多年間東周列國的政治、經濟和文化。《左傳》的思想內涵極為豐富，大體上以儒家思想為主，也囊括了法家、兵家等多方面內容。內中尤以"民本"思想特別值得我們重視。本段文字出自《左傳》襄公三十一年（前542年），篇題為後人所加。

鄭人遊于鄉校 ❶，以論執政 ❷。然明謂子產曰 ❸："毀鄉校，何如？"子產曰："何為？夫人朝夕退而遊焉，以議執政之善否。其所善者，吾則行之；其所惡者，吾則改之，是吾師也。若之何毀之？我聞忠善以損怨 ❹，不聞作威以防怨。豈不遽止 ❺？然猶防川。大決所犯 ❻，傷人必多，吾不克救也。不如小決使道 ❼，不如吾聞而藥之也 ❽。”然明曰：“蔑也今而後知吾子之信可事也 ❾。小人實不才。若果行此，其鄭國實賴之 ❿，豈唯二三臣？”

仲尼聞是語也 ⓫，曰：“以是觀之，人謂子產不仁，吾不信也。”

《春秋左傳注疏》卷四〇

❶ 鄉校：古代地方學校。周代特指六鄉州黨的學校。

❷ 執政：執政的大臣。

❸ 然明：春秋時期鄭國大夫，姓然明，名鬷蔑（zōng miè），故下文自稱蔑。子產：姬姓，公孫氏，名僑（？－前 522 年），字子產。春秋時期鄭國著名的政治家、思想家。鄭簡公十二年（前 554 年）為卿，二十三年開始主政鄭國，相鄭簡公、鄭定公二十餘年。

❹ 損：減少。

❺ 豈不遽（jù）止：難道不能迅速制止議論？遽，趕快，疾速。

❻ 決：堤岸潰破。

❼ 道：同“導”，疏通。

❽ 吾聞而藥之：我聽到這些來救治弊端。藥之，使之為藥，救治。

❾ 信：確實。

❿ 賴：依靠。

⓫ 仲尼：孔子字仲尼。

　　不毀鄉校一事發生在子產主政鄭國的第二年（前542年）。其時子產推行一系列治國新舉措，遭到部分人的反對。于是，鄭國人聚集在鄉校，批評子產的施政舉措。大夫然明建議子產毀鄉校，以杜絕眾人的議論；而子產以政治家的氣度歡迎這些批評，認為壓制輿論會使民怨沸騰，誠懇接受批評才是施政的良策。《國語·周語上》"召公諫厲王弭謗"的記載說，周厲王為人暴虐，又拒絕批評，最終被臣民拋棄。子產顯然熟悉這段歷史，從中汲取了教訓，因而做出了如此明智正確的選擇。

《左傳》

子產論政寬猛

題解

　　本文選自《左傳》昭公二十年（前 522 年），篇名為後人所加。這段文字記載了子產臨終前對繼任者子大（tài）叔的政治囑託。子大叔對遺囑的違背與遵從所造成的後果，折射出了子產作為政治家的遠見卓識；而孔子對子產、子大叔執政的評價，則體現了儒家寬嚴相濟的中和思想。

原文

　　鄭子產有疾。謂子大叔曰 ❶："我死，子必為政 ❷。唯有德者能以寬服民，其次莫如猛。夫火烈，民望而畏之，故鮮死焉 ❸。水懦弱，民狎而玩之 ❹，則多死焉。故寬難。"疾數月而卒。

　　大叔為政，不忍猛而寬。鄭國多盜，取人于萑苻之澤 ❺。大叔悔之，曰："吾早從夫子，不及此。"興徒兵以攻萑苻之盜 ❻，盡殺之，盜少止。

　　仲尼曰："善哉！政寬則民慢，慢則糾之以猛。猛則

民殘 ❼，殘則施之以寬。寬以濟猛 ❽，猛以濟寬，政是以和。《詩》曰‘民亦勞止 ❾，汔可小康 ❿。惠此中國，以綏四方 ⓫’，施之以寬也。‘毋從詭隨 ⓬，以謹無良。式遏寇虐 ⓭，慘不畏明’，糾之以猛也。‘柔遠能邇 ⓮，以定我王’，平之以和也。又曰‘不競不絿 ⓯，不剛不柔。布政優優 ⓰，百祿是遒 ⓱’，和之至也。”

及子產卒，仲尼聞之，出涕曰：“古之遺愛也 ⓲。”

《春秋左傳注疏》卷四九

❶ 子大叔：姓游，名吉，春秋時鄭國貴族，繼子產之後主政鄭國。其人熟悉典故，嫻于辭令，知名于諸侯國。

❷ 為政：執政。

❸ 鮮：少。

❹ 狎（xiá）：輕忽，輕慢。玩：弄。

❺ 取（jù）：通“聚”，聚集。萑苻（huán fú）之澤：蘆葦叢生的水澤。

❻ 徒兵：步兵。

❼ 殘：殘忍，殘暴。

❽ 濟：調劑，彌補，補益。

❾ “民亦勞止”四句：見于《詩·大雅·民勞》。

❿ 汔（qì）：差不多。

⓫ 綏：安。

⓬ “毋從詭隨”四句：見于《詩·大雅·民勞》。詭隨，不顧是非而

妄隨人者。

⓭ 式：應。遏：止。

⓮ "柔遠能邇"二句：見于《詩·大雅·民勞》。邇，近。

⓯ "不競不絿（qiú）"四句：見于《詩·商頌·長發》。競，強。絿，
緩。

⓰ 布政：佈政，施政。優優：寬裕之貌。

⓱ 逑（qiú）：聚。

⓲ 遺愛：指有古人高尚德行、被人敬愛的人。

　　本文是一篇關于子產、孔子治國理念的重要文獻。
子產臨終前將其治民理政的經驗傳授給繼任者子大叔，
認為民之性，畏懼嚴苛而褻于寬鬆，故在春秋亂世，為
政當以猛為主。子大叔繼任後，不忍用猛而用寬，導致
鄭國多盜賊。子大叔感悟到子產遺囑的道理，于是發兵
殲滅群盜。針對鄭國的政局變化，孔子闡述了治民當以
寬嚴相濟的儒家中和思想。孔子認為德治與法治應協調
施用，且以德治禮治為主導，以達到社會和諧的效果。

《國語》

召公諫厲王弭謗

《國語》是中國最早的一部國別體史書。相傳為春秋末期魯國史官左丘明編纂，但實際成書年代應在戰國初期。《國語》共二十一卷，分周、魯、齊、晉、鄭、楚、吳、越八國記事，起自西周中期，下迄戰國初年，前後約五百年。與《左傳》不同，《國語》以記言為主，記事為輔，士大夫的嘉言善語構成此書的主體。《國語》的編纂既有懲惡揚善的勸誡意味，又有汲取歷史經驗教訓的用意，對今人亦多有啟發。本篇選自《周語上》，篇題為後人所擬。"召公"一作"邵公"。

厲王虐❶，國人謗王❷。召公告王曰❸："民不堪命矣！"王怒，得衞巫❹，使監謗者❺。以告，則殺之。國人莫敢言，道路以目❻。

王喜，告召公曰："吾能弭謗矣❼，乃不敢言。"召公曰："是鄣之也❽。防民之口，甚于防川。川壅而潰❾，傷人必多，民亦如之。是故為川，決之使導；為民者，宣之使言。故天子聽政，使公卿至于列士獻詩 ⑩，瞽獻曲 ⑪，史獻書 ⑫，師箴 ⑬，瞍賦 ⑭，矇誦 ⑮，百工諫 ⑯，庶人傳語，近臣盡規，親戚補察，瞽、史教誨，耆、艾修之 ⑰，而後王斟酌焉 ⑱，是以事行而不悖。民之有口也，猶土之有山川也，財用于是乎出；猶其有原隰衍沃也 ⑲，衣食于是乎生。口之宣言也，善敗于是乎興，行善而備敗，所以阜財用衣食者也 ⑳。夫民慮之于心，而宣之于口，成而行之，胡可壅也 ㉑？若壅其口，其與能幾何？"

王弗聽，于是國人莫敢出言。三年 ㉒，乃流王于彘。

《國語》卷一《周語上》

① 厲王：周厲王（？—前 828 年），姬姓，名胡。周夷王姬燮之子，西周第十位君主。虐，殘暴。

② 國人：指居住在大邑內的人。謗，指責別人的過失。

③ 召公：召穆公，姬姓，名虎。為厲王朝的卿士。

④ 衛巫：衛國的巫師。

⑤ 監：察看，監視。

⑥ 目：不敢發言，用眼色表態示意。

⑦ 弭（mǐ）：止息。

⑧ 鄣：同"障"，阻塞。

⑨ 壅（yōng）：堵塞。

⑩ 列士：古稱天子的上士為列士，以別于諸侯的上士。獻詩：進獻詩歌，用以諷諫。

⑪ 瞽（gǔ）：樂官，古代以瞽者為之。瞽，眼失明。曲：原作"典"，據徐元誥《國語集解》改。

⑫ 史獻書：外史進獻史志文獻以盡規鑑之效。

⑬ 箴：規諫，告誡。

⑭ 瞍（sǒu）：盲人。古代樂官以盲人充任。

⑮ 矇：目盲。亦指一時失明。

⑯ 百工：各種工匠。

⑰ 耆（qí）、艾：尊長，師長。亦泛指老年人。

⑱ 斟酌：反復考慮、擇善而定。

⑲ 隰（xí）：低濕的地方。

⑳ 阜（fù）：使之豐厚、富有。

㉑ 胡：原作"故"，據徐元誥《國語集解》改。

㉒ "三年"二句：由于周厲王統治暴虐，國人不堪忍受，三年後（前841年）國人暴動，推翻厲王的統治，厲王逃亡至彘，最終死在那裏。彘（zhì），在今山西霍縣東北。

解析　　召公用"防民之口，甚于防川"來比擬壓制民間呼聲的危害，並指出民間的聲音有利于天子施政，而且周代已有天子納諫的制度，厲公不應該弭謗。以人為鑑，可以明得失。厲公拒絕納諫，最終為民所棄。因此，在上者時刻關注百姓的聲音，隨時反思修正自己的行為，是極為重要的。

牧民

  《管子》是戰國時期管仲（？—前 645 年）後學對管仲思想、言行的記述與發揮之作，其中也夾雜了秦漢時期的一些作品。《漢書‧藝文志》將其列為"道家"，《隋書‧經籍志》則將其列為"法家"。在道家、法家為主體之外，書中亦有儒家、縱橫家、兵家之說，間雜陰陽家、農家思想。此書雖非管仲本人所作，但對了解戰國時期的學術思想以及齊國的政治文化均有重要價值。漢代初年許多思想家的論著以及《史記》、《漢書》中都援引過《管子》。《管子》一書經西漢劉向整理後，定為八十六篇，今本存七十六篇。《牧民》是《管子》的第一篇，講的是治理國家的總體原則與方法，共分《國頌》、《四維》、《四順》、《士經》、《六親五法》五章，這裏所選的是前三章。

國頌 ❶

　　凡有地牧民者 ❷，務在四時 ❸，守在倉廩 ❹。國多財，則遠者來；地辟舉 ❺，則民留處；倉廩實，則知禮節；衣食足，則知榮辱；上服度 ❻，則六親固；四維張 ❼，則君令行。故省刑之要 ❽，在禁文巧；守國之度，在飾四維 ❾；順民之經 ❿，在明鬼神 ⓫，祗山川，敬宗廟，恭祖舊。不務天時，則財不生；不務地利，則倉廩不盈。野蕪曠，則民乃菅 ⓬；上無量 ⓭，則民乃妄。文巧不禁，則民乃淫 ⓮；不璋兩原 ⓯，則刑乃繁。不明鬼神，則陋民不悟 ⓰；不祗山川，則威令不聞；不敬宗廟 ⓱，則民乃上校；不恭祖舊，則孝悌不備 ⓲。四維不張，國乃滅亡。

❶ 國頌：形容治理國家所應有的樣子。頌，形容。

❷ 牧民：管理人民。牧，本義為養牛人。

❸ 務在四時：這是説要根據天時的變化，在不同的季節裏完成不同的工作，也就是《論語·學而》篇所説的"使民以時"。《管子》中專有《四時》一篇論述這一問題。

❹ 守在倉廩（lǐn）：其職守在于使糧倉充實。廩，糧倉。

❺ "地辟舉"二句：土地開發了，人民就會留下來居住。辟，開闢。舉，開發。

❻ "上服度"二句：大意是説在上之人用度有法，則家國鞏固。服，用。度，法度，這裏是有節度的意思。六親，泛指親屬。古代為

宗法社會，國民皆為部族成員，這裏的六親可理解為國民。

❼ 四維：即下文所説的禮、義、廉、恥四項綱紀。維，本義為繫物的大繩，可泛指一切事物賴以固定的東西，引申為綱紀。

❽ “省刑之要”二句：省約刑罰的關鍵，在于禁止舞文弄巧。文，文飾，掩蓋。巧，巧騙，偽詐。“文巧”指文過飾非、鑽法律空子，即《韓非子·五蠹》所説的“儒以文亂法”。

❾ 飾：通“飭”，整飭，端正。

❿ 順民之經：教訓人民的辦法。順，通“訓”。

⓫ “在明鬼神”四句：明，尊敬。祗（zhī），恭敬。祖舊，宗親、故舊。此數句與《管子·四稱》中的“敬其山川、宗廟、社稷及至先故之大臣，收聚以忠而大富之”意思相同。“祖舊”即“先故之大臣”，故下文説“不恭祖舊，則孝悌不備”。

⓬ 民乃菅（jiān）：“菅”，一説當作“奸”，一説當作“營”，營即亂。

⓭ 上無量：在上之人用度無量，即上文“上服度”的反面。

⓮ 民乃淫：人民便有淫邪行為。淫，多的，過度的。《管子·五輔》：“若民有淫行邪性，樹為淫辭，作為淫巧，以上諂君上，而下惑百姓，移國動眾，以害民務者，其刑死流。”

⓯ 不璋兩原：璋，當作“墇”，“障”之古字，擁堵。兩原，承上文而言，“上無量”乃“妄”之原，“文巧不禁”乃“淫”之原。原，通“源”。

⓰ 陋民不悟：陋，小。一説“悟”不合韻，當作“信”。

⓱ “不敬宗廟”二句：意思是説如果不敬宗廟，老百姓就會不知尊卑而抗上。校（jiào），抗，較量。一説為“效”，上無所尊，下亦效之。

⓲ 悌（tì）：敬愛兄長，恭順。

四維

　　國有四維，一維絕則傾，二維絕則危，三維絕則覆，四維絕則滅。傾可正也，危可安也，覆可起也，滅不可復錯也 ❶。何謂四維？一曰禮，二曰義，三曰廉，四曰恥。禮不逾節 ❷，義不自進，廉不蔽惡，恥不從枉。故不逾節，則上位安；不自進，則民無巧詐；不蔽惡 ❸，則行自全；不從枉，則邪事不生。

❶ 復錯："錯"字疑為衍文，《藝文類聚》卷五三引《管子》作"得復"。

❷ "禮不逾節"四句：大意是説有了禮，就不會不知節制；有了義，就不會急于自薦、冒進；有了廉，惡行就無法隱蔽；有了恥，就不會去跟隨那些邪枉而無羞恥心的人。

❸ "不蔽惡"二句：不隱蔽惡行，則其品行完備。行自全，相當于"完人"之意。

四順

　　政之所興 ❶，在順民心；政之所廢，在逆民心。民惡憂勞，我佚樂之 ❷；民惡貧賤，我富貴之；民惡危墜 ❸，我存安之；民惡滅絕，我生育之。能佚樂之 ❹，則民為之憂勞；
能富貴之，則民為之貧賤；能存安之，則民為之危墜；能生
育之，則民為之滅絕。故刑罰不足以畏其意 ❺，殺戮不足以
服其心。故刑罰繁而意不恐 ❻，則令不行矣；殺戮眾而心不
服，則上位危矣。故從其四欲 ❼，則遠者自親；行其四惡，
則近者叛之。故知予之為取者 ❽，政之寶也。

《管子》卷一

❶ 興：《藝文類聚》卷五三引《管子》作"行"，順民心則行。

❷ 佚：通"逸"，安逸。

❸ "民惡危墜"二句：老百姓厭惡憂心、恐懼的生活，我存恤百姓使
其安定下來。存，恤問。

❹ "能佚樂之"八句：大意是說誰能使百姓安逸、快樂，百姓就會替
他操勞；誰能使百姓富貴，百姓就會甘心為他受窮；誰能存恤百
姓，百姓就會為他擔心；誰能生養、化育百姓，百姓就會甘心為
他赴死。

❺ "故刑罰不足以畏其意"二句：刑罰不足以使百姓畏懼，殺戮不足
以使百姓心服。

❻ "故刑罰繁而意不恐"四句：刑罰煩瑣卻不能使百姓畏懼，法令就
無法施行；殺戮眾多但老百姓並不心服，在上之人的位子就坐不
穩了。

❼ "故從其四欲"四句：能滿足百姓的"四欲"，遠方的人就會來親
附；如果做了"四惡"之事，身邊的人也會背叛。"四欲"指上文
說的"佚樂"、"富貴"、"存安"、"生育"。"四惡"指"憂勞"、"貧

賤"、"危墜"、"滅絕"。

❽ "故知予之為取者"二句：知道"給予"也就是"索取"的道理，這是從政的法寶。予，授予，給予。

　　《牧民》篇以禮、義、廉、恥為"國之四維"，把它們作為維持國家與社會穩定的四大綱紀而提到了一個很高的位置。"四維"當中缺了任何一樣，國家就要傾頹；缺了兩樣，政權就要瀕危；缺了三樣或四樣，社會就要坍毀。如果沒有道德的維繫，單純或過分依賴刑罰制裁，法律就會越來越煩瑣、嚴苛，對老百姓的威懾力也會越來越小。

　　那麼，禮義廉恥應該如何養成呢？《管子》裏有一個很著名的論斷："倉廩實，則知禮節；衣食足，則知榮辱。"道德不能僅靠憑空說教，必須要有一定的物質前提。人只有在滿足了溫飽之後，才能顧及禮義廉恥，因此"凡治國之道，必先富民"（《管子·治國》）。這和孔子主張的先"富之"，既而"教之"的觀點（《論語·子路》），是一脈相承的。

　　盡可能地滿足百姓的生活需求，做到"順民心"，這是治理國家的關鍵所在。渴望安樂富裕，希望免除恐懼，需要繁衍生息，這都是人最基本的需求，也是最大的"民心"。統治者如果能想百姓之所想，多為百姓謀福祉，那麼百姓也會義無反顧地報以最大的支持。

《老子》九章

老子（前 571 年？—前 471 年？），姓李，名耳，字聃（dān。一說本字伯陽，謚聃），楚國苦縣厲鄉曲仁里（今河南鹿邑東）人，一說今安徽渦陽人。曾任周朝“守藏室之史”（管理周王室藏書的官員），中國古代哲學家、思想家，道家學派的創始人，又被後世道教尊為始祖。《史記》卷六三有傳。據司馬遷《史記》本傳記載，老子在出函谷關前，被關令尹喜強留著書，言道德之意五千言乃去，最後不知所終。關于老子其人，司馬遷的時代已莫能明，一說是楚人老萊子，與孔子同時，一說是周太史儋（dān），生活于孔子死後 129 年。老子哲學分為“道”與“德”兩個部分，“道”與“德”是體用關係，“道”為宇宙的本源，解釋宇宙及世間萬物的變化。老子哲學蘊含着樸素的辯證法觀念，如“有無相生”、“正復為奇”等等。老子主張“自然”、“無為”，司馬遷認為“李耳無為自化，清靜自正”，就是對老子哲學極為簡括精當的說明。關于老子其書，過去有很多的爭論。1973 年，湖南長沙馬王堆第三號漢墓出土了帛書《老子》甲、乙本。甲本抄寫的年代，至晚在漢高祖時期，約前 206 年—前 195 年之間。乙本抄寫的年代，可能在漢惠帝時期，約前 194 年—前 180 年之間。1993 年，湖北荊門郭店出土了《老子》甲、乙、丙三組楚簡文本，進一步證明，《老子》一書的成書時間不晚于戰國中期偏晚之前。從形式上看，《老子》一書與先秦諸子之書的不同之處主要有兩點：一是雖不免有後學的增補修改，但基本上出自一人的手筆。二是全書基本是韻語，可以稱作哲理性的散文詩。《老子》一書的通行本主要是西漢河上公的《老子章句》和三國魏王弼的《老子注》。這裏所選的《老子》共有九章，涉及老子的"道"論、"德"論兩個部分，是老子哲學思想的精髓所在。

二章

　　天下皆知美之為美，斯惡已 ❶；皆知善之為善，斯不善已。故有無相生 ❷，難易相成，長短相較 ❸，高下相傾 ❹，音聲相和，前後相隨。是以聖人處無為之事 ❺，行不言之教；萬物作焉而不辭 ❻，生而不有，為而不恃，功成而弗居。夫唯弗居，是以不去。

❶ 惡：醜，與"美"相對。已：通"矣"。

❷ 有無：此處的"有"、"無"指的是現象界中事物的"有"、"無"，

而非本體論意義上的"有"、"無"。

❸ 較：郭店竹簡本作"形"。依韻例，作"形"字是。形，比較。

❹ 傾：帛書本作"盈"，張松如認為此處避漢惠帝劉盈諱而改。

❺ 聖人：道家理想中的"聖人"與儒家不同，道家"聖人"的特徵是清靜無為、取法自然。無為：順其自然。

❻ 辭：郭店竹簡、帛書甲乙本作"始"，順其自然而不為先。

八章

　　上善若水 ❶。水善利萬物而不爭，處眾人之所惡，故幾于道 ❷。居善地 ❸，心善淵 ❹，與善仁 ❺，言善信 ❻，正善治 ❼，事善能 ❽，動善時 ❾。夫唯不爭，故無尤 ❿。

❶ 上善若水：意思是說上善之人，如水之性。上善，上善之人，即道家的聖人。以下幾句都是以水德為喻，對上善之人作出的寫狀。

❷ 幾：接近。

❸ 善地：善于選擇地方。

❹ 善淵：善于保持沉靜。

❺ 善仁：善于保持寬厚。

❻ 善信：善于保持誠信。

❼ 正：一作"政"。善治：善于保持清靜。

⑧ 善能：善于發揮所長。

⑨ 善時：善于選擇時機。

⑩ 尤：過失。

二十二章

　　曲則全，枉則直 ❶，窪則盈，敝則新 ❷，少則得，多則惑。是以聖人抱一 ❸，為天下式。不自見 ❹，故明；不自是，故彰；不自伐 ❺，故有功；不自矜 ❻，故長。夫唯不爭，故天下莫能與之爭。古之所謂曲則全者，豈虛言哉！誠全而歸之。

❶ 枉：屈。

❷ 敝：舊。

❸ 抱一：守道。

❹ 見：同"現"，表現，顯現。

❺ 自伐：自我誇耀。

❻ 自矜（jīn）：自大。

二十五章

　　有物混成 ❶，先天地生。寂兮寥兮 ❷，獨立不改 ❸，周行而不殆，可以為天下母。吾不知其名，字之曰道，強為之名曰大。大曰逝 ❹，逝曰遠，遠曰反。故道大，天大，地大，王亦大 ❺。域中有四大，而王居其一焉。人法地，地法天，天法道，道法自然 ❻。

❶ 物：同“道之為物”之“物”，這裏指道。

❷ 寂兮寥兮：沒有聲音和形狀。兮，虛詞。

❸ “獨立不改”二句：意思是說道的獨立性和永恆性，大道運行，無處不在，周而復始。周行，一說無處不在地運行。周，遍。另一說循環往復地運行。周，循環。

❹ “大曰逝”三句：意思是說道的運行周流不息，無遠弗屆，最後又返回自然混成的本原狀態。以上是對道運行特性的說明。

❺ 王：有的版本作“人”。

❻ 自然：自然而然。

三十三章

知人者智，自知者明。勝人者有力，自勝者強。知足者富。強行者有志。不失其所者久 ❶。死而不亡者壽 ❷。

以上《老子道德經》上篇

注
釋

❶ 不失其所者久：不失去根基或本性的人才能長久。

❷ 死而不亡者壽：肉體消亡而道長存的人才算長壽。

原
文

四十四章

名與身孰親 ❶？身與貨孰多 ❷？得與亡孰病 ❸？是故甚愛必大費 ❹，多藏必厚亡。知足不辱，知止不殆 ❺，可以長久。

注
釋

❶ 名與身孰親：名利與生命哪個更值得珍惜？

❷ 身與貨孰多：生命與身外之物哪個更貴重？多，這裏有貴重的意思。

❸ 得與亡孰病：得到與失去哪個是災禍？病，災禍。

❹ 甚愛必大費：過度的吝惜必然引起更大的浪費。

❺ 殆：危險。

五十七章

　　以正治國 ❶，以奇用兵，以無事取天下 ❷。吾何以知其然哉？以此。天下多忌諱 ❸，而民彌貧；民多利器，國家滋昏；人多伎巧，奇物滋起；法令滋彰，盜賊多有。故聖人云："我無為而民自化，我好靜而民自正，我無事而民自富，我無欲而民自朴 ❹。"

❶ "以正治國"二句：以清靜之道治國，以詭奇之法用兵。奇和正是一組相反的概念。正，這裏指的是清靜無為之道。奇，與後來孫子所謂的"兵者，詭道也"有相通之處。

❷ 以無事取天下：在老子看來，有正則有奇，奇正相生，正可以治國，奇可以用兵，但是只有無事才可以取天下。無事，無為。下文的"無為"、"好靜"、"無事"、"無欲"就是其具體的展開。

❸ 忌諱：這裏指法令、戒條及規定等。

❹ 朴：通"樸"，質樸。

六十七章

　　天下皆謂我道大，似不肖 ❶。夫唯大，故似不肖。若肖，久矣其細也夫！我有三寶，持而保之。一曰慈 ❷，二曰儉 ❸，三曰不敢為天下先。慈，故能勇；儉，故能廣；不敢為天下先，故能成器長 ❹。今舍慈且勇，舍儉且廣，舍後且先，死矣！夫慈 ❺，以戰則勝，以守則固。天將救之，以慈衛之。

❶ 似不肖：因為道具有 "逝"、"遠"、"反" 的特性，所以，道不可能與任何事物相似。肖，相似。

❷ 慈：慈愛，寬厚。

❸ 儉：與 "嗇" 同義，節儉，有而不盡用。

❹ 器長：萬物的首長。器，與 "道" 相對。該句有的版本又作 "故能為成器長"，故一說 "成器" 猶 "大器"，成，大。後說亦可從。

❺ "夫慈" 三句：慈則相憫、相恤、相愛，故無論戰與守，皆能取得勝利。這與孟子 "仁者無敵" 的觀念有一致之處。

七十七章

天之道,其猶張弓與?高者抑之,下者舉之;有餘者損之,不足者補之。天之道,損有餘而補不足。人之道則不然 ❶,損不足以奉有餘。孰能有餘以奉天下?唯有道者。是以聖人為而不恃 ❷,功成而不處,其不欲見賢。

以上《老子道德經》下篇

❶ 人之道:與"天之道"相對,指社會的一般規律。

❷ "是以聖人為而不恃"三句:陳鼓應據嚴靈峰《老子達解》認為最後三句與上文意義不相連屬,乃錯簡,但帛書乙本也如此。見,同"現",顯現,表現。

老子哲學,一切都是圍繞着他所預設的"道"來展開的,由此呈現出了宇宙論—人生論—政治論三個層次。

第二十五章是對"道"的具體描述。老子的"道",不同于西方哲學的"絕對理念"和"絕對精神","道"是實體性的具體存在,它先天地而生,無聲無形,是

"天下母"，宇宙萬物皆由它創生而來，即所謂的"道生一，一生二，二生三，三生萬物"（第四十二章），"道"是渾樸的、獨立的、永恆的，大道流行，周流不息，無遠弗屆，最後又回歸到本初的狀態。

"道"最大的特性是"自然"，"自然"即自然而然的意思。如果說，孔子哲學的核心是"仁"，那麼老子哲學的核心則是"自然"。"道"是本體性的、始源性的，而"德"則是與"道"二而一的哲學範疇。"德者，得也"，"德"是"道"的具體展開。"道"蘊于"德"內，而"德"體現于"道"中。

老子從經驗世界出發，以類比論證的方式闡述了對立轉化規律。第二章的"有無相生"、第二十二章的"曲則全"等等，都體現了老子哲學的深刻之處。世間的萬事萬物以及一切現象皆相反相成，而人間的價值觀如美與醜、善與惡等等，也同樣如此。善于從反面來把握事物正反面的意義，這是老子乃至道家哲學的特異、卓異之處。樸素的辯證思維觀念，構成了老子哲學的方法論。

哲學是人生"思維的花朵"。就老子哲學的體系而言，"道"與"德"的下落，便是老子哲學的人生論。除了第二章、二十五章以外，本篇所選的第八章、二十二章、三十三章、四十四章、五十七章、六十七章、七十七章，均是對"德"這一範疇的具體展開。

"反者道之動，弱者道之用"（第四十章），既是老子對"道"體察的結果，也是其哲學思辨的基本方法。

"反"是老子哲學認識論的主幹，"反"兼具二義：一是"相反"，二是"返本"。"相反"，提示着要從宇宙萬物以及現象運行的反面來把握其意義；"返本"，則要求回到"道"的"自然"狀態。"道法自然"的"自然"，落實到老子哲學的人生論，其核心概念便是"無為"。

"天之道，不爭而善勝，不言而善應"（第七十三章），"天之道，利而不害；聖人之道，為而不爭"（第八十一章），與此相一致的，"功成而弗居"（第二章），"不爭"（第八、二十二章），"知足"、"知止"（第四十四章），"無為"（第五十七章），"慈"、"儉"、"不敢為天下先"（第六十七章），"功成而不處"（第七十七章），等等，都是對"無為"思想的具體論說。

畢竟，老子所處的時代及其"周守藏室之史"的身份，決定了《老子》一書在某種程度上又具有"獻策資政"的性質。因此，其人生論的再一步下落，就構成了老子的政治論。"以道蒞天下"（第六十章），"清靜為天下正"（第四十五章），"清靜"便是老子開出的治國理政藥方。在老子看來，"人之道"已經背離了"天之道"，"天下多忌諱，而民彌貧"等等（第五十七章），"人之道則不然，損不足以奉有餘"等等（第七十七章），就是老子對現實清醒體察的結果。在老子看來，正是由于統治者的恣意妄為、欲望膨脹，才造成了人世間的種種矛盾和不平等。"朝甚除，田甚蕪，倉甚虛；服文綵，帶利劍，厭飲食，財貨有餘，是謂盜夸。非道也哉"（第五十三章），這顯然是老子對統治者橫徵暴斂的抗議。而老子的"失道而後德，失德而後仁"（第三十八章），正是對統治者"有為"之害的深刻揭示。

　　毋庸置疑，老子哲學標誌着先秦哲學已達到了一個新的高度，"人法地，地法天，天法道，道法自然"，這四句話既表現了老子哲學的宏大氣象，也昭示了老子哲學抽象思辨的高度，"道法自然"已深刻地影響了中國人的思維方式。道家哲學與儒家哲學共同構成了中國文化的主幹。可以說，儒道互補，儒顯而道隱，是中國文化的基本特徵。

《論語》二十六章

題解

　　孔子（前 551 年—前 479 年），名丘，字仲尼，魯國陬邑（今山東曲阜東南）人。出身于沒落貴族家庭，幼年喪父，家境清貧。曾做過管理倉庫和牧畜的小吏，後專心教授弟子，整理古代文獻，以好禮、知禮聞名。魯定公時出任中都宰、司空、司寇等職，後因政治理想難以實現，毅然離開魯國，到了齊國。後又帶領弟子周遊衛、宋、陳、蔡等國，歷時十四年之久。魯哀公十一年（前 484 年）歸魯，十六年卒。孔子是儒家學派的創始人，是中國古代最有影響的思想家和教育家。《論語》一書由孔子弟子、再傳弟子等記錄並編纂，記錄了孔子及其主要弟子的言行，成書時間約在戰國初年，是了解孔子及其思想的主要依據，也是儒家經典文獻之一。今傳《論語》共二十篇，各篇若干章不等。後人比較重要的注釋之作有三國魏何晏的《論語集解》、南朝梁皇侃的《論語義疏》、北宋邢昺的《論語注疏》、南宋朱熹的《論語集注》、清劉寶楠的《論語正義》等。今選二十六章。

曾子曰 ："吾日三省吾身 ：為人謀而不忠乎？與朋友交而不信乎 ❸？傳不習乎 ❹？"

《論語注疏》卷一《學而》

❶ 曾子：孔子弟子曾參，字子輿。

❷ 省（xǐng）：反省。

❸ 信：守信用。

❹ 傳：指老師的傳授。

子曰："君子食無求飽，居無求安，敏于事而慎于言 ❶，就有道而正焉 ❷，可謂好學也已。"

《論語注疏》卷一《學而》

❶ 敏于事而慎于言：做事勤敏而說話謹慎。

❷ 就有道而正焉：靠近于有德多才之人來端正自身。就，趨向，靠近。

原文

　　子曰："道之以政 ❶，齊之以刑，民免而無恥；道之以德 ❷，齊之以禮，有恥且格。"

《論語注疏》卷二《為政》

注釋

❶ "道之以政"三句：大意是用政令來訓導，用刑罰來治理，人民就會想法逃避制裁而沒有羞恥心。道，同"導"，訓導。政，法制，禁令。齊，整治，整頓。刑，刑罰。免，逃避。

❷ "道之以德"三句：大意是用道德來訓導，用禮教來治理，人民就會有羞恥心而歸順。格，至，來，引申為歸服。

原文

　　子曰："富與貴是人之所欲也，不以其道得之 ❶，不處也。貧與賤是人之所惡也，不以其道得之 ❷，不去也。君子去仁 ❸，惡乎成名？君子無終食之間違仁 ❹，造次必于是 ❺，顛沛必于是。"

《論語注疏》卷四《里仁》

❶ "不以其道得之"二句：不按仁義之道而得到富貴，君子不會居有。處，居。

❷ "不以其道得之"二句：據上下文義，前一"不"字當為衍文，是說若行仁義之道而得到貧賤，君子不會逃避。

❸ "君子去仁"二句：是說君子離開仁道，還能在哪方面成就名聲呢？惡（wū），何。

❹ 君子無終食之間違仁：君子哪怕是吃一頓飯的時間也不會離開仁道。終食，吃完飯。

❺ "造次必于是"二句：是說緊急的時刻、困頓的時刻，都一定執着于仁道。造次，匆忙。是，指"仁"。

　　子曰："士志于道，而恥惡衣惡食者 ❶，未足與議也 ❷。"

《論語注疏》卷四《里仁》

❶ 恥惡衣惡食：以衣服不好、飲食不好為恥。

❷ 未足與議：不值得與其共謀大事。

原文

子曰："君子喻于義❶，小人喻于利。"

《論語注疏》卷四《里仁》

注釋

❶ 喻：知曉。

原文

子貢曰❶："如有博施于民而能濟眾❷，何如？可謂仁乎？"子曰："何事于仁❸，必也聖乎！堯、舜其猶病諸❹！夫仁者，己欲立而立人❺，己欲達而達人。能近取譬❻，可謂仁之方也已。"

《論語注疏》卷六《雍也》

注釋

❶ 子貢：孔子的弟子端木賜，字子貢。

❷ 博施于民而能濟眾：博施恩惠給老百姓，並能周濟大眾。

❸ 何事于仁：哪裏只是仁。孔子認為 "仁" 是推己及人的同情和施恩，若能博愛大眾、普施廣濟，則不止于仁，而是已達到 "聖" 的境界。事，猶止，僅。

❹ 病諸：認為艱難。諸，指 "博施于民而能濟眾"。

⑤ “己欲立而立人”二句：自己想成功，也使別人成功；自己想通達，也使別人通達。

⑥ 近取譬：是說從近處自身類推，將心比心。近，指自身。取譬，尋取比喻。

 原文 　　子曰：“默而識之 ❶，學而不厭，誨人不倦 ❷，何有于我哉 ❸？”

《論語注疏》卷七《述而》

  注釋
❶ 識（zhì）：記。

❷ 誨：教導。

❸ 何有于我哉：對我來說還有甚麼呢？意謂此外無他。

 原文 　　子曰：“德之不修，學之不講，聞義不能徙 ❶，不善不能改，是吾憂也。”

《論語注疏》卷七《述而》

❶ 聞義不能徙：聽到正義而不能奔赴。徙，趨赴。

原文

　　子曰："飯疏食 ❶，飲水，曲肱而枕之 ❷，樂亦在其中矣。不義而富且貴 ❸，于我如浮雲。"

《論語注疏》卷七《述而》

注釋

❶ 飯：吃。疏食：粗飯。

❷ 曲肱（gōng）：彎曲胳膊。

❸ "不義而富且貴"二句：用不正當手段得來的富貴，對于我來說就如同天上的浮雲一般。

原文

　　子曰："蓋有不知而作之者 ❶，我無是也 ❷。多聞，擇其善者而從之，多見而識之 ❸，知之次也 ❹。"

《論語注疏》卷七《述而》

❶ 不知而作：不懂而盲目造作。

❷ 是：指"不知而作"。

❸ 識（zhì）：記。

❹ 知之次：次一等的知，即學而知。孔子認為"生而知之者上也，學
而知之者次也"（《論語‧季氏》）。

　　曾子曰："士不可以不弘毅 ❶，任重而道遠。仁以為己
任，不亦重乎？死而後已，不亦遠乎？"

《論語注疏》卷八《泰伯》

❶ 弘毅：志向遠大，意志堅強。

　　子曰："三軍可奪帥也 ❶，匹夫不可奪志也。"

《論語注疏》卷九《子罕》

❶ 三軍：軍隊的通稱。

子路、曾皙、冉有、公西華侍坐 ❶。

子曰："以吾一日長乎爾 ❷，毋吾以也。居則曰 ❸：'不吾知也！'如或知爾 ❹，則何以哉？"

子路率爾而對曰 ❺："千乘之國 ❻，攝乎大國之間 ❼，加之以師旅，因之以饑饉 ❽，由也為之，比及三年 ❾，可使有勇，且知方也 ❿。"夫子哂之 ⓫。

"求！爾何如？"

對曰："方六七十 ⓬，如五六十，求也為之，比及三年，可使足民。如其禮樂 ⓭，以俟君子。"

"赤！爾何如？"

對曰："非曰能之，願學焉。宗廟之事，如會同 ⓮，端章甫 ⓯，願為小相焉 ⓰。"

"點！爾何如？"

鼓瑟希 ⓱，鏗爾 ⓲，舍瑟而作 ⓳，對曰："異乎三子者之撰 ⓴。"

子曰："何傷乎 ㉑？亦各言其志也。"

曰："莫春者 ㉒，春服既成 ㉓，冠者五六人 ㉔，童子六七人，浴乎沂 ㉕，風乎舞雩 ㉖，詠而歸。"

夫子喟然歎曰："吾與點也 ㉗！"

三子者出，曾皙後。曾皙曰："夫三子者之言何如？"

子曰："亦各言其志也已矣。"

曰："夫子何哂由也？"

曰："為國以禮，其言不讓，是故哂之。"

"唯求則非邦也與 ❷？"

"安見方六七十如五六十而非邦也者？"

"唯赤則非邦也與？"

"宗廟會同，非諸侯而何？赤也為之小 ❷，孰能為之大？"

《論語注疏》卷一一《先進》

❶ 子路：仲由，字子路。曾皙：名點，曾參之父。冉有：名求，字子有。公西華：名赤，字子華。四人皆孔子弟子。侍坐：在尊長近旁陪坐。

❷ "以吾一日長乎爾"二句：因為我比你們年長一些，不要因為我而難以暢所欲言。

❸ 居：平素家居。

❹ "如或知爾"二句：如果有人了解你們，那你們將怎麼做呢？何以，何用，何為。

❺ 率爾：急遽的樣子。

❻ 千乘（shèng）：一千輛兵車。古時四匹馬駕一輛車合稱"乘"，車乘多少可反映一個國家的大小和強弱。

❼ 攝：夾處。

❽ 因：承接。饑饉（jǐn）：饑荒。

❾ 比及：等到。

❿ 知方：明白規矩道義。

⓫ 哂（shěn）：微笑。此處帶有譏笑之意。

⓬ 方六七十，如五六十：指疆土縱橫六七十里，或五六十里的小國。如，或。

⓭ "如其禮樂"二句：至于禮樂教化，有待君子來做了。

⓮ 如：或。會同：會、同本為諸侯朝見天子之禮的名稱，這裏當指諸侯之間的聘問相見之禮。

⓯ 端章甫：穿戴好禮服禮帽。端，古代的一種黑色禮服。章甫，商代玄冠之名，亦用為禮帽。此處皆用作動詞。

⓰ 相：在主人（包括天子、諸侯、大夫）左右襄助行禮的司儀。相分大小，小相指職務輕微之相。

⓱ 鼓瑟希：彈瑟聲稀落漸盡。希，同"稀"。

⓲ 鏗爾：鏗的一聲。形容投瑟之聲。

⓳ 作：站起來。

⓴ 異乎三子者之撰：是説自己的志向與三人所述不同。撰，述。

㉑ 傷：妨害。

㉒ 莫春：季春三月。莫，同"暮"。

㉓ 春服：春日穿的夾衣。

㉔ 冠者：指成人。古時男子年二十而冠。

㉕ 沂：古水名。源出山東曲阜東南尼山，流經曲阜南二里處，往西注入泗水。

㉖ 風乎舞雩（yú）：在舞雩臺上吹風。舞雩，臺名，祭天求雨之處。雩祭有歌舞，故稱舞雩。

㉗ 與：贊同。

㉘ 唯求則非邦也與：冉求講的難道就不是邦國嗎？

㉙ "赤也為之小" 二句：是説公西赤自稱只能作小相，那誰能作大相？

原
文

　　顏淵問仁 ❶。子曰："克己復禮為仁 ❷。一日克己復禮，天下歸仁焉 ❸。為仁由己，而由人乎哉？"

　　顏淵曰："請問其目 ❹。"子曰："非禮勿視，非禮勿聽，非禮勿言，非禮勿動。"

　　顏淵曰："回雖不敏，請事斯語矣 ❺。"

《論語注疏》卷一二《顏淵》

注
釋

❶ 顏淵：孔子的弟子顏回，字子淵。

❷ 克己復禮為仁：約束自己而復歸于禮就是仁。克，克制，約束。復，返。

❸ 歸仁：稱許為仁。歸，猶 "與"，贊許。

❹ 目：條目，細則。

❺ 請事斯語：請讓我按照這句話去做吧。事，從事。

原
文

　　子貢問政 ❶。子曰："足食 ❷，足兵，民信之矣。"

子貢曰："必不得已而去，于斯三者何先？"曰："去兵。"

子貢曰："必不得已而去，于斯二者何先？"曰："去食。自古皆有死，民無信不立 ❸。"

《論語注疏》卷一二《顏淵》

❶ 政：指為政之道。

❷ "足食"二句：食指糧食儲備，兵指軍事（包括兵卒與兵器等）儲備。

❸ 民無信不立：如果人民對政府沒有信任，國家根本站不住。

季康子問政于孔子 ❶。孔子對曰："政者，正也。子帥以正 ❷，孰敢不正？"

《論語注疏》卷一二《顏淵》

❶ 季康子：即季孫肥，魯哀公時的正卿，"康"為其謚號。

❷ 子帥以正：您帶頭端正。帥，引導，帶頭。

原文

　　樊遲問仁 ❶。子曰："愛人。"問知。子曰："知人。"樊遲未達 ❷。子曰："舉直錯諸枉 ❸，能使枉者直 ❹。"

　　樊遲退，見子夏曰："鄉也吾見于夫子而問知 ❺，子曰：'舉直錯諸枉，能使枉者直。'何謂也？"子夏曰："富哉言乎 ❻！舜有天下，選于眾 ❼，舉皋陶 ❽，不仁者遠矣 ❾。湯有天下，選于眾，舉伊尹 ❿，不仁者遠矣。"

《論語注疏》卷一二《顏淵》

注
釋

❶ 樊遲：孔子的弟子樊須，字子遲。

❷ 達：明白。

❸ 舉直錯諸枉：選拔正直的人，把他們放在邪曲之人上面進行統治。錯，通"措"，置。枉，邪曲，不正直。

❹ 使枉者直：使邪曲之人正直起來。

❺ 鄉（xiàng）：同"嚮"，剛才。

❻ 富：充裕，豐厚。

❼ 選于眾：在眾人中選拔人才。

❽ 皋陶（gāo yáo）：傳説中的東夷族首領，舜時掌刑法，後被禹選為繼承人，因早死，未繼位。

❾ 不仁者遠：不仁的人遠離而去。

❿ 伊尹：商朝賢臣，助湯滅夏建立商朝。

子曰："其身正 ，不令而行；其身不正，雖令不從。"

《論語注疏》卷一三《子路》

❶ "其身正"二句：在位者自身端正，即使不下命令，事情也能行得通。

子夏為莒父宰 ❶，問政。子曰："無欲速 ❷，無見小利 ❸。欲速則不達；見小利，則大事不成。"

《論語注疏》卷一三《子路》

❶ 子夏：孔子弟子卜商，字子夏。莒（jǔ）父：魯國邑名，其地約在今山東莒縣西。宰：邑的長官。

❷ 無欲速：不要貪圖快速。

❸ 無見小利：不要只看小利。

原文

子曰："君子和而不同 ❶，小人同而不和。"

《論語注疏》卷一三《子路》

注釋

❶ 和：調和。同：等同。

原文

子曰："君子道者三 ❶，我無能焉：仁者不憂 ❷，知者不惑，勇者不懼。" 子貢曰："夫子自道也。"

《論語注疏》卷一四《憲問》

注釋

❶ 君子道：君子之道。者：指代君子之道的內涵。

❷ "仁者不憂" 二句：有仁德的人不憂愁，有智慧的人不迷惑。

原文

子曰："志士仁人，無求生以害仁 ❶，有殺身以成仁 ❷。"

《論語注疏》卷一五《衞靈公》

❶ 求生以害仁：貪求生存而損害仁道。

❷ 殺身以成仁：犧牲自身來成全仁道。

　　子貢問曰：“有一言而可以終身行之者乎 ❶？”子曰：“其恕乎？己所不欲 ❷，勿施于人。”

《論語注疏》卷一五《衛靈公》

❶ 一言：一個字。

❷ “己所不欲”二句：自己不願意做的事情，不要強加給別人。

　　季氏將伐顓臾 ❶。冉有、季路見于孔子 ❷，曰：“季氏將有事于顓臾 ❸。”

　　孔子曰：“求！無乃爾是過與 ❹？夫顓臾，昔者先王以為東蒙主 ❺，且在邦域之中矣，是社稷之臣也。何以伐為 ❻？”

　　冉有曰：“夫子欲之 ❼，吾二臣者皆不欲也。”

　　孔子曰：“求！周任有言曰 ❽：‘陳力就列 ❾，不能者止。’危而不持，顛而不扶，則將焉用彼相矣 ❿？且爾言過矣，虎兕出于柙 ⓫，龜玉毀于櫝中 ⓬，是誰之過與？"

冉有曰："今夫顓臾固而近于費 ⓭。今不取，後世必為子孫憂。"

孔子曰："求！君子疾夫舍曰欲之而必為之辭 ⓮。丘也聞有國有家者，不患寡而患不均 ⓯，不患貧而患不安。蓋均無貧，和無寡，安無傾 ⓰。夫如是，故遠人不服，則修文德以來之 ⓱。既來之，則安之。今由與求也，相夫子，遠人不服，而不能來也；邦分崩離析，而不能守也；而謀動干戈于邦內。吾恐季孫之憂，不在顓臾，而在蕭牆之內也 ⓲。"

《論語注疏》卷一六《季氏》

注
釋

❶ 季氏：指季康子。顓臾（zhuān yú）：春秋時魯國的附庸國，在今山東費縣西北。

❷ 季路：子路又字季路。

❸ 有事：指用兵。

❹ 無乃爾是過與：難道不應該責備你們嗎？

❺ 東蒙主：主持東蒙的祭祀。東蒙即蒙山，在今山東蒙陰縣南。

❻ 何以伐為：為甚麼要討伐？

❼ 夫子：指季康子。

❽ 周任：古代一位史官。

❾ 陳力就列：貢獻力量，就任職位。

❿ 相：輔佐。時冉有、子路皆為季氏家宰。

⓫ 兕（sì）：獸名。柙（xiá）：關野獸的籠子。

⓬ 櫝（dú）：匣子。

⓭ 固：指國勢強固。費（bì）：魯國季氏的采邑。

⓮ 君子疾夫舍曰欲之而必為之辭：君子憎恨那種不直説想要甚麼，而一定要編些託辭的做法。

⓯ "不患寡而患不均"二句：當作"不患貧而患不均，不患寡而患不安"（下文"均無貧"、"和無寡"可證），是説擁有國家的人，不擔憂貧困而擔憂財富不均，不擔憂人口少而擔憂人民不安定。

⓰ 安無傾：安定就不會傾覆。

⓱ 文德：指禮樂仁義的教化。來：招來。

⓲ 蕭牆：宮室的門屏。本句是説季孫的憂患不在顓臾，而在內部朝政的混亂。

子張問仁于孔子。孔子曰："能行五者于天下為仁矣。""請問之。"曰："恭，寬，信，敏，惠。恭則不侮 **❶**，寬則得眾，信則人任焉 **❷**，敏則有功 **❸**，惠則足以使人。"

《論語注疏》卷一七《陽貨》

❶ 恭則不侮：恭敬就不會受到侮辱。

❷ 信則人任焉：有信用則別人會為其效力。

❸ 敏則有功：勤敏就會有成就。

孔子思想體系的核心是"仁"。據楊伯峻《論語譯注》統計，《論語》中講到"仁"共 109 次，孔子在多種場合對不同的人講到"仁"，其內容並不一致，後人也有不同的解說。總體來看，孔子認為"仁"首先是要"愛人"（《顏淵》），這種仁是一種普遍的仁愛，其中最基本的當然是家族親情之愛。要做到仁愛，就要求能夠體恤他人，推己及人，"己欲立而立人，己欲達而達人"（《雍也》），"己所不欲，勿施于人"（《衛靈公》）。自己想要成就的，也要成就別人；自己不願意做的事情，也不要施加給別人，這就是"忠恕"（《里仁》）。比"仁"更高的目標是廣濟博施，泛愛大眾，"博施于民而能濟眾"（《雍也》），這就達到了更高層次的"聖"。

　　孔子以德治國的政治主張和治國理想也與仁德密切相關。他認為"政者，正也"（《顏淵》），為政者應當首先修養仁德，端正自身，百姓才會歸心，遠方的人才會歸附。"其身正，不令而行；其身不正，雖令不從。"（《子路》）應該選拔那些正直有德的人才來管理國家，"舉直錯諸枉，能使枉者直"（《顏淵》）。治理國家不能僅靠政令刑罰，而要以德治、禮治為主導："道之以政，齊之以刑，民免而無恥；道之以德，齊之以禮，有恥且格。"（《為政》）一個國家最重要的是人民對政府的信任，糧食和軍備都在其次："民無信不立。"（《顏淵》）社會貧富均平，人民和睦安定，國家就不會傾覆："均無

貧，和無寡，安無傾。"（《季氏》）

孔子的仁學還強調人格的修養和道德的完善。他認為人可以通過學習來修養自身，達到完善的人格境界，成為"君子"。君子最重要的德行就是仁："君子去仁，惡乎成名？君子無終食之間違仁。"（《里仁》）具體來說，又可以表現為仁愛、智慧、勇敢，表現為恭敬、寬厚、守信、勤敏、恩惠，表現為言行一致、謙遜有禮、勇于擔當等等。君子以仁為己任，為了仁道可以犧牲自己的生命："無求生以害仁，有殺身以成仁。"（《衛靈公》）君子不會以衣服不好、飲食不好為恥，而只會擔心自己沒有修養德行、改過遷善。若不按仁義之道而得富貴，君子決不會居有；若行仁義之道而致貧賤，君子也決不逃避。

孔子的仁學實際是人學。他重視人，強調人要自重自律，修養完美的人格；強調推己及人，實現和諧的人際關係；強調德澤于民，為政者應端正自身獲得人民的信任。這種積極的人道主義、人本思想，是孔子思想中最具有價值的內容。

《孫子》二篇

題解

　　孫武（前 545 年？—前 470 年？），齊國樂安（今山東惠民）人。由齊至吳，向吳王闔閭進呈所著兵法十三篇，受到重用，被任命為吳國將領，幫助吳國取得了一系列重大的軍事勝利。其《孫子兵法》一書，成為後世軍事著作的經典，孫子因此被譽為“兵聖”。《史記》卷六五有傳。《計篇》是《孫子兵法》的第一篇，論述了用兵之前的整體準備，包括內外兩方面，內指對自身情況的把握，外指克敵策略的選擇。孫武用兵有整體性思維，注意到一些基礎性因素對戰爭的決定性作用（如道、天、地、將、法等），也強調正確的戰略決策是勝利的必要前提。該篇論述的正是這些基礎與前提。《勢篇》是《孫子兵法》一書的第五篇。“勢” 是先秦時期的一個重要概念，兵書中對“勢” 的最初探討應溯源到孫武。《計篇》曾說 “勢者，因利而制權也”，《勢篇》正是對這種論說的進一步發揮，討論的問題涉及勢與奇正、任勢與戰人等各個方面。

計篇

　　孫子曰：兵者，國之大事，死生之地 ❶，存亡之道，不可不察也。故經之以五事 ❷，校之以計 ❸，而索其情 ❹：一曰道，二曰天，三曰地，四曰將，五曰法。道者，令民與上同意也，故可以與之死，可以與之生，而不畏危 ❺。天者，陰陽、寒暑、時制也 ❻。地者，遠近、險易、廣狹、死生也 ❼。將者，智、信、仁、勇、嚴也。法者，曲制、官道、主用也 ❽。凡此五者，將莫不聞，知之者勝，不知者不勝。故校之以計，而索其情，曰：主孰有道？將孰有能？天地孰得？法令孰行？兵眾孰強？士卒孰練？賞罰孰明？吾以此知勝負矣。將聽吾計，用之必勝 ❾，留之；將不聽吾計，用之必敗，去之。

　　計利以聽，乃為之勢 ❿，以佐其外 ⓫。勢者，因利而制權也 ⓬。兵者，詭道也 ⓭。故能而示之不能，用而示之不用，近而示之遠，遠而示之近。利而誘之，亂而取之 ⓮，實而備之，強而避之，怒而撓之 ⓯，卑而驕之，佚而勞之 ⓰，親而離之。攻其無備，出其不意。此兵家之勝，不可先傳也。

　　夫未戰而廟算勝者 ⓱，得算多也；未戰而廟算不勝者，得算少也。多算勝，少算不勝，而況于無算乎！吾以此觀之，勝負見矣。

《十一家注孫子校理》卷上

注釋

❶ 死生之地：指決定生死之所在。

❷ 五事：即後文道、天、地、將、法五種事項。

❸ 校（jiào）：比較，衡量。計：此處指綜合測評，並非現在意義上的計謀、計策。

❹ 情：真實情況。

❺ 而不畏危：不畏懼于危疑。

❻ 陰陽：原指日照的情況，此處指天地陰陽之氣。寒暑：指氣候。時制：指時令。

❼ 死生：指死地、生地，所謂"死地"指進難攻退難守之地，"生地"義相反，故有"置之死地而後生"之説。

❽ 曲制：軍隊編制。官道：指設官分職、明權任責的原則。主用：指軍費、軍糧等問題。

❾ 用之必勝：用兵一定勝利。

❿ 乃為之勢：創造取勝的潛在可能性。勢，取勝的態勢。

⓫ 外：境外，指戰爭發生的地方，攻伐多在自己的國境之外。或指常規以外的情況。曹操注："常法之外也。"

⓬ 利：指有利的因素。權：權變，靈活處置。

⓭ 詭道：欺詐之道。

⓮ 亂而取之：敵貪利必亂，趁敵軍混亂而攻取之。

⓯ 撓：騷擾。

⓰ 佚：安逸。

⓱ 廟：廟堂，指國君議政之所。算：算籌，喻指計算策劃。

勢篇

孫子曰：凡治眾如治寡，分數是也❶；鬥眾如鬥寡❷，形名是也❸；三軍之眾，可使畢受敵而無敗者❹，奇正是也；兵之所加，如以碫投卵者❺，虛實是也❻。

凡戰者，以正合❼，以奇勝。故善出奇者，無窮如天地，不竭如江河。終而復始，日月是也；死而復生，四時是也。聲不過五❽，五聲之變，不可勝聽也。色不過五❾，五色之變，不可勝觀也。味不過五，五味之變，不可勝嘗也。戰勢不過奇正❿，奇正之變，不可勝窮也。奇正相生，如循環之無端，孰能窮之？

激水之疾，至于漂石者⓫，勢也；鷙鳥之疾⓬，至于毀折者，節也。是故善戰者，其勢險，其節短。勢如彍弩⓭，節如發機⓮。

紛紛紜紜，鬥亂而不可亂也⓯；渾渾沌沌，形圓而不可敗也⓰。亂生于治⓱，怯生于勇，弱生于強。治亂⓲，數也；勇怯，勢也；強弱，形也。

故善動敵者⓳，形之⓴，敵必從之；予之㉑，敵必取之。以利動之，以卒待之㉒。

故善戰者，求之于勢，不責于人，故能擇人而任勢㉓。任勢者，其戰人也㉔，如轉木石。木石之性，安則靜，危則動，方則止，圓則行。故善戰人之勢，如轉圓石于千仞之山者，勢也。

《十一家注孫子校理》卷中

注釋

❶ 分數：劃分組織，指軍隊的組織編制。

❷ 鬥眾：使很多人鬥，即指揮很多人的意思。

❸ 形名：曹操注："旌旗曰形，金鼓曰名。"

❹ "可使畢受敵而無敗者"二句：畢，原作"必"，王晢注："'必'當作'畢'，字誤也。奇正還相生，故畢受敵而無敗也。"盡、處處的意思。奇（jī）正，曹操注："先出合戰為正，後出為奇。""奇"指留下的機動部隊。

❺ 碫（duàn）：原作"破"，孫星衍校曰："按'破'當為'碫'，從段。唐以後多遐音者，以字之訛而作音也。"今從其說。碫石，此處泛指石頭。

❻ 虛實：指兵力集中或分散。

❼ "以正合"二句：擺開陣勢交戰，靠靈活變化取勝。

❽ 聲不過五：五聲謂宮、商、角、徵、羽。

❾ 色不過五：五色謂青、赤、黃、白、黑。

❿ 戰勢：指作戰的態勢。

⓫ 漂石：把石頭沖起。

⓬ 鷙（zhì）鳥：猛禽。

⓭ 彍（kuò）：弩拉滿之狀。弩：一種裝有臂的弓，威力比弓更大。

⓮ 發機：弩的發射裝置，類似扳機，扣下它，箭即發射。

⓯ 鬥亂而不可亂也：指戰鬥場面雖然混亂，但仍在掌控之中，有條不紊。

⓰ 形圓而不可敗也：指陣容嚴整周全難以突破。

⓱ "亂生于治"三句：這是說戰鬥時，軍隊本來是整齊、勇猛、強大的，混亂、膽怯、虛弱等情況只是其臨時的表象。

⓲ "治亂"六句：意為治亂取決于軍隊編制，勇怯源于力量對比，強

弱決定于指揮號令。

❶ 動敵：指誘導牽制敵人。

❷ 形之：指作出樣子。

❷ "予之"二句：意指留給敵人"小利"，敵人必然去搶奪它。

❷ 卒：兵卒。

❷ 擇：通"釋"，此處指不依賴。任勢：依賴"勢"，依靠力量對比。

❷ 戰：使……戰，此處是指揮人戰鬥的意思。

　　《計篇》是《孫子兵法》的首篇，在孫武的觀念中，戰爭不是單純的攻城略地，而是綜合國力的比拚與智謀膽識的較量。基于對戰爭如此深刻的認識，孫武強調在開戰之前，首先要對敵我雙方整體的情況進行精確的衡量測評，只有在條件允許開戰的情況下，才能做下一步戰略謀劃的工作（即"計利以聽，乃為之勢"）。可以看出，孫武反對"為戰爭而戰爭"、"窮兵黷武"的愚蠢做法，他將戰爭納入國家發展的統攝之下，"兵者，國之大事也，生死存亡之道，不可不察也"。錢基博《孫子章句訓義》講論此句時強調"'國'字須着眼，此為十三篇命脈所寄"。孫武強調戰爭是維護國家的一種手段，國家的安危才是用兵者所要考慮的首要因素。所以該文上半部分很明顯地體現了孫武"慎用兵"的思想，他建議用兵之前要"經之以五事"，"校之以計"，以此來論證本次戰爭的可行性。可見孫武對待戰爭慎重的態度，一本言兵的書在開頭先言不能用兵的情況，這很能代表中國"武以止戈"的武德傳統。這種對戰爭深入客觀的認識也成了貫穿本書的一個主旨。

在《勢篇》中，孫武對勢有很多直接的闡發，如"激水之疾，至于漂石者，勢也"，"故善戰者，其勢險"。這裏用高處的流水來比喻兵家"勢"的道理，以此推之，軍事意義上的"勢"應該是指在戰鬥時令自己處于對自身有利的力量對比狀態，即上文所謂不斷擴大自身優勢，拉開與敵人的差距，形成一種居高臨下、必將取勝的態勢，所以文中說："勇怯，勢也。"

至于如何"任勢"，孫武強調了"制權"的思想，他在第二段中闡明："戰勢不過奇正，奇正之變，不可勝窮也。"在孫武的觀念中，戰場是紛繁複雜的，將帥的作戰計劃也應該靈活多變、不拘一格，一切都可以權變，只有力爭取勝之勢才是不變的。孫武還強調"奇正之變"是不會窮盡的，這意味着戰爭的形勢及相應的計策、手段也是有無數種可能性的，所以在他的兵法中，很少看到條條框框，大多是深邃精闢的道理。後人讀之，惟有深悟巧用，方能得其精髓。由此來看，《孫子兵法》在西方被譯為"戰爭的藝術"（The Art of War），絕對是名副其實的。

《墨子》

兼愛

墨子（前 468 年？—前 376 年）姓墨名翟，魯國人。春秋戰國之際的思想家、政治家，墨家學派的創始人。墨子思想在先秦時代與儒家並稱為顯學。春秋戰國之際，戰爭頻仍，墨子思想在此種特殊的歷史背景中產生，帶有明顯的底層苦行色彩。

《墨子》一書大部分是墨子及其後學的著述。現存《墨子》十五卷。“兼愛”、“非攻”、“尚賢”、“節用”等是其個性鮮明的思想主張。先秦之後，墨學漸漸凋落，至于清代，隨着考據、經世之學的興起，畢沅、王念孫、王引之、俞樾、孫詒讓等人先後奉獻出整理解讀成果，為二十世紀墨學研究奠定了重要的基礎。

“兼愛”是說天下必須“兼相愛，交相利”，這是墨子思想的核心，他的一切主張皆以此為出發點。《墨子》一書中，《兼愛》分上、中、下三篇，內容大抵相同，論述各有偏重詳略之不同。這裏選的是中篇。

子墨子言曰 ❶：仁人之所以為事者，必興天下之利，除去天下之害，以此為事者也。然則天下之利何也？天下之害何也？子墨子言曰：今若國之與國之相攻，家之與家之相篡 ❷，人之與人之相賊 ❸，君臣不惠忠，父子不慈孝，兄弟不和調，此則天下之害也。然則崇此害亦何用生哉 ❹？以不相愛生邪？子墨子言：以不相愛生。今諸侯獨知愛其國，不愛人之國，是以不憚舉其國以攻人之國。今家主獨知愛其家 ❺，而不愛人之家，是以不憚舉其家以篡人之家。今人獨知愛其身，不愛人之身，是以不憚舉其身以賊人之身。是故諸侯不相愛，則必野戰，家主不相愛，則必相篡，人與人不相愛，則必相賊，君臣不相愛，則不惠忠，父子不相愛，則不慈孝，兄弟不相愛，則不和調。天下之人皆不相愛，強必執弱，富必侮貧，貴必敖賤 ❻，詐必欺愚。凡天下禍篡怨恨，其所以起者，以不相愛生也，是以仁者非之。

既以非之，何以易之？子墨子言曰：以兼相愛、交相利之法易之。然則兼相愛、交相利之法，將奈何哉？子墨子言：視人之國，若視其國，視人之家，若視其家，視人之身，若視其身。是故諸侯相愛，則不野戰，家主相愛，則不相篡，人與人相愛，則不相賊，君臣相愛，則惠忠，父子相愛，則慈孝，兄弟相愛，則和調。天下之人皆相愛，強不執弱，眾不劫寡，富不侮貧，貴不敖賤，詐不欺愚。凡天下禍篡怨恨，可使毋起者，以相愛生也，是以仁者譽之。

然而今天下之士君子曰："然，乃若兼則善矣。雖然，天下之難物于故也 ❼。"子墨子言曰：天下之士君子，特不識其利、辯其故也。今若夫攻城野戰，殺身為名，此天下百姓之所皆難也 ❽。苟君說之 ❾，則士眾能為之。況于兼相愛、交相利則與此異。夫愛人者，人必從而愛之；利人者，人必從而利之；惡人者，人必從而惡之；害人者，人必從而害之。此何難之有？特上弗以為政 ❿，士不以為行故也。昔者晉文公好士之惡衣 ⓫，故文公之臣，皆牂羊之裘 ⓬，韋以帶劍 ⓭，練帛之冠 ⓮，入以見于君，出以踐于朝。是其故何也？君說之，故臣為之也。昔者楚靈王好士細要 ⓯，故靈王之臣皆以一飯為節 ⓰，脅息然後帶 ⓱，扶牆然後起，比期年 ⓲，朝有黧黑之色。是其故何也？君說之，故臣能之也。昔越王句踐，好士之勇，教馴其臣，和合之，焚舟失火，試其士曰：“越國之寶盡在此！”越王親自鼓其士而進之。士聞鼓音 ⓳，破碎亂行，蹈火而死者左右百人有餘，越王擊金而退之。是故子墨子言曰：乃若夫少食惡衣 ⓴，殺身而為名，此天下百姓之所皆難也。若苟君說之，則眾能為之。況兼相愛、交相利與此異矣。夫愛人者，人亦從而愛之；利人者，人亦從而利之；惡人者，人亦從而惡之；害人者，人亦從而害之。此何難之有焉？特上不以為政，而士不以為行故也。

然而今天下之士君子曰：“然，乃若兼則善矣。雖然，不可行之物也，譬若挈太山越河、濟也 ㉑。”子墨子言：是非其譬也。夫挈太山而越河、濟，可謂畢劫有力矣 ㉒，自古及今，未有能行之者也。況乎兼相愛、交相利則與此異，古者聖王行之。何以知其然？古者禹治天下，西為西河、漁竇 ㉓，以泄渠孫皇之水。北為防、原、泒 ㉔，注后之邸、嘑

池之寶 ㉕，灑為底柱 ㉖，鑿為龍門，以利燕、代、胡、貉與西河之民 ㉗；東方漏之陸，防孟諸之澤，灑為九澮 ㉘，以楗東土之水，以利冀州之民。南為江、漢、淮、汝，東流之，注五湖之處，以利荊、楚、干、越與南夷之民 ㉙。此言禹之事，吾今行兼矣。昔者文王之治西土，若日若月，乍光于四方，于西土，不為大國侮小國，不為眾庶侮鰥寡，不為暴勢奪穡人黍稷狗彘。天屑臨文王慈 ㉚，是以老而無子者，有所得終其壽；連獨無兄弟者 ㉛，有所雜于生人之間；少失其父母者，有所放依而長。此文王之事，則吾今行兼矣。昔者武王將事泰山隧 ㉜，《傳》曰："泰山！有道曾孫周王有事 ㉝，大事既獲，仁人尚作，以祗商夏 ㉞，蠻夷醜貉 ㉟。雖有周親，不若仁人。萬方有罪，維予一人。"此言武王之事，吾今行兼矣。

　　是故子墨子言曰：今天下之君子，忠實欲天下之富而惡其貧，欲天下之治而惡其亂，當兼相愛，交相利。此聖王之法，天下之治道也，不可不務為也。

《墨子閒（jiàn）詁》卷四

❶ 子墨子言：第一個"子"是稱老師，此為弟子所記，故稱"老師墨子説"。

❷ 家：指大夫之采邑。篡：用強力奪取。

❸ 賊：害良為賊。

❹ 崇：俞樾《諸子平議》："崇字無意義，乃察字之誤。"何用生：何以生。

❺ 家主：卿大夫。

❻ 敖：同"傲"。

❼ 天下之難物于故也：這句話的意思是説，能夠兼愛于天下固然是大好事，但是真正施行起來還是很困難的。《墨子閒詁》云"于"同"迂"，迂遠難行之事。難物于故，指（兼愛之事）迂遠難行的緣故。

❽ 難：譴責，質問。

❾ 説：通"悦"，高興，喜歡。

❿ 特：只不過。政：政策，政事。

⓫ 惡衣：粗陋的衣服。

⓬ 牂（zāng）羊：母羊。

⓭ 韋以帶劍：用沒有裝飾的熟牛皮來佩帶劍器。

⓮ 練帛之冠：素色的布做成的帽子。

⓯ 要：同"腰"。

⓰ 一飯：一頓飯。

⓱ 脅息然後帶：深吸一口氣才繫上腰帶。脅息，吸氣。

⓲ 比期（jī）年：等過了一年。

⓳ "士聞鼓音"二句：這裏指士兵聽到鼓聲一擁而上，破壞了陣行。《墨子閒詁》云"碎"當作"陣"。一説"碎"是"萃"的假借字，有聚集義。

⓴ 乃若：就像。

㉑ 挈（qiè）太山越河、濟：舉起泰山越過黃河、濟水。挈，舉起。濟，這裏指山西垣曲縣王屋山之沇（yǎn）水。

㉒ 畢劫：疾勁。畢，疾，快。劫，當為與"刼"形近而訛。刼（jié），

有力。

㉓ 西河：指黄河在山西、陝西兩省交界的一段，因南北流向與東相
對而稱西河。漁竇：一説"漁"為"漯（hēi）"之誤。"漯"，即
黑水。黑水，一説即龍門（今山西河津）。竇，溝渠，這裏指河。

㉔ 防、原、泒（gū）：防，防水，《水經注·聖水》酈道元注云："防
水出良鄉縣西北大防山南。"原，水名，無考。泒，畢沅云雁門
泒水。這裏指三條水均是嘑池的源頭。

㉕ 后之邸：即昭餘祁，古大澤之名，在今山西祁縣。嘑池之竇：即
滹沱河。嘑（hū），同"呼"。

㉖ 灑為底柱：在砥柱山被分流。灑，分流之意。底柱，即砥柱山，
也稱門山。

㉗ 胡、貉（mò）：指當時居住于北方與東北地區的少數民族。

㉘ 灑：分作。九澮（huì）：九河。

㉙ 干：《墨子閒詁》云"干"即吳國，古代干國被吳國吞併，故亦用
"干"稱吳國。

㉚ 屑臨：蒞臨，青睞。

㉛ 連：《墨子閒詁》引王引之説云"連"疑當作"逴"（chuō），逴猶
獨也。連獨，即逴獨，這裏指孤獨無兄弟。

㉜ 隧：地道，這裏作動詞用，掘地通路。

㉝ 曾孫：古代諸侯祭天時自稱。

㉞ 祇：《墨子閒詁》云"祇"應讀為"振"，即拯救。

㉟ 醜貉：即九貉，指四裔。醜，眾多。

墨子認為，國家治亂的根本原因，在于是否"相愛"。父子、兄弟、君臣自利不相愛，則一國必亂；國與國之間自利，相互為"盜賊"，則天下必亂。所以，他主張應該"視人家若其家，視人國若其國"，"天下兼相愛則治"。墨子的這一思想來源于所生活的內憂外困的國家環境。他把這種推己及人的相愛互利思想，推廣到社會關係及國家與國家之間，顯示了墨子在戰亂年代期望人們通過兼相愛來實現美好與和平的善良願望。

　　本篇中，墨子指出，國家社會混亂的根本原因是"不相愛"，如果要想長治久安，就得"兼相愛，交相利"。而"兼愛"思想又面臨對複雜人性的考驗，因而在方法論上，墨子指出，"苟君悅之，則士眾能為之"。緊接着，他回溯了上古時期大禹、周文王、周武王胸懷天下治理國家的豐功偉業，歷史地論證了"兼愛"乃"聖王之道而萬民之大利也"。

　　"兼愛"思想在現代仍然具有一定的啟發意義，它有利于家庭、社會的道德倫理建設，同時，也有利于國家與國家之間建立和平共處、互惠共贏的外交關係。

非攻

"春秋無義戰"，諸侯國之間動輒兵戎相見。處于春秋戰國之交的墨子對此深惡痛絕，因而《墨子》一書中有《非攻》三篇專議此事。"非"就是"譏"，墨子毫不諱言自己對不義戰爭的譏諷和反對。這裏所選的是《非攻》三篇的第一篇。

今有一人，入人園圃❶，竊其桃李，眾聞則非之，上為政者，得則罰之。此何也？以虧人自利也。至攘人犬豕雞豚者❷，其不義又甚入人園圃竊桃李。是何故也？以虧人愈多，其不仁茲甚❸，罪益厚。至入人欄廄❹，取人馬牛者，其不仁義又甚攘人犬豕雞豚。此何故也？以其虧人愈多。苟虧人愈多，其不仁茲甚，罪益厚。至殺不辜人也，扡其衣裘❺，取戈劍者，其不義又甚入人欄廄、取人馬牛。此何故也？以其虧人愈多。苟虧人愈多，其不仁茲甚矣，罪益厚。當此，天下之君子皆知而非之，謂之不義。今至大為攻國，則弗知非，從而譽之，謂之義。此可謂知義與不義之別乎？

　　殺一人，謂之不義，必有一死罪矣。若以此說往，殺十人，十重不義，必有十死罪矣；殺百人，百重不義，必有百死罪矣。當此，天下之君子皆知而非之，謂之不義。今至大為不義攻國，則弗知非，從而譽之，謂之義，情不知其不義也 ，故書其言以遺後世。若知其不義也，夫奚說書其不義以遺後世哉 ❼？今有人于此，少見黑曰黑，多見黑曰白，則以此人不知白黑之辯矣 ❽。少嘗苦曰苦，多嘗苦曰甘，則必以此人為不知甘苦之辯矣。今小為非，則知而非之；大為非攻國，則不知非，從而譽之，謂之義。此可謂知義與不義之辯乎？是以知天下之君子也，辯義與不義之亂也。

《墨子閒詁》卷五

解析

　　本文上承墨子“兼愛”思想，認為國家與國家之間也應該兼相愛護，交相互利，不應彼此攻伐侵犯。本篇告誡人們在辨別是非善惡上要有開闊的眼光，要審慎地分辨戰爭的“義”與“不義”性質。

　　“非攻”體現了墨子思想中對于戰爭、和平、天意、民生的重要思考，也體現了先秦墨家對于以往歷史的認知方法。本文先說“虧人愈多，其不仁茲甚”，人們容易分辨小的是非善惡，但往往會在國家政治方面尤其是戰爭性質上失去分辨力，從而引出“至大為攻國”，即是“大不義”。

　　為充分了解墨子的“非攻”思想，這裏順便提及《非攻》的另外兩篇。《非攻中》說，百姓生活的四時、制度一絲一毫不可荒廢，而戰爭給人民帶來的恰恰是無限的“奪民之用，廢民之利”的傷害，甚至是為一己一國之利，而殺民數千數萬。並且，以“攻佔”而亡的國家也不可勝數。故以“攻佔”為利的國家顯然是不明智的。《非攻下》則是論證“義戰”的必要性，從上古一直到夏商周三代來看“攻”與“誅”的重要差異。墨子的這一論證有一個重要的基礎，就是對于天命的順應，當然，這裏的“天命”很大程度上是指為了一個國家獨立自主生存下去而必須採取的行動。

　　清人俞樾在《墨子閒詁序》中說：“竊嘗推而論之，墨子惟兼愛是以尚同，惟尚同是以非攻，惟非攻是以講求備禦之法……嗟乎！今天下一大戰國也，以孟子反本一言為主，而以墨子之書輔之，倘足以安內而攘外乎？”
此番議論或有助于我們思考戰爭與和平的問題。

《孟子》三章

題解　　　　孟子名軻，戰國時鄒國（在今山東鄒城一帶）人。生卒年缺乏明確記載，前人考證有公元前約 385 至 304 年，及公元前約 372 至 289 年等不同說法。孟子為孔子之後儒家學派的主要代表，曾受業于子思之門人。早年在鄒魯一帶講學授徒，齊威王時遊齊國，又先後遊歷宋國、滕國、梁國等，宣講仁政主張，齊宣王時再至齊。因不為諸侯所重，晚年歸鄉，與弟子整理典籍，作《孟子》七篇。《孟子》全面反映了孟軻的思想主張，是儒家經典"十三經"之一。歷代重要注本有東漢趙岐的《孟子章句》、北宋題名孫奭的《孟子注疏》、南宋朱熹的《孟子集注》、清焦循的《孟子正義》等。《孟子》文章長于辯論，富有文采，善用比喻，是先秦散文代表作。全書包括《梁惠王》、《公孫丑》、《滕文公》等七篇，每篇又分上下。今節選《梁惠王上》"齊桓晉文之事"、《公孫丑下》"天時不如地利"、《盡心下》"民為貴"。

齊桓晉文之事

齊宣王問曰 ❶：“齊桓、晉文之事可得聞乎 ❷？”

孟子對曰：“仲尼之徒無道桓、文之事者 ❸，是以後世無傳焉，臣未之聞也。無以 ❹，則王乎？”

曰：“德何如，則可以王矣？”

曰：“保民而王 ❺，莫之能禦也 ❻。”

曰：“若寡人者，可以保民乎哉？”

曰：“可。”

曰：“何由知吾可也？”

曰：“臣聞之胡齕曰 ❼，王坐于堂上，有牽牛而過堂下者，王見之，曰：‘牛何之 ❽？’對曰：‘將以釁鐘 ❾。’王曰：‘舍之。吾不忍其觳觫 ❿，若無罪而就死地。’對曰：‘然則廢釁鐘與？’曰：‘何可廢也？以羊易之。’不識有諸 ⓫？”

曰：“有之。”

曰：“是心足以王矣。百姓皆以王為愛也 ⓬，臣固知王之不忍也。”

王曰：“然，誠有百姓者 ⓭。齊國雖褊小 ⓮，吾何愛一牛？即不忍其觳觫，若無罪而就死地，故以羊易之也。”

曰：“王無異于百姓之以王為愛也 ⓯。以小易大，彼惡知之？王若隱其無罪而就死地 ⓰，則牛羊何擇焉 ⓱？”

王笑曰：“是誠何心哉 ⓲？我非愛其財，而易之以羊也。宜乎百姓之謂我愛也。”

曰："無傷也，是乃仁術也，見牛未見羊也。君子之于禽獸也，見其生，不忍見其死；聞其聲，不忍食其肉。是以君子遠庖廚也 ⑲。"

王說 ⑳，曰："《詩》云：'他人有心 ㉑，予忖度之。'夫子之謂也。夫我乃行之 ㉒，反而求之，不得吾心。夫子言之，于我心有戚戚焉 ㉓。此心之所以合于王者，何也？"

曰："有復于王者曰：'吾力足以舉百鈞 ㉔，而不足以舉一羽；明足以察秋毫之末 ㉕，而不見輿薪 ㉖。'則王許之乎 ㉗？"

曰："否。"

"今恩足以及禽獸，而功不至于百姓者，獨何與？然則一羽之不舉 ㉘，為不用力焉；輿薪之不見，為不用明焉；百姓之不見保 ㉙，為不用恩焉。故王之不王，不為也，非不能也。"

曰："不為者與不能者之形 ㉚，何以異？"

曰："挾太山以超北海 ㉛，語人曰：'我不能。'是誠不能也。為長者折枝 ㉜，語人曰：'我不能。'是不為也，非不能也。故王之不王，非挾太山以超北海之類也。王之不王，是折枝之類也。老吾老 ㉝，以及人之老；幼吾幼，以及人之幼。天下可運于掌 ㉞。《詩》云：'刑于寡妻 ㉟，至于兄弟，以御于家邦。'言舉斯心加諸彼而已。故推恩足以保四海 ㊱，不推恩無以保妻子。古之人所以大過人者，無他焉，善推其所為而已矣。今恩足以及禽獸，而功不至于百姓者，獨何與？權然後知輕重 ㊲，度然後知長短 ㊳，物皆然，心為甚。王請度之！抑王興甲兵 ㊴，危士臣 ㊵，構怨于諸侯 ㊶，然後快于心與？”

王曰：“否，吾何快于是？將以求吾所大欲也 ㊷。”

曰：“王之所大欲，可得聞與？”

王笑而不言。

曰：“為肥甘不足于口與 ㊸？輕暖不足于體與 ㊹？抑為采色不足視于目與 ㊺？聲音不足聽于耳與？便嬖不足使令于前與 ㊻？王之諸臣皆足以供之，而王豈為是哉？”

曰：“否，吾不為是也。”

曰：“然則王之所大欲可知已。欲辟土地，朝秦楚 ㊼，蒞中國而撫四夷也 ㊽。以若所為 ㊾，求若所欲，猶緣木而求魚也 ㊿。”

王曰：“若是其甚與 (51)？”

曰：“殆有甚焉 (52)。緣木求魚，雖不得魚，無後災。以若所為，求若所欲，盡心力而為之，後必有災。”

曰：“可得聞與？”

曰：“鄒人與楚人戰 (53)，則王以為孰勝？”

曰：“楚人勝。”

曰：“然則小固不可以敵大，寡固不可以敵眾，弱固不可以敵強。海內之地，方千里者九 (54)，齊集有其一 (55)。以一服八，何以異于鄒敵楚哉？蓋亦反其本矣 (56)。今王發政施仁 (57)，使天下仕者皆欲立于王之朝 (58)，耕者皆欲耕于王之野，商賈皆欲藏于王之市 (59)，行旅皆欲出于王之塗 (60)，天下之欲疾其君者皆欲赴訴于王 (61)。其若是，孰能禦之？”

王曰：“吾惛 (62)，不能進于是矣 (63)。願夫子輔吾志，明以教我。我雖不敏 (64)，請嘗試之。”

曰：“無恆產而有恆心者 ❻，惟士為能。若民，則無恆產，因無恆心。苟無恆心，放辟邪侈 ❻，無不為已。及陷于罪，然後從而刑之，是罔民也 ❻。焉有仁人在位，罔民而可為也？是故明君制民之產 ❻，必使仰足以事父母 ❻，俯足以畜妻子 ❼，樂歲終身飽，凶年免于死亡。然後驅而之善，故民之從之也輕 ❼。今也制民之產，仰不足以事父母，俯不足以畜妻子，樂歲終身苦，凶年不免于死亡。此惟救死而恐不贍 ❼，奚暇治禮義哉 ❼？王欲行之，則盍反其本矣。五畝之宅，樹之以桑，五十者可以衣帛矣 ❼。雞豚狗彘之畜 ❼，無失其時，七十者可以食肉矣。百畝之田，勿奪其時，八口之家可以無飢矣。謹庠序之教 ❼，申之以孝悌之義 ❼，頒白者不負戴于道路矣 ❼。老者衣帛食肉，黎民不飢不寒，然而不王者，未之有也。”

《孟子注疏》卷一下

❶ 齊宣王：戰國時齊國國君，姓田，名辟彊，謚宣。

❷ 齊桓、晉文：春秋時齊國、晉國國君，先後稱霸。齊桓即齊桓公，姓姜，名小白。晉文即晉文公，姓姬，名重耳。齊宣王詢問齊桓、晉文稱霸之事，意欲效仿。

❸ 仲尼之徒：指儒家學派。儒家學派主張王道，反對霸道，故不稱說齊桓、晉文之事。

❹ “無以”二句：不得已一定要說的話，就說說王天下吧。無以，無已，不停止。王（wàng），統治，稱王。

❺ 保：安。

❻ 禦：阻擋。

❼ 胡齕（hé）：齊宣王近臣。

❽ 之：往。

❾ 釁鐘：指以牲畜血塗抹于鐘上舉行祭祀。

❿ 觳觫（hú sù）：恐懼戰慄的樣子。

⓫ 不識有諸：不知道有沒有這事？諸，"之乎"的合音。

⓬ 愛：吝惜，吝嗇。

⓭ 誠有百姓者：的確有這樣的百姓。

⓮ 褊（biǎn）小：狹小。

⓯ 無異：不要覺得奇怪。

⓰ 隱：哀憐，痛惜。

⓱ 牛羊何擇焉：牛和羊有甚麼區別呢？擇，區別。

⓲ 是誠何心哉：這究竟是甚麼想法呢？是，指以羊易牛之事。齊宣王自己也説不清楚為何如此。

⓳ 庖（páo）廚：廚房。

⓴ 説：同"悦"，高興。

㉑ "他人有心"二句：出自《詩·小雅·巧言》。別人有甚麼心思，我能夠推測出來。忖度，揣想。

㉒ "夫我乃行之"三句：我只是如此做了，反過來探究為何如此，我也不知道自己當時的想法。乃，如此。

㉓ 戚戚：心動的樣子。

㉔ 百鈞：三千斤。古代三十斤為一鈞。

㉕ 明：視力。秋毫：鳥獸在秋天新長出的細毛。末：末端。

㉖ 輿薪：整車柴。輿，車箱，泛指車。

㉗ 許：相信。

㉘ 一羽之不舉：一根羽毛都舉不起來。

㉙ 見保：被安撫。

㉚ "不為者與不能者之形"二句：不做和不能做的情形，有甚麼不同？形，情況。

㉛ 挾：夾在腋下。太山：即泰山。超：越過。北海：指渤海。

㉜ 折枝：折取樹枝，言不難。一說為折腰，或按摩，均是比喻其輕而易舉。

㉝ "老吾老"二句：敬養自己的長輩，並推及別人家的長輩。第一個"老"字為動詞。下句"幼吾幼"同。

㉞ 天下可運于掌：天下可以在手掌中運轉。比喻容易。

㉟ "刑于寡妻"三句：出自《詩·大雅·思齊》。先給自己的妻子做榜樣，再及于兄弟，進而治理封邑和國家。刑，通"型"，典型，榜樣。御，治理。

㊱ 推恩：推廣恩德。

㊲ 權：稱量。

㊳ 度（duó）：丈量。

㊴ 抑：難道。興甲兵：指發起戰爭。

㊵ 危士臣：使將士危險。

㊶ 構怨：結怨，結仇。

㊷ 求吾所大欲：追求我想要的最大欲望。

㊸ 肥甘：指肥美的食物。

㊹ 輕暖：指又輕又暖的衣服。

㊺ 抑：還是。

㊻ 便嬖（pián bì）：近臣，君主左右受寵幸的人。

㊼ 朝秦楚：使秦國和楚國來朝見，使其稱臣。

⓽ 蒞中國而撫四夷：統治中原並安撫四方少數民族。蒞，臨，治理。

⓾ 若：這樣的。

❺⓪ 緣木而求魚：爬到樹上去捉魚。緣，攀援。

❺① 若是其甚與：有這樣嚴重嗎？

❺② 殆有甚焉：恐怕比這樣更嚴重。

❺③ 鄒：即邾國，故地在今山東鄒城一帶。鄒與楚大小實力懸殊。

❺④ 方千里者九：面積縱橫千里的地方有九個。

❺⑤ 齊集有其一：齊國的土地匯集起來只佔九分之一。

❺⑥ 蓋亦反其本矣：何不返回到根本上來呢。指推行仁政。蓋（hé），通"盍"，何不。

❺⑦ 發政施仁：指採取措施，推行仁道。

❺⑧ 仕者：做官的人。

❺⑨ 商賈（gǔ）：商人。藏：指儲藏貨物。

❻⓪ 塗：同"途"，道路。

❻① 疾：痛恨。

❻② 惛（hūn）：糊塗。

❻③ 不能進于是：是説對孟子所説不能完全理解。進于是，進到這一步。

❻④ 敏：聰敏，有才能。

❻⑤ 恆產：長久維持生活的財產。恆心：常存的善心。

❻⑥ 放辟邪侈：放縱邪僻，不守法度。辟，邪僻。侈，過度，放縱。

❻⑦ 罔民：對人民張羅網，陷害人民。罔，通"網"。

❻⑧ 制民之產：規定人民的產業。

❻⑨ 事：供奉。

❼⓪ 畜（xù）妻子：養活妻子和孩子。

⑦ 從之也輕：指很容易就可以服從君王。輕，輕易。

⑦ 贍：足夠。

⑦ 奚暇：哪裏有空暇。

⑦ 衣帛：穿絲織的衣服。

⑦ 豚（tún）：小豬。彘（zhì）：豬。

⑦ 庠（xiáng）序：學校。

⑦ 孝悌：孝順父母，敬愛兄長。

⑦ 頒白者：指頭髮斑白的老人。頒，通 "斑"。負戴：背負或頭頂重物。

天時不如地利

　　孟子曰："天時不如地利 ❶，地利不如人和 ❷。三里之城 ❸，七里之郭，環而攻之而不勝 ❹。夫環而攻之，必有得天時者矣。然而不勝者，是天時不如地利也。城非不高也，池非不深也 ❺，兵革非不堅利也 ❻，米粟非不多也。委而去之 ❼，是地利不如人和也。故曰域民不以封疆之界 ❽，固國不以山溪之險，威天下不以兵革之利 ❾。得道者多助，失道者寡助。寡助之至，親戚畔之 ❿；多助之至，天下順之。以天下之所順，攻親戚之所畔，故君子有不戰 ⓫，戰必勝矣。"

《孟子注疏》卷四上

注
釋

❶ 天時：指有利于戰爭的氣候條件。地利：指有利于戰爭的地理條件。

❷ 人和：指人事和諧，民心和樂。

❸ "三里之城"二句：古代都邑的四周城垣一般有兩重，內城為城，外城為郭。三里、七里皆指城郭邊長，喻其小。

❹ 環：指圍城。

❺ 池：護城河。

❻ 兵革：兵器和甲冑，泛指武器裝備。

❼ 委：捨棄。

❽ 域民：意為使人民居留在國界內。域，居。封疆之界：指國家的疆界。

❾ 威：揚威。

❿ 親戚：指父母兄弟等。畔：通"叛"。

⓫ 有：或，要麼。

原
文

民為貴

孟子曰："民為貴，社稷次之 ❶，君為輕。是故得乎丘民而為天子 ❷，得乎天子為諸侯，得乎諸侯為大夫。諸侯危社稷，則變置 ❸。犧牲既成 ❹，粢盛既潔 ❺，祭祀以時，然而旱乾水溢 ❻，則變置社稷 ❼。"

《孟子注疏》卷一四上

注釋

❶ 社稷：古代帝王、諸侯所祭的土神和穀神。後用"社稷"代表國家。

❷ 得乎丘民而為天子：得到百姓的信任，就可以做天子。丘民，眾民，百姓。

❸ 變置：指改立諸侯。

❹ 犧牲：祭祀用的牲畜。成：肥壯。

❺ 粢盛（zī chéng）：盛在祭器內供祭祀的穀物。潔：潔淨。

❻ 旱乾水溢：指發生旱災和水災。

❼ 變置社稷：改立土穀之神。

解析

　　孟子繼承並發展了孔子的仁學思想，提出較為系統的"仁政"主張和民貴君輕理論，是儒家民本思想的代表人物。以上三章比較集中地反映了孟子的仁政學說及民本思想。

　　孟子認為人性本善，人皆有不忍人之心，將這種不忍人之心推廣到治理國家，就是仁政。"齊桓晉文之事"記述了孟子和齊宣王的問答，孟子避而不談齊宣王關心的霸業，而是循循善誘，用各種比喻層層遞進來闡述自己的仁政主張。他從齊宣王不忍見牛被殺一事說起，指出這種不忍之心即是仁術。"舉斯心加諸彼"，推此不忍之心于天下，既敬養愛護自己的老人和孩子，也能推己及人、敬養愛護別人的老人和孩子，這樣天下人都會願意歸服，如此就可成就王道，保有四海。孟子還提出了施行仁政的具體內容，這就是要使人民有固定的產業，百畝之田、五畝之宅，農桑畜養，依時而行，"仰足以事父母，俯足以畜妻子，樂歲終身飽，凶年免于死亡"。人民生活無憂，加以禮義教育，自然天下向善，遠人歸服。若不顧百姓疾苦，僅憑武力爭霸，則不僅如緣木求魚不可得，還會因失去民心而給統治者自己招來災禍。

"天時不如地利"則從戰爭角度闡述仁政和民心的重要性。孟子認為決定戰爭勝負的最關鍵因素是"人和"，即人民的擁護。"得道者多助，失道者寡助"，若統治者暴虐無道失去民心，無論城池如何堅固，兵器如何銳利，也不可能獲得最後的勝利。

"民為貴"更是將人民對于國家的重要性排在第一位，旗幟鮮明地提出了"民為貴，社稷次之，君為輕"的觀點。君主若危害國家利益，可以變置；土穀之神若不能保佑風調雨順，也可以變置。只有人民是無法更替的，是國家政權穩固的根本力量。得乎丘民而為天子，得民心者得天下。孟子在《梁惠王下》中回答齊宣王對"湯放桀，武王伐紂"的質疑時曾說："賊仁者謂之賊，賊義者謂之殘。殘賊之人，謂之一夫。聞誅一夫紂矣，未聞弒君也。"《離婁上》也說："桀、紂之失天下也，失其民也。失其民者，失其心也。得天下有道，得其民，斯得天下矣。得其民有道，得其心斯得民矣。得其心有道，所欲與之聚之，所惡勿施爾也。"從正反兩方面說明了民心向背的重要性，可謂是民貴君輕論的最好注腳。這也是孟子思想中富有民本精神的內容，對後世產生了積極深刻的影響。

逍遙遊

題
解

　　莊周（前 369 年？—前 286 年），戰國時宋國蒙（今河南商丘東北）人。曾為蒙漆園吏，與楚威王、齊宣王生活在同一時期。楚威王欲聘之為相，莊周笑言"不為有國者所羈"，終身不仕。《史記》卷六三有傳。莊周之學，上承老子，其著述十餘萬言，後人結集為《莊子》一書。唐朝天寶元年（742年），封莊周為南華真人，故《莊子》別稱《南華真經》。今所傳世的《莊子》是晉朝郭象的注本，現存三十三篇，分為《內篇》七，《外篇》十五，《雜篇》十一。這篇《逍遙遊》見于《莊子·內篇》卷一，是全書的首篇，全文可分為三章，這裏所選的只是第一章。"逍遙"即"物任其性，事稱其能，各當其分"（晉郭象語），也就是閒放不拘、恬適自得的意思。

原
文

　　北冥有魚 ❶，其名為鯤 ❷。鯤之大，不知其幾千里也。化而為鳥，其名為鵬 ❸。鵬之背，不知其幾千里也。怒而飛，其翼若垂天之雲 ❹。是鳥也，海運則將徙于南冥 ❺。南冥者，天池也。

《齊諧》者 ❻，志怪者也。《諧》之言曰："鵬之徙于南冥也，水擊三千里 ❼，摶扶搖而上者九萬里 ❽，去以六月息者也 ❾。"野馬也 ❿，塵埃也，生物之以息相吹也 ⓫。天之蒼蒼 ⓬，其正色邪？其遠而無所至極邪？其視下也 ⓭，亦若是則已矣。

且夫水之積也不厚，則其負大舟也無力。覆杯水于坳堂之上 ⓮，則芥為之舟 ⓯，置杯焉則膠，水淺而舟大也。風之積也不厚，則其負大翼也無力。故九萬里，則風斯在下矣 ⓰，而後乃今培風 ⓱。背負青天而莫之夭閼者 ⓲，而後乃今將圖南。

蜩與學鳩笑之曰 ⓳："我決起而飛 ⓴，搶榆枋 ㉑，時則不至 ㉒，而控于地而已矣 ㉓，奚以之九萬里而南為 ㉔？"適莽蒼者 ㉕，三飡而反 ㉖，腹猶果然 ㉗。適百里者，宿舂糧 ㉘。適千里者，三月聚糧。之二蟲又何知 ㉙？

小知不及大知 ㉚，小年不及大年 ㉛。奚以知其然也？朝菌不知晦朔 ㉜，蟪蛄不知春秋 ㉝，此小年也。楚之南有冥靈者 ㉞，以五百歲為春，五百歲為秋。上古有大椿者，以八千歲為春，八千歲為秋。而彭祖乃今以久特聞 ㉟，眾人匹之 ㊱，不亦悲乎！

湯之問棘也是已 ㊲："窮髮之北 ㊳，有冥海者，天池也。有魚焉，其廣數千里，未有知其修者 ㊴，其名為鯤。有鳥焉，其名為鵬，背若太山，翼若垂天之雲，摶扶搖羊角而上者九萬里 ㊵，絕雲氣，負青天，然後圖南，且適南冥也。

斥鴳笑之曰㊶：'彼且奚適也？我騰躍而上，不過數仞而下㊷，翱翔蓬蒿之間，此亦飛之至也，而彼且奚適也？'"此小大之辯也㊸。

故夫知效一官㊹，行比一鄉㊺，德合一君㊻，而徵一國者㊼，其自視也亦若此矣。而宋榮子猶然笑之㊽。且舉世而譽之而不加勸㊾，舉世而非之而不加沮(50)，定乎內外之分(51)，辯乎榮辱之境，斯已矣(52)。彼其于世，未數數然也(53)。雖然，猶有未樹也(54)。夫列子御風而行(55)，泠然善也(56)，旬有五日而後反。彼于致福者(57)，未數數然也(58)。此雖免乎行(59)，猶有所待者也。若夫乘天地之正(60)，而御六氣之辯(61)，以遊無窮者(62)，彼且惡乎待哉(63)！故曰至人無己(64)，神人無功(65)，聖人無名(66)。

《莊子集釋》卷一上

注釋

❶ 北冥：即北海。"冥"，這裏指水深而暗，廣漠無涯。下文的"南冥"義同。

❷ 鯤（kūn）：一種絕大之魚。

❸ 鵬：一種絕大之鳥。

❹ 垂天之雲：意為兩翼展開，如天空的雲影般遮天蔽日。

❺ 海運：海上飛行。

❻《齊諧》：齊諧為人名，他寫的書，專記怪異之事，後人名之為《齊諧》。

❼ 水擊三千里：鵬起飛時，兩翼拍擊水面，行三千里才漸次升入高空。一説鵬兩翼激起的浪花高達三千里。

❽ 摶（tuán）：旋轉上升。扶搖：盤旋的氣流。

❾ 去以六月息：是説這鵬一舉飛去，六個月後，抵達天池才歇息。一説 "息" 為呼吸，鵬飛行半年才呼吸一次。

❿ 野馬：天地間的遊走霧氣，就像野馬奔馳一樣，蒸騰不已。

⓫ 以息相吹：息，氣息。以上三句是説，野馬奔騰般的霧氣和細微的塵埃，都因為受到生物氣息的吹拂，動盪不停。這和鵬飛九萬里相比，雖説大小懸殊，但就任乎自然而言，二者並無不同。

⓬ "天之蒼蒼" 二句：天的藍色，難道真是天的正色嗎？其，同 "豈"。

⓭ "其視下也" 二句：鵬從高空向下看，也不過像人們仰望天空一樣而已，意思是説都不一定能看透真相。"其" 指鵬。

⓮ 坳（ào）堂：堂上低凹之處。

⓯ 芥：草芥，小草。

⓰ 風斯在下：鵬之所以能飛高九萬里，是因為有風在下面負托。

⓱ 培風：培，通 "憑"，憑風，乘風。

⓲ 莫之夭閼（è）：是説鵬背之上只有青天，再無其他東西遮攔阻擋。夭，即 "闕"，遮攔。閼，阻塞。

⓳ 蜩（tiáo）與學鳩：蟬與斑鳩。

⓴ 決：同 "赽"，疾速。

㉑ 搶榆枋：想高飛也不過落在榆樹和枋樹（檀）上。搶，同 "集"，落在。

㉒ 則：或者，可能。

㉓ 控：投。

㉔ 奚以之九萬里而南為：哪裏用得着爬升到九萬里向南飛呢？

㉕ 適：往。莽蒼：近郊的林野處。

㉖ 三飡而反：是說到近郊去，一天（三頓飯）工夫便可以打個來回。飡，同"餐"。反，同"返"。

㉗ 果然：充實（飽）的樣子。

㉘ 宿舂糧：出發前一天晚上必須搗米儲備食糧。

㉙ 之二蟲：指蜩與學鳩。之，此。

㉚ 知：同"智"。

㉛ 小年：年，年齡。以上二句是說，見識淺、壽命短者，無法和見識多、壽命長者相比。

㉜ 朝菌不知晦朔：朝菌，又名日及，即一種大芝，天陰生糞堆上，見日則死，所以不知一個月的始終。晦，陰曆每月最後一天。朔，陰曆每月的初一。一說"朝菌"當作"朝秀"，一種朝生暮死之蟲。"晦"指黑夜，"朔"指平明。

㉝ 蟪蛄（huì gū）不知春秋：蟪蛄，一名寒蟬，春生夏死，夏生秋死，所以不知道整年的光景。

㉞ 冥靈：傳說中一種壽命很長的樹。

㉟ 彭祖：即籛（jiān）鏗，據說曾為堯臣，封于彭城，經過虞、夏，一直活到商代，年七百餘歲。

㊱ 匹：比。是說世人的年壽與彭祖相比，正如同"朝菌"、"蟪蛄"一般，長短懸殊，所以可悲。

㊲ 湯：又稱武湯、成湯等，是商朝的創建者。棘：《列子》作夏革，湯時為大夫。

㊳ 窮髮：北方極遠處的不毛之地。髮，毛，指草木。

㊴ 修：長。

㊵ 羊角：旋風（曲而上行如羊角）。

㊶ 斥鴳（yàn）：水澤中的小雀。

㊷ 仞：八尺為一仞。一說七尺。

㊸ 辯：同"辨"，區別。

㊹ 知效一官：是說其人的才智較低者只能勝任一官之職。

㊺ 行比一鄉：是說其人的才智只夠庇護一鄉之地。比，通"庇"。

㊻ 德合一君：是說其人之才智只能投合一個國君的心意。

㊼ 而徵一國：是說其人的才智只能取信于一國之人。而，能。徵，信。

㊽ 宋榮子猶然笑之：是說宋榮子嗤笑上面說的四種人。宋榮子即先秦思想家宋鈃（jiān），戰國時宋國人，其學說近于墨家。猶然，微笑自得的樣子。

㊾ 勸：鼓勵，引申為得意。是說宋榮子不因為世人的毀譽而加重自己的得失之心。

㊿ 沮：沮喪。

(51) 定乎內外之分：是說對于自身與外部環境的關係，能把握好分寸。內，自我。外，外物。

(52) 斯已矣：就是如此（指宋榮子的思想修養）。

(53) 未數（shuò）數然：是說像宋榮子這樣的人，世上並不多見。數數，屢屢，頻繁出現。

(54) 猶有未樹：是說宋榮子的修養雖然世所罕見，但他依然執着于"內外之分"、"榮辱之境"，還沒能確立至德，走向逍遙之途。樹，"竪"的假借字。

(55) 列子御風："列子"即列禦寇，春秋鄭穆公時人，其學本于黃帝、老子。傳說列子曾遇風仙，學得御風之術。御，駕，乘。

(56) 泠（líng）然：輕妙的樣子。

(57) 致福：是說列子御風而往，無所不順。致，得。福，無所不順。

(58) 未數數然：是說列子這樣的人，世上也不常見。

❺❾ "此雖免乎行"二句：是説御風可以免去步行，但仍然要依仗風力，所以列子也不值得羨慕。待，依憑。

❻⓪ 乘天地之正：天地以萬物為體，而萬物以自然為正，自然就是去除人為的痕跡，所以"乘天地之正"就是順應萬物之性而行。乘，駕馭。

❻❶ 御六氣之辯：順應自然的意外變化。六氣，陰陽、風雨、晦明等自然現象。辯，通"變"。

❻❷ 無窮：指時間的無始無終，空間的無邊無際。

❻❸ 惡（wū）乎待：何所待。是説既能順乎萬物之性，又能適應意外之變，這樣便可以與天地同始終，自不必有待于外物相助。惡，何。

❻❹ 至人無己：是説至人順天應物，可以達到忘其自我的境界。"至人"是莊子理想中修養最高的人。

❻❺ 神人無功："神人"是莊子理想中僅次于"至人"一等的人。無功，無意追求功名，只求為人們造福。

❻❻ 聖人無名："聖人"是儒家理想中修養最高的人，而在莊子理想中則居于"至人"、"神人"之下，為第三等。無名，不求名位。以上三句，"至"言其體，"神"言其用，"聖"言其名，其實是同一種表達，都是指上文所説的那種能夠"乘天地之正，御六氣之辯"、"遊無窮"、"惡乎待"的人。

解析　　這篇文章的大旨即：擺脱一切物累，求得精神上的解脱，以贏得最大的自由空間。

　　文章藉助誇飾的言辭，形象地説明了一個深奧的道理。這個道理概括為一句話，便是"有待"與"惡乎待"的關係。像鵬這樣龐然而充滿生機的大物，似乎可以遨遊四海，暢行無礙，但鵬的飛行也是有條件的，如果"風之積也不厚，則其負大翼也無力"，"而後乃今培風"。這個"培風"就是飛翔的憑藉，也就是所謂的"有待"。作者在這裏十分強調"有待"，其真實意圖正是為了在後文提出自己的正面主張，那就是"惡乎待"，亦即"無所待"。如何才能做到"無待"呢？文章的末段畫龍點睛，回答了這個問題："若夫乘天地之正，而御六氣之辯，以遊無窮者，彼且惡乎待哉？故曰至人無己，神人無功，聖人無名。"意思是說，如果一個人掙脫了自身對于功名利祿、金錢權位之類的貪欲，去除了精神層面的一己之私，才能在精神上無待而遊于無窮。

《莊子》

秋水

本文出自《莊子》外篇。《莊子》外篇與雜篇多以各篇首句的前二字為題。本文以"秋水"篇名，無意間營造了一個汪洋恣肆的意象，同時也輝映出了文章汗漫無際的論辯氣象。本文首先不吝筆墨，詳盡地描繪了河伯與海神若的七次問答，將哲學問題進行層層深入的闡釋。由此引出夔、蚿、蛇、風等各種異象都是發自天機的論述，然後假借孔子之口來說明天命自然，指出公孫龍子"小知不及大知"的局限。最後又回到莊子這裏，通過莊子與惠子在濠梁之上展開的一場關於異物能否相知的辯論結束全文。文章所舉的事例不只一個，抒發的議論也各有側重，不過其重點表達的應該是"無以人滅天，無以故滅命，無以得殉名，謹守而勿失，是謂反其真"的"反真"思想。也就是唐朝成玄英所說的："夫愚智夭壽，窮通榮辱，稟之自然，各有其分。唯當謹固守持，不逐于物，得于分內而不喪于道者，謂反本還源、復于真性者也。"（《莊子注疏》卷六）

秋水時至 ❶，百川灌河。涇流之大 ❷，兩涘渚崖之間 ❸，不辯牛馬 ❹。于是焉河伯欣然自喜 ❺，以天下之美為盡在己。順流而東行，至于北海 ❻，東面而視，不見水端。于是焉河伯始旋其面目 ❼，望洋向若而歎曰 ❽："野語有之曰 ❾：'聞道百，以為莫己若者。' 我之謂也。且夫我嘗聞少仲尼之聞而輕伯夷之義者 ❿，始吾弗信；今我睹子之難窮也，吾非至于子之門則殆矣，吾長見笑于大方之家 ⓫。"

北海若曰："井蛙不可以語于海者 ⓬，拘于虛也 ⓭；夏蟲不可以語于冰者，篤于時也 ⓮；曲士不可以語于道者 ⓯，束于教也。今爾出于崖涘，觀于大海，乃知爾醜 ⓰，爾將可與語大理矣。天下之水，莫大于海，萬川歸之，不知何時止而不盈；尾閭泄之 ⓱，不知何時已而不虛；春秋不變，水旱不知。此其過江河之流，不可為量數。而吾未嘗以此自多者 ⓲，自以比形于天地而受氣于陰陽 ⓳，吾在于天地之間，猶小石小木之在大山也 ⓴。方存乎見少，又奚以自多 ㉑！計四海之在天地之間也，不似礨空之在大澤乎 ㉒？計中國之在海內 ㉓，不似稊米之在大倉乎 ㉔？號物之數謂之萬，人處一焉。人卒九州 ㉕，穀食之所生，舟車之所通，人處一焉。此其比萬物也，不似豪末之在于馬體乎 ㉖？五帝之所連，三王之所爭，仁人之所憂，任士之所勞 ㉗，盡此矣。伯夷辭之以為名，仲尼語之以為博，此其自多也，不似爾向之自多于水乎？"

河伯曰："然則吾大天地而小豪末，可乎？"北海若曰："否。夫物，量無窮，時無止，分無常，終始無故 ㉘。是故

大知觀于遠近 ❷⑨，故小而不寡，大而不多，知量無窮 ❸⓪。證
曏今故 ❸①，故遙而不悶 ❸②，掇而不跂，知時無止。察乎盈
虛，故得而不喜，失而不憂，知分之無常也。明乎坦塗，故
生而不說 ❸③，死而不禍，知終始之不可故也。計人之所知，
不若其所不知；其生之時，不若未生之時；以其至小求窮其
至大之域 ❸④，是故迷亂而不能自得也。由此觀之，又何以知
豪末之足以定至細之倪 ❸⑤，又何以知天地之足以窮至大之
域！"

河伯曰："世之議者皆曰：'至精無形 ❸⑥，至大不可圍。'
是信情乎 ❸⑦？"北海若曰："夫自細視大者不盡，自大視細
者不明。夫精，小之微也；垺 ❸⑧，大之殷也 ❸⑨，故異便 ❹⓪。
此勢之有也。夫精粗者，期于有形者也；無形者，數之所不
能分也；不可圍者，數之所不能窮也。可以言論者，物之粗
也；可以意致者，物之精也；言之所不能論 ❹①，意之所不能
察致者，不期精粗焉。是故大人之行 ❹②，不出乎害人，不多
仁恩 ❹③；動不為利，不賤門隸 ❹④；貨財弗爭 ❹⑤，不多辭讓；
事焉不藉人 ❹⑥，不多食乎力，不賤貪污；行殊乎俗，不多辟
異 ❹⑦；為在從眾，不賤佞諂 ❹⑧；世之爵祿不足以為勸 ❹⑨，
戮恥不足以為辱 ❺⓪；知是非之不可為分，細大之不可為倪。
聞曰：'道人不聞 ❺①，至德不得，大人無己。' 約分之至
也 ❺②。"

河伯曰："若物之外，若物之內，惡至而倪貴賤 ❺③？惡
至而倪小大？"北海若曰："以道觀之，物無貴賤。以物觀
之，自貴而相賤；以俗觀之，貴賤不在己 ❺④。以差觀之，
因其所大而大之，則萬物莫不大。因其所小而小之，則萬物

莫不小。知天地之為稊米也，知豪末之為丘山也，則差數睹矣 ❺。以功觀之，因其所有而有之，則萬物莫不有；因其所無而無之，則萬物莫不無。知東西之相反而不可以相無，則功分定矣 ❺。以趣觀之，因其所然而然之，則萬物莫不然；因其所非而非之，則萬物莫不非。知堯、桀之自然而相非，則趣操睹矣 ❺。昔者堯、舜讓而帝 ❺，之、噲讓而絕 ❺；湯、武爭而王 ❻，白公爭而滅 ❻。由此觀之，爭讓之禮，堯、桀之行，貴賤有時，未可以為常也。梁麗可以衝城 ❻，而不可以窒穴，言殊器也。騏驥驊騮 ❻，一日而馳千里，捕鼠不如狸狌 ❻，言殊技也。鴟鵂夜撮蚤 ❻，察毫末，晝出瞋目而不見丘山，言殊性也。故曰蓋師是而無非 ❻，師治而無亂乎？是未明天地之理，萬物之情者也。是猶師天而無地，師陰而無陽，其不可行明矣。然且語而不舍，非愚則誣也。帝王殊禪 ❻，三代殊繼 ❻。差其時，逆其俗者，謂之篡夫；當其時，順其俗者，謂之義之徒。默默乎河伯 ❻，女惡知貴賤之門 ❼，小大之家！”

河伯曰：“然則我何為乎？何不為乎？吾辭受趣舍 ❼，吾終奈何？”北海若曰：“以道觀之，何貴何賤，是謂反衍 ❼。無拘而志 ❼，與道大蹇 ❼。何少何多，是謂謝施 ❼。無一而行，與道參差 ❼。嚴乎若國之有君 ❼，其無私德；繇繇乎若祭之有社 ❼，其無私福；泛泛乎其若四方之無窮，其無所畛域 ❼。兼懷萬物，其孰承翼 ❽？是謂無方 ❽。萬物一齊，孰短孰長？道無終始，物有死生，不恃其成。一虛一滿，不位乎其形 ❽。年不可舉，時不可止。消息盈虛 ❽，終則有始。是所以語大義之方，論萬物之理也。物之生也，若驟若馳，無動而不變，無時而不移。何為乎？何不為乎？夫固將自化 ❽。"

河伯曰："然則何貴于道邪 ❽？"北海若曰："知道者必達于理，達于理者必明于權，明于權者不以物害己。至德者 ❽，火弗能熱，水弗能溺，寒暑弗能害，禽獸弗能賊。非謂其薄之也 ❽，言察乎安危，寧于禍福，謹于去就，莫之能害也。故曰天在內，人在外，德在乎天 ❽。知天人之行 ❽，本乎天，位乎得；蹢躅而屈伸，反要而語極 ❾。"曰："何謂天？何謂人？"北海若曰："牛馬四足，是謂天；落馬首，穿牛鼻，是謂人。故曰無以人滅天，無以故滅命 ❾，無以得殉名 ❾。謹守而勿失，是謂反其真。"

夔憐蚿 ❾，蚿憐蛇，蛇憐風，風憐目，目憐心。夔謂蚿曰："吾以一足趻踔而行 ❾，予無如矣。今子之使萬足，獨奈何？"蚿曰："不然。子不見夫唾者乎？噴則大者如珠，小者如霧，雜而下者不可勝數也。今予動吾天機 ❾，而不知其所以然。"蚿謂蛇曰："吾以眾足行，而不及子之無足，何也？"蛇曰："夫天機之所動，何可易邪？吾安用足哉！"蛇謂風曰："予動吾脊脅而行，則有似也 ❾。今子蓬蓬然起于北海 ❾，蓬蓬然入于南海，而似無有 ❾，何也？"風曰："然。予蓬蓬然起于北海而入于南海也，然而指我則勝我，鰌我亦勝我 ❾。雖然，夫折大木，蜚大屋者 ⓿，唯我能也，故以眾小不勝為大勝也 ⓿。為大勝者，唯聖人能之。"

孔子遊于匡 ⓿，宋人圍之數匝 ⓿，而弦歌不惙 ⓿。子路入見，曰："何夫子之娛也？"孔子曰："來，吾語女 ⓿。我諱窮久矣 ⓿，而不免，命也；求通久矣，而不得，時也。當堯、舜而天下無窮人，非知得也 **⓲**；當桀、紂而天下無通人，非知失也。時勢適然。夫水行不避蛟龍者，漁父之勇也；陸行不避兕虎者 **⓲**，獵夫之勇也；白刃交于前，視死若生者，烈士之勇也；知窮之有命，知通之有時，臨大難而不懼者，聖人之勇也。由處矣 **⓲**，吾命有所制矣 **⓲**。"無幾何，將甲者進 **⓲**，辭曰 **⓲**："以為陽虎也 **⓲**，故圍之。今非也，請辭而退。"

公孫龍問于魏牟曰 **⓲**："龍少學先王之道 **⓲**，長而明仁義之行。合同異 **⓲**，離堅白；然不然，可不可；困百家之知，窮眾口之辯，吾自以為至達已。今吾聞莊子之言，汒焉異之 **⓲**。不知論之不及與？知之弗若與？今吾無所開吾喙 **⓲**，敢問其方。"公子牟隱机大息 **⓲**，仰天而笑曰："子獨不聞夫埳井之蛙乎 **⓴**？謂東海之鱉曰：'吾樂與！出跳梁乎井幹之上 **㉑**，入休乎缺甃之崖 **㉒**；赴水則接腋持頤 **㉓**，蹶泥則沒足滅跗 **㉔**；還虷、蟹與科斗 **㉕**，莫吾能若也！且夫擅一壑之水 **㉖**，而跨跱埳井之樂 **㉗**，此亦至矣。夫子奚不時來入觀乎？'東海之鱉左足未入，而右膝已縶矣 **㉘**，于是逡巡而卻 **㉙**，告之海曰：'夫千里之遠，不足以舉其大；千仞之高 **㉚**，不足以極其深。禹之時十年九潦 **㉛**，而水弗為加益；湯之時八年七旱，而崖不為加損 **㉜**。夫不為頃久推移 **㉝**，不以多少進退者，此亦東海之大樂也。'于是埳井之蛙聞之，適適然驚 **㉞**，規規然自失也 **㉟**。且夫知不知是非之竟 **㊱**，而猶欲觀于莊子之言，是猶使蚊負山，商蚷馳河也 **㊲**，必不勝任矣。且夫知不知論極妙之言而自適一時之利者，是非埳井之蛙與？且彼方跐黃泉而登大皇 **㊳**，無南無北，奭然四解 **㊴**，淪于不測；無東無西，始于玄冥，反于大通。子乃規規然而求之以察 ❹，索之以辯，是直用管窺天，用錐指地也，不亦小乎！子往矣！且子獨不聞夫壽陵餘子之學行于邯鄲與 ⓮？未得國能，又失其故行矣，直匍匐而歸耳。今子不去，將忘子之故，失子之業。"公孫龍口呿而不合 ⓮，舌舉而不下，乃逸而走。

莊子釣于濮水 ⓮。楚王使大夫二人往先焉 ⓮，曰："願以境內累矣 ⓮！"莊子持竿不顧，曰："吾聞楚有神龜，死已三千歲矣，王巾笥而藏之廟堂之上 ⓮。此龜者，寧其死為留骨而貴乎？寧其生而曳尾于塗中乎？"二大夫曰："寧生而曳尾塗中。"莊子曰："往矣，吾將曳尾于塗中。"

惠子相梁 ⓮，莊子往見之。或謂惠子曰："莊子來，欲代子相。"于是惠子恐，搜于國中三日三夜。莊子往見之，曰："南方有鳥，其名為鵷鶵 ⓮，子知之乎？夫鵷鶵，發于南海而飛于北海，非梧桐不止，非練實不食 ⓮，非醴泉不飲。于是鴟得腐鼠 ⓮，鵷鶵過之，仰而視之曰：'嚇 ⓮！'今子欲以子之梁國而嚇我邪？"

莊子與惠子遊于濠梁之上 ⓮。莊子曰："儵魚出遊從容 ⓮，是魚之樂也。"惠子曰："子非魚，安知魚之樂？"莊子曰："子非我，安知我不知魚之樂？"惠子曰："我非子，固不知子矣；子固非魚也，子之不知魚之樂，全矣！"莊子曰："請循其本 ⓮。子曰'汝安知魚樂'云者，既已知吾知之而問我。我知之濠上也。"

《莊子集釋》卷六下

注釋

❶ 時至：按時而至。

❷ 涇（jīng）流：指直流的水波。

❸ 涘（sì）：岸，水邊。渚：水中陸地。

❹ 不辯牛馬：以上三句的意思是水流甚大，兩岸與洲渚之間隔水不能分辨牛馬。辯，通“辨”，分辨，辨識。

❺ 河伯：河神，黃河之神。即《莊子·大宗師》“馮夷得之，以遊大川”中的“馮夷”，一名馮遲。

❻ 北海：春秋戰國時指今渤海。

❼ 旋：迴轉。

❽ 望洋：仰視或遠視的樣子。若：海神，即下文的“北海若”。

❾ 野語：俗語，俚語。

❿ 少（shǎo）仲尼之聞：看不起孔子的學問。伯夷：商朝末年諸侯孤竹君的長子，與弟叔齊互讓國君之位，俱逃離故國。周武王滅商後，二人義不食周粟，餓死于首陽山。

⓫ 大方之家：指見多識廣、明曉大道之人。

⓬ 蛙：蝦蟆。一作“魚”。

⓭ 虛：一作“墟”，住所，處所。

⓮ 篤：固，困。

⓯ 曲士：鄉曲之士，喻指孤陋寡聞之人。以上是説井中之蛙囿于所居之地而不知大海，夏生秋死之蟲為時所蔽而不知冰霜，偏執固陋之人困于名教而不知大道。三者都因為自身的有限而不知有限之外的無限。

⓰ 醜：慚愧，羞恥。

⓱ 尾閭（lú）：古代傳説中的海底泄水之處。一名沃焦，位于東大海之中，海水從這裏外泄。

⑱ 自多：自滿。多，讚美。

⑲ 比（bì）形于天地：寄形于天地之間。

⑳ 大（tài）山：即太山，泰山。大，“太”的古字。

㉑ 奚：何也。以上是說北海若處于天地之間就好比小石小木在泰山之上，極言己之渺小，又怎會以此自大自多。

㉒ 礨空（lěi kǒng）：蟻穴，一說小洞。

㉓ 中國：即後文之所謂“九州”。

㉔ 稊（tí）：稗，果實像小米。大（tài）倉：設在京城的國家糧庫。

㉕ 人卒：當作“大率”，是總計之辭，意思是大致、大體。

㉖ 豪末：指毫毛的末端。

㉗ 任士：以天下為己任的賢人。

㉘ 終始無故：是說事物時刻處于變化之中，沒有恆常不變的。

㉙ 大知（zhì）：有大智慧的人。

㉚ 知量無窮：是說物的品類無窮，但各稱其情，故雖小而不以為少，雖大而不以為多。

㉛ 曏（xiàng）：表明。今故：指今古。

㉜ “遙而不悶”二句：是說不因壽長而厭生悒悶，不因齡促而欣企長命。掇（zhuō），短，與“遙而不悶”的“遙”相對。跂（qǐ），欣企，盼望。

㉝ 說（yuè）：通“悅”，喜悅。

㉞ “以其至小求窮其至大之域”二句：意思同于《莊子 · 養生主》：“吾生也有涯，而知也無涯。以有涯隨無涯，殆已！”“至小”為“智”，“至大”為“境”。

㉟ 倪（ní）：分際。

㊱ 精：精細，與“大”相對。與後文的“夫精，小之微也”相應。

㊲ 信：真實，果真無欺。

❸❽ 垺（póu）：大，盛。

❸❾ 殷：盛，大。

❹⓿ 故異便：是説大小雖異，各有便宜。

❹❶ "言之所不能論"三句：是説精粗是對于人們可以識見的有形的東西所下的判斷，而事物的妙理等孕于無形，是超越于言意之表的，這就不是精粗所能涵蓋的範圍了。

❹❷ 大人：得道而任自然之人。

❹❸ 不多仁恩：是説對于得道而任自然的人而言，行動不是為踐行外界所推崇的仁恩，不害于人，純然出自于天性，亦不以合乎仁恩而自得。

❹❹ 不賤門隸：自己的行動不出于利益，卻也不輕視以利益為追求的守門僕隸。《論語・述而》："子曰：'富而可求也，雖執鞭之士，吾亦為之。'"孔子認為在合乎道義的情況下追求富貴，就算是身執賤役，自己也願意。而莊子卻從根本上否定標準的存在。

❹❺ "貨財弗爭"二句："大人"雖不爭財貨，亦不以"辭讓"之舉而自高。

❹❻ "事焉不藉人"三句：不假借人力而行事，不以"食乎力"即自食其力而自多，不輕賤貪利忘義之人。《莊子・天地》記載子貢見灌園老人抱甕澆菜，"用力甚多而見功寡"，便向他推薦省力的機械，老人以由機械生機事、由機事生機心而拒絕。這裏的灌園老人即是所謂的"事焉不藉人"、"食乎力"者，但灌園老人以此"自多"，對子貢説"吾非不知，羞而不為"，是沒能做到"不多食乎力，不賤貪污"，並沒真正達于道。

❹❼ 不多辟異：是説"大人"行事與眾不同，但並不是刻意為之、標新立異，其不以自己乖僻怪異而自得自滿。辟異，乖僻怪異。

❹❽ 不賤佞諂：是説"大人"行事從眾，行為隨俗，但並不是專意迎合，乃是"和而不同"、"周而不比"，並且不輕賤諂媚奉承的人。

❹❾ 爵祿：官爵和俸祿。勸：勉勵，鼓勵。

❺⓿ 戮恥：刑戮之恥。即如《莊子·逍遙遊》中的宋榮子"舉世而譽之而不加勸，舉世而非之而不加沮"。

❺❶ "道人不聞"三句：同于《莊子·逍遙遊》所説的"至人無己，神人無功，聖人無名"。道人不聞，是説體道之人無功名聞世。至德不得，得，同"德"。用《老子》"上德不德，是以有德"之意，也與後文中"無以得殉名"的"得"同義。大人無己，是説順天應物，純任自然。即莊子理想中的最高境界"至人"。

❺❷ 約分：各依分限，適于天性。

❺❸ 惡（wū）至而倪貴賤：即以物的性分內外如何來判定事物的貴賤與大小。惡，何，哪裏。倪，區分。一説通"睨"，看，看出。

❺❹ 貴賤不在己：是説因出發角度的不同而生出不同的評價。以上是從"道"、"物"、"俗"三個角度進行簡單説明的，下文則從"差"、"功"、"趣"三方面進行詳細闡釋。

❺❺ 則差數睹矣：這是説從物的分別、差別出發，若從大的標準來衡量，那麼萬物在某種程度上都是大的，反之亦然。天地對于比它更大的空間而言就如同稊米一樣小，毫末較之于更小的存在就如同山丘一般大。

❺❻ 則功分定矣：是説物相反方能相成，彼此相濟。譬如從方向上而言，有東才有西。即《老子》第二章説的"有無相生，難易相成，長短相較，高下相傾，音聲相和，前後相隨"。

❺❼ 趣操：趨向志操，情趣志操。

❺❽ 讓：禪讓。

❺❾ 之：戰國時燕國國相子之，蘇秦的女婿，受燕王噲禪位。噲（kuài）：戰國時燕王姬噲，燕易王之子，他聽信蘇秦族弟蘇代之言而禪位給子之。國人不服子之，後齊宣王用蘇代的建議討伐燕國，殺死姬噲與子之，燕國幾乎亡國。

❻⓿ 王（wàng）：以仁義取得天下。商與周的開國君主都是以干戈革命而取得天下。

❻❶ 白公：即白公勝，因封于白邑而得名。楚平王之孫，太子建之

子。平王娶秦女而疏遠太子建，太子建逃到鄭國生了白公勝。因楚國的政治內亂，白公勝與伍子胥逃到吳國，後被楚國令尹子西迎回，僭稱公，後因犯上作亂而被葉公子高殺死。

㉒ 梁麗：一説為房屋的棟梁，一説為小船，應是類似樓車一類的戰車。衝：攻擊。

㉓ 騏（qí）驥（jì）驊（huá）騮（liú）：泛指良馬。

㉔ 狸狌（shēng）：野貓。

㉕ 鴟鵂（chī xiū）夜撮蚤：貓頭鷹一類的鳥晚上抓取蚤蝨。

㉖ 蓋：不盡之辭。師：以……為師，一説是順應的意思。

㉗ 帝王：五帝與三王的併稱。

㉘ 三代：夏、商、周三個朝代。

㉙ 默默：無知的樣子。

㉚ 女（rǔ）：通“汝”，你。惡（wū）：怎麼。

㉛ 辭受趣舍：辭讓受納，進趨退捨。趣（qū），同“趨”，趨向，追逐。

㉜ 反衍：也作“畔衍”、“叛衍”或“漫衍”，合為一家的意思。

㉝ 而：爾，汝。

㉞ 蹇（jiǎn）：不順遂，不順服。

㉟ 謝施：代謝施用。或積少成多，或散多為少，不斷變化。

㊱ 參差：不一致，是説不要執着于一，與道乖離。

㊲ 嚴（yǎn）：通“儼”，儼然、莊嚴的樣子。國君端拱無為而天下大治。

㊳ 繇（yōu）繇：自得從容的樣子。

㊴ 畛（zhěn）域：界限，範圍。

㊵ 承翼：接承羽翼，即扶持偏愛。

㉛ 無方：無定一方。方指一邊，無方即不偏愛任何一方。

㉜ 不位乎其形：不以形為位，即不執守形骸、拘持名節。

㉝ 消息：消長，增減，盛衰。

㉞ 自化：自然變化不假人力。

㉟ 然則何貴于道邪：承接上文而發問，意為既然為與不為混一，凡與聖一齊，任自然而變化，那麼所謂的"道"又有甚麼可貴的呢？

㊱ 至德者：這裏的"至德者"正如《莊子‧逍遙遊》中那些居住在姑射山的神人，外物不能危害于他。

㊲ 薄：輕視，鄙薄。

㊳ 德在乎天：至德在乎天然，不在人為。

㊴ "知天人之行"三句：是説至人應物變化，順化自然，進退屈伸沒有定執。蹢躅（dí zhú），徘徊不進之貌，進退不定之貌。

㊵ 反要：即返本歸源。要，樞要，事物的本源。

㊶ 故：故意，刻意，人為也。命：天命，本性，自然。

㊷ 得：即前文所言"本乎天，位乎得"的"得"，也是"至德不得"的"得"。

㊸ 夔（kuí）：傳説中的一足獸，像牛。蚿（xián）：百足蟲，屬于無脊椎動物。憐：愛尚，羨慕。夔羨慕蚿的多足。一説作哀憫，夔以一足自得，同情百足之蚿的煩勞辛苦。

㊹ 踔趹（chěn chuō）：跳躑，跳躍。

㊺ 天機：天性自然。

㊻ 有似：是説蛇雖然無足，卻像是有足的樣子。

㊼ 蓬蓬然：風吹動貌。一説是塵動貌。

㊽ 似無有：即無形，風動無形象卻有力。一説是無肖，因為風無形所以無所像的意思。

㊾ 鰌（qiú）：一作 ，用腳蹴踏。

⑩ 蜚（fēi）：通"飛"，大風將屋廈飄飛起來。

⑩ 以眾小不勝為大勝：是説人可以用手指風，用腳踏風，風無能為力，此是小不勝也。但風卻具有摧折樹木、飄飛大屋的能力，此是大勝也。

⑩ 匡：春秋時衛國之地，孔子從魯國到衛國，途經匡這個地方。

⑩ 宋：誤字，當作"衛"。

⑩ 惙（chuò）：通"輟"，止。

⑩ 女（rǔ）：通"汝"，你。

⑩ 諱窮：害怕不得志。

⑩ 知（zhì）：智慧。

⑩ 兕（sì）：古代獸名，皮厚，可以製甲，一説是雌犀牛。

⑩ 由：即子路。子路名仲由，字子路，又字季路，孔子弟子。

⑩ 制：分限。

⑪ 將甲者：帶兵的將官。

⑫ 辭：致歉。

⑬ 陽虎：一名陽貨，春秋後期魯國人，季孫氏家臣，曾侵暴衛邑的人民。孔子的長相與他相似，匡人誤以為孔子是陽虎，所以才出現了圍困孔子的事情。

⑭ 公孫龍：即公孫龍子，字子秉，戰國時期趙人，曾為平原君門客，名家代表人物。擅長詭辯之術，提出了"離堅白"、"白馬非馬"等命題。曾遊魏，與公子牟論學。魏牟：戰國時期魏國公子牟，因封于中山，也叫中山公子牟，曾與公孫龍交好，後改宗莊子。

⑮ 先王：指堯、舜、禹、湯等。

⑯ "合同異"二句：公孫龍子以博辯聞名，能離同為異，亦能合異為同，認為堅硬與白色不能同時求于白石，前者是觸覺，後者是視覺。

⑰ 汒（máng）：迷茫。

⑱ 喙（huì）：鳥獸的嘴，藉指人的嘴。指公孫龍子聽聞莊子之言，茫然不知所措，三緘其口。

⑲ 隱机：「机」通「几」，矮小的桌子。即「隱几」，憑靠着几案。大（tài）息：深深地歎息。

⑳ 埳（kǎn）井：淺井。一説壞井。

㉑ 跳梁：即「跳踉」，跳躍的意思。幹（hán）：井欄。

㉒ 甃（zhòu）：用磚瓦等砌的井壁。

㉓ 接腋持頤：形容水淺。腋，臂下。頤，面頰。

㉔ 蹶（jué）：踏，踩。跗（fū）：腳背。

㉕ 還（xuán）：顧視。虷（hán）：井中赤蟲。科斗：即今之蝌蚪。

㉖ 擅：專。

㉗ 跱（zhì）：據有，佔有。

㉘ 縶（zhí）：拘束，羈絆。

㉙ 逡巡：從容。

㉚ 仞：八尺為一仞。一説為七尺。

㉛ 潦（lǎo）：積水。

㉜ 崖：涯際，邊際。

㉝ 頃：少時。久：多時。這句是説大海不因時間的長短而改變。

㉞ 適適（tì tì）然：驚恐失色貌。

㉟ 規規然：驚恐自失貌。

㊱ 知不知是非之竟：是説公孫龍子的聰明並不足以窮究是非之境，是俗知而非真知。

㊲ 商蚷（jù）：蟲名，也作商距，即馬蚿，陸地小蟲，無法渡水。

㊳ 跐（cǐ）：踏，踩。大（tài）皇：亦作太皇，指天。

㊵ 奭（shì）然：消散、消釋的樣子。

⑭ 規規然：經營之貌，一説淺陋拘泥貌。察：觀察。

⑭ 壽陵：燕邑。餘子：弱齡未壯的少年，一説尚未到服役年齡的少年。邯鄲：趙都。

⑭ 呿（qù）：張口的樣子。

⑭ 濮（pú）水：戰國時陳地河流，流經今河南濮陽。

⑭ 楚王：指戰國時期楚威王熊商，楚宣王之子，致力于恢復楚莊王時代的霸業，在世期間積極擴張楚國領土，志在使楚國成為諸侯之首。

⑭ 願以境內累矣：這是客氣的説法，表示希望將國事託付于莊子。

⑭ 巾笥（sì）：藏之以笥，覆之以巾。

⑭ 惠子：即惠施，戰國時期宋人，為梁惠王之相。名家學派的開山鼻祖和代表人物，與莊子相交甚深。

⑭ 鵷鶵（yuān chú）：鸞鳳之類，一説是鳳凰之子。

⑭ 練實：竹實，竹子所結的果實。

⑮ 鴟（chī）：鷂鷹。

⑮ 嚇（hè）：怒斥聲。

⑮ 濠梁：即下文之“濠上”。濠是水名，梁是橋梁。

⑮ 鯈（tiáo）：通“鰷”，鰷魚，又名白鰷、白鰊。

⑮ 請循其本：追溯其本源。郭象注：“尋惠子之本言，云非魚則無緣相知耳。今子非我也，而云‘汝安知魚樂’者，是知我之非魚也。苟知我之非魚，則凡相知者，果可以此知彼，不待是魚然後知魚也。故循子‘安知’之云，已知吾之所知矣。而方復問我，我正知之于濠上耳，豈待入水哉！”

《秋水》先以河伯與北海若的問答引出，凡七問七答。

第一層，河伯極言己之孤陋，不知有"更大"的存在，見海則明己之小。海神若從此意出發，言明在比"大"更大的存在面前，大亦小矣，就像河伯所認為的"更大"的海在天地之間也不過是一稊米，所以誠在自滿。

第二層，河伯問以大為大以小為小可乎，海神若則糾以無大無小。萬事萬物恆在變化，所以大亦可為小，小也可變大。故而以有限的智識追求無限的"道"，只會迷亂而不自得。

第三層，既然有形的大小在不斷變化，那麼河伯又從無形的大小來發問，改換為至精至大的概念。海神若答以其無形，不能言盡意致，所以無從言精粗，也無從分精粗也。並由"無分精粗"引出混一是非的"大人"，不自是而非人。

第四層，既有混一是非，則河伯又添出貴賤來與小大同說。有形的大小不可確定，無形的精粗不可區分，是非在"大人"這裏又相混一，那麼從物性的內外又怎樣區分貴賤與大小？海神若答以無一定的標準。因角度的不同，生出的評價會各異，且同一種行為在不同的背景下成敗互異，是以無統一的標準。

第五層，既無標準，河伯問自己當憑藉甚麼來取捨。海神若答以齊萬物，順物自化，蹈無為之境。

第六層，河伯又以聽任造化所為，則我亦何必學道來發問，海神若答：知"道"之人明達事物的"理"，所以能夠不以物害己，是以天為本。

　　第七層，河伯由此而問天與人將如何區別，海神若由“天”、“人”的解釋進而引出本篇的主旨之所在——“無以人滅天，無以故滅命，無以得殉名，謹守而勿失，是謂反其真。”接下來的寓言正是對于“反真”思想的進一步論述。

　　夔、蚿、蛇、風四者的問答無不落腳于“天機”上，天機即秉分自然、不假人力。但文中只論到“風”便停止了進一步的闡釋，省去“目”、“心”不論，這引發了後人無限思量與猜測。意其因通過前四者已經引出了“天機”，即上文的“無以人滅天”，意思表達已經清楚了。再者風雖是無形之物，卻並不是虛無不可見，尚可由言意而致。眼睛接物自然，究竟是憑藉甚麼能夠看到萬物則難以說明，而心又是通過甚麼來獲得感知就更非語言可以表達了，所以“目”與“心”就是言意之外了，正是無分“精粗”，照應上文，故闕而不論。莊子認為語言形諸文字，意思就已經缺了。輪扁斫輪，“得之于手而應于心”卻是“口不能言”，故認為書籍更是古人思想的“糟粕”。這裏不論“目”與“心”，正是言不盡意的意思。莊子哲學意識到了世間事物的相對性，這自有其合理性，但是由此走向了相對主義的方法論和不可知論，則是錯誤的。

　　孔子被圍于匡地，與子路的問答無非傳遞了這樣一個觀點：時命出于自然，不以人力為遷，所以安時處順，和光同塵。在某種意義上這就是踐行 "無以故滅命"
的思想。

公孫龍子被魏牟批評為淺井之蛙，其詭辯雖一時獨
步，卻是 "小知不及大知"，受限于自己的智識，如同
夏蟲不可語于冰，難以與論莊子的至道。

莊子釣于濮水，楚威王派人表示將以國事交付于
他，但莊子 "持竿不顧"，表示自己寧願像龜一樣曳尾
泥灣中全其天性，而不願 "以得殉名"。緊接着是惠子
的故事，莊子與惠子可謂知己，二人雖執見不同，但惠
施死後莊子卻歎息自己無可為質。可《莊子》一書中卻
從不乏莊子對惠子無情的嘲諷，頗令人不解，宋代林希
逸認為此乃朋友之間的詼諧，算不得真。惠子為梁惠王
的國相，聽說莊子要取代自己，便在國內搜捕莊子。莊
子將自己比作鵷鶵，嘲笑惠子的國相之位不過是醜腐的
死鼠，非心之所向，性命所安。

濠梁之樂是《莊子》最著名的寓言之一。莊子與惠子
遊于橋上，莊子感慨魚在水中從容遊樂，惠子駁以異物不
得相知，故莊子不可能知道魚之樂。惠子的立論頗像前文
所說的 "夔憐蚿，蚿憐蛇，蛇憐風，風憐目，目憐心"，
因其異于己而生 "憐"，是不知對方；而莊子的反駁立論
于 "道"，雖是異物，但道則一也，正如夔、蚿、蛇、風
皆發于 "天機"，魚游在水，人則陸居，但其發自天性卻
是一樣的，所以可知魚之樂。惠子立足于有限的智識，而
莊子則立足于天地之至道，這正是莊子的高妙之處。

更法

　　《商君書》，又作《商子》，原二十九篇，現存二十四篇。舊題"商鞅撰"。關于《商君書》的作者，一說是偽書，一說是商鞅，一說是商鞅遺著和其他法家遺著的合編。由于《商君書》所反映的是商鞅的思想，故認為是商鞅後學所編較為合理。商鞅（前390年？—前338年），戰國時期政治思想家。衛國國君後裔，故也稱衛鞅。又因他是姬姓公孫氏，也稱公孫鞅。商鞅曾在魏國做過小官，後在秦孝公的支持下進行變法，對秦國戶籍、軍功爵制度、土地制度、行政區劃、度量衡等方面進行改革。他在經濟上主張重農抑商。秦孝公曾封他商於十五邑，故號為商君，又稱商鞅。秦孝公去世後，公子虔等誣陷商鞅謀反，不久商鞅被殺。《更法》是《商君書》的第一篇，記商鞅和甘龍、杜摯在秦孝公面前討論變法事宜，闡明了商鞅變法的理論基礎。

原文

孝公平畫 ❶，公孫鞅、甘龍、杜摯三大夫御于君 ❷。慮世事之變 ❸，討正法之本，求使民之道。

君曰："代立不忘社稷 ❹，君之道也；錯法務明主長 ❺，臣之行也。今吾欲變法以治，更禮以教百姓，恐天下之議我也。"

公孫鞅曰："臣聞之：'疑行無成 ❻，疑事無功。'君亟定變法之慮 ❼，殆無顧天下之議之也 ❽。且夫有高人之行者，固見負于世 ❾；有獨知之慮者，必見驁于民 ❿。語曰：'愚者暗于成事 ⓫，知者見于未萌。民不可與慮始，而可與樂成。'郭偃之法曰 ⓬：'論至德者，不和于俗；成大功者，不謀于眾。'法者，所以愛民也；禮者，所以便事也。是以聖人苟可以強國，不法其故；苟可以利民，不循其禮。"

孝公曰："善！"

甘龍曰："不然。臣聞之：'聖人不易民而教 ⓭，知者不變法而治。'因民而教者，不勞而功成；據法而治者，吏習而民安。今若變法，不循秦國之故，更禮以教民，臣恐天下之議君，願孰察之 ⓮。"

公孫鞅曰："子之所言，世俗之言也。夫常人安于故習，學者溺于所聞 ⓯。此兩者，所以居官而守法，非所與論于法之外也。三代不同禮而王 ⓰，五霸不同法而霸 ⓱。故知者作法 ⓲，而愚者制焉；賢者更禮，而不肖者拘焉。拘禮之人不足與言事，制法之人不足與論變 ⓳。君無疑矣。"

杜摯曰："臣聞之：'利不百，不變法；功不十，不易器。'臣聞：'法古無過 ⓴，循禮無邪。'君其圖之 ㉑！"

公孫鞅曰：“前世不同教，何古之法？帝王不相復 ㉒，何禮之循？伏羲、神農，教而不誅 ㉓；黃帝、堯、舜，誅而不怒 ㉔；及至文、武 ㉕，各當時而立法，因事而制禮。禮、法以時而定；制、令各順其宜；兵甲、器備各便其用。臣故曰：治世不一道 ㉖，便國不必法古。湯、武之王也 ㉗，不修古而興；殷、夏之滅也 ㉘，不易禮而亡。然則反古者未必可非，循禮者未足多是也 ㉙。君無疑矣。”

孝公曰：“善！吾聞窮巷多怪 ㉚，曲學多辨 ㉛。愚者之笑 ㉜，智者哀焉；狂夫之樂，賢者喪焉 ㉝。拘世以議，寡人不之疑矣。”于是遂出《墾草令》㉞。

《商君書·更法》

注釋

❶ 孝公：此處指秦孝公（前381年—前338年），公元前361年即位。平畫：評議籌劃。

❷ 甘龍：秦孝公時的名臣，時任大夫，後為太師，反對商鞅變法。杜摯（zhì）：秦孝公時的名臣，破魏有功，官至左司空，是商鞅變法的反對派人物。御：侍奉。

❸ “慮世事之變”三句：是說秦孝公和商鞅、甘龍、杜摯等人思考時事的變化，討論政治法度的根本，探求役使百姓的方法。正（zhèng）法，政治法度。使，役使。

❹ “代立不忘社稷”二句：是說接替先人做了國君，不忘國家，是做國君的正道。代，接替。社稷，土神和穀神，代指國家。

❺ “錯法務明主長”二句：“錯法務明主長”原作“錯法務民主張”。孫詒讓曰：“‘錯法務民主張’句義殊不可通。《新序·善謀篇》作

'錯法務明主長’，是也，當據校正。”今從其説。此句是説措置法度，使君主光明，是人臣要做的事情。錯，通“措”，措置，建立。主長，君主。

❻ “疑行無成”二句：是説行動時猶豫，就難成功；做事猶豫，就不會有成就。

❼ 亟（jí）：急切，迫切。

❽ 殆（dài）：大概，恐怕。

❾ 固見負于世：是説高人的行為一般被世人反對。固，本來，原來。負，《史記》卷六八《商君列傳》作“非”，非議。

❿ 必見驁（áo）于民：是説有獨到見解的人，必然被百姓所輕視。見驁，被輕視，“驁”通“傲”。

⓫ “愚者暗于成事”四句：是説愚昧之人在事情完成後還看不明白，智慧之人在事情未發生之前就觀察到了。百姓不能與他們共同考慮事業的開端，只能和他們歡慶成功。暗，愚昧，昏亂。知（zhì），通“智”。

⓬ 郭偃：春秋時晉國大夫，曾輔佐晉文公變法。

⓭ “聖人不易民而教”二句：是説聖賢不會改變百姓的生活習慣來教化百姓，智者不會改變法度來治理國家。

⓮ 孰（shú）：通“熟”，縝密，周詳。

⓯ 學者溺于所聞：學者局限于自己的見聞。溺，沉湎，陷于困境。

⓰ 三代不同禮而王：夏、商、周三代的禮制雖有不同，但都成就了王業。

⓱ 五霸不同法而霸：五霸的法度不同，卻都成就了霸業。五霸，指春秋時的齊桓公、晉文公、秦穆公、宋襄公、楚莊王。一説指春秋時的齊桓公、晉文公、楚莊王、吳王闔閭和越王句踐。

⓲ “故知者作法”四句：是説所以智慧之人制定法令，愚昧之人受法令的制裁，賢達者改革禮制，庸人受到禮制約束。不肖（xiào）者，不賢者。拘，約束，限制。

⓳ 制法之人：拘泥于舊法之人。

⓴ "法古無過"二句：效法古制不會有過錯，遵守舊禮不會有偏差。法，效法。循，遵守。無邪，沒有偏差。

㉑ 圖：考慮，謀劃。

㉒ 帝王不相復：帝王不互相因襲。

㉓ "伏羲、神農"二句：伏羲、神農教導百姓而不濫殺無辜。伏羲，又稱太昊（hào），古代傳説中的三皇之首，中華文明的始祖，曾作八卦，結繩記事，教民漁獵等。神農，即炎帝，古代傳説中的五帝之一，中華文明的祖先，曾教民種植五穀，豢養牲畜，嘗百草以辨藥物。

㉔ "黃帝、堯、舜"二句：黃帝、堯、舜懲罰有罪之人而不過度。黃帝，古代五帝之首，姬姓，軒轅氏，曾統一華夏部落，推算曆法，教民播種五穀，作干支和樂器，以及創立醫學等。堯，陶唐氏，五帝之一，曾設官掌管時令，制定曆法，用鯀治水，征伐苗民。舜，有虞氏，五帝之一，史稱虞舜，曾派禹治水，並禪位于禹。怒，超越，過度。

㉕ 文、武：周文王、周武王。

㉖ "治世不一道"二句：是説治理國家不只有一種方法，對國家有利可不必效法古人。便國，對國家有利。

㉗ "湯、武之王也"二句：是説商湯、周武不拘泥于古法而興起。湯，成湯（？—約前1588年），名履，夏朝末年征討夏桀，建立了商朝。武，周武王姬發（約前1087年—前1034年），商朝末年征伐商紂，滅掉商朝，創建西周。

㉘ "殷、夏之滅也"二句：是説殷商、夏朝不改革禮制而滅亡。殷（約前1600年—前1046年），即商朝。中國歷史上第二個朝代。由商湯在亳建立，歷十七代三十一王，商紂王時被周武王所滅。夏（約前2070年—前1600年），中國歷史上的第一個朝代。禹死後，其子啟稱王，改變了原有的禪讓制，歷十四代十七王，夏桀時被商湯所滅。

㉙ 多：稱讚。

㉚ 窮巷多怪（lìn）：貧窮的巷子出來的人都很吝嗇。怪，同"吝"，吝嗇。

㉛ 曲學多辨：孤陋寡聞的人多喜歡詭辯。曲學，偏頗狹隘的學問，也指學識淺陋的人。辨，通"辯"，詭辯。

㉜ 愚者之笑：原作"愚者笑之"。孫詒讓曰："'笑之'《新序》作'之笑'，與下文'狂夫之樂'正相對，是也。當據乙正。"今從其説。

㉝ 喪：原作"器"，今據蔣禮鴻《商君書錐指》改。一説"喪"當作"哭"。

㉞《墾草令》：見《商君書·墾令》，是督促農民開墾荒地的命令。

解析　　秦孝公即位後，深感國勢積弱，乃廣納賢才以圖強。公元前 361 年，商鞅入秦，得到秦孝公的重用。秦孝公六年（前 356 年），商鞅主持變法，編造戶籍，實行連坐，廢除特權，獎勵軍功，定秦爵二十級，重農抑商，獎勵耕織，收到了一定的效果。孝公十二年（前 350 年），又開阡陌，推行縣制，遷都咸陽，統一度量衡，革除陋習。兩次變法使秦國趨于強大，為秦統一六國奠定了基礎。《商君書》記載了商鞅變法的理論基礎和具體措施以及秦國的一些政治與軍事制度，描繪了商鞅等變法派與守舊派之間的衝突和鬥爭，是戰國中期重要的法家代表論著。商鞅強調變法，主張農戰結合，重刑厚賞，重本抑末，其思想就反映在《商君書》中。

《更法》主要闡述了商鞅變法的理論基礎，為全書之綱。針對秦孝公既想變法求存，又擔心遭致非議的兩難心理，商鞅試圖勸說秦孝公打消顧慮，不必在意民眾的非議。商鞅認為聖人只要能使國家強盛，不需沿襲舊的法度；只要有利于民，不需遵循舊的禮法。針對甘龍因襲舊俗教化民眾，可以使官吏熟悉法令，而百姓得以安定的言論，他以三代王業和春秋五霸為例，指出智者創行法度，賢者改革禮制；針對杜摯效法古人沒有過錯的言論，他以伏羲、神農、黃帝、堯、舜、周文王、周武王為例，指出他們“當時而立法，因事而制禮”的變革理念，又以夏、商亡于守舊來勸說秦孝公積極變法，最終打消了秦孝公的疑慮，從而使孝公支持變法，一系列改革措施得以順利推行。

　　商鞅是戰國時期法家的代表。他強調禮制和法治，認為“法者，所以愛民；禮者，所以便事也”。他強調禮制和法度要因時而定，制度和法令要順應當時社會的需要。

《荀子》

勸學

荀子（前 298 年？—前 238 年？），名況，字卿，趙國猗氏（今山西安澤）人。西漢時為避宣帝劉詢諱，曾一度改稱"孫卿"（"荀"、"孫"二字古音相通）。年十五，遊學于齊稷下學宮。齊襄王初年，為列大夫，並任稷下祭酒。後去齊適楚，楚相春申君用為蘭陵（今山東蒼山）令。春申君死，荀子廢，定居蘭陵。《史記》卷七四有傳。

《荀子》一書由荀子與其弟子合力撰寫而成，首篇即《勸學》。所謂"勸學"，就是鼓勵學習之意。本篇針對學習的宗旨、意義、態度、內容、步驟、方法、途徑等一系列根本問題展開詳細論述，堪稱中國古代教育理論的典範之作。

君子曰：學不可以已❶。青❷，取之于藍❸，而青于藍；冰，水為之，而寒于水。木直中繩❹，輮以為輪❺，其曲中規❻，雖有槁暴❼，不復挺者❽，輮使之然也。故木受

繩則直 ❾，金就礪則利 ❿，君子博學而日參省乎己 ⓫，則知明而行無過矣 ⓬。

故不登高山，不知天之高也；不臨深溪 ⓭，不知地之厚也；不聞先王之遺言，不知學問之大也。干、越、夷、貉之子 ⓮，生而同聲，長而異俗，教使之然也。《詩》曰 ⓯："嗟爾君子，無恆安息。靖共爾位，好是正直。神之聽之，介爾景福。"神莫大于化道 ⓰，福莫長于無禍。

吾嘗終日而思矣 ⓱，不如須臾之所學也；吾嘗跂而望矣 ⓲，不如登高之博見也 ⓳。登高而招，臂非加長也，而見者遠；順風而呼，聲非加疾也 ⓴，而聞者彰 ㉑。假輿馬者 ㉒，非利足也 ㉓，而致千里；假舟檝者 ㉔，非能水也 ㉕，而絕江河 ㉖。君子生非異也 ㉗，善假于物也。

南方有鳥焉，名曰蒙鳩 ㉘，以羽為巢，而編之以髮 ㉙，繫之葦苕 ㉚。風至苕折，卵破子死。巢非不完也，所繫者然也。西方有木焉，名曰射干 ㉛，莖長四寸，生于高山之上，而臨百仞之淵 ㉜。木莖非能長也，所立者然也。蓬生麻中 ㉝，不扶而直。白沙在涅 ㉞，與之俱黑。蘭槐之根是為芷 ㉟，其漸之滫，君子不近，庶人不服。其質非不美也，所漸者然也 ㊱。故君子居必擇鄉 ㊲，遊必就士，所以防邪僻而近中正也。

物類之起 ㊳，必有所始；榮辱之來，必象其德 ㊴。肉腐出蟲，魚枯生蠹 ㊵。怠慢忘身 ㊶，禍災乃作。強自取柱 ㊷，柔自取束。邪穢在身 ㊸，怨之所構。施薪若一 ㊹，火就燥也。平地若一，水就濕也 ㊺。草木疇生 ㊻，禽獸群焉，物各從其類也。是故質的張而弓矢至焉 ㊼，林木茂而斧斤至

焉 ❹，樹成蔭而眾鳥息焉，醯酸而蜹聚焉 ❹。故言有召禍也 ❺，行有招辱也，君子慎其所立乎！

積土成山 ❺，風雨興焉；積水成淵，蛟龍生焉；積善成德 ❺，而神明自得，聖心備焉。故不積跬步 ❺，無以至千里；不積小流，無以成江海。騏驥一躍 ❺，不能十步；駑馬十駕 ❺，功在不舍 ❺。鍥而舍之 ❺，朽木不折；鍥而不舍 ❺，金石可鏤。螾無爪牙之利 ❺，筋骨之強，上食埃土 ❻，下飲黃泉 ❻，用心一也。蟹六跪而二螯 ❻，非蛇蟺之穴無可寄託者 ❻，用心躁也 ❻。是故無冥冥之志者 ❻，無昭昭之明；無惛惛之事者，無赫赫之功。行衢道者不至 ❻，事兩君者不容。目不能兩視而明，耳不能兩聽而聰。螣蛇無足而飛 ❻，梧鼠五技而窮。《詩》曰：“尸鳩在桑 ❻，其子七兮；淑人君子，其儀一兮；其儀一兮，心如結兮。”故君子結于一也。

昔者瓠巴鼓瑟而流魚出聽 ❻，伯牙鼓琴而六馬仰秣。故聲無小而不聞 ❼，行無隱而不形。玉在山而草木潤 ❼，淵生珠而崖不枯。為善不積邪 ❼，安有不聞者乎？

學惡乎始 ❼？惡乎終？曰：其數則始乎誦經 ❼，終乎讀禮；其義則始乎為士 ❼，終乎為聖人。真積力久則入 ❼，學至乎沒而後止也。故學數有終，若其義則不可須臾舍也 ❼。為之 ❼，人也；舍之，禽獸也。故《書》者 ❼，政事之紀也；《詩》者 ❽，中聲之所止也；《禮》者 ❽，法之大分，類之綱紀也，故學至乎《禮》而止矣。夫是之謂道德之極。《禮》之敬文也 ❽，《樂》之中和也，《詩》、《書》之博也，《春秋》之微也，在天地之間者畢矣。

君子之學也 (83)，入乎耳，箸乎心，布乎四體，形乎動靜。端而言 (84)，蝡而動，一可以為法則。小人之學也 (85)，入乎耳，出乎口。口耳之間則四寸耳，曷足以美七尺之軀哉？古之學者為己 (86)，今之學者為人。君子之學也，以美其身；小人之學也，以為禽犢 (87)。故不問而告謂之傲 (88)，問一而告二謂之囋。傲，非也；囋，非也；君子如嚮矣 (89)。

學莫便乎近其人 (90)。《禮》、《樂》法而不說 (91)，《詩》、《書》故而不切 (92)，《春秋》約而不速。方其人之習君子之說 (93)，則尊以遍矣，周于世矣。故曰學莫便乎近其人。

學之經莫速乎好其人 (94)，隆禮次之。上不能好其人，下不能隆禮，安特將學雜識志 (95)，順《詩》、《書》而已耳，則末世窮年，不免為陋儒而已。將原先王 (96)，本仁義，則禮正其經緯蹊徑也。若挈裘領 (97)，詘五指而頓之，順者不可勝數也。不道禮憲 (98)，以《詩》、《書》為之，譬之猶以指測河也，以戈舂黍也，以錐飡壺也，不可以得之矣。故隆禮，雖未明，法士也 (99)；不隆禮 (100)，雖察辯，散儒也。

問楛者 (101)，勿告也；告楛者，勿問也；說楛者，勿聽也；有爭氣者 (102)，勿與辯也。故必由其道至 (103)，然後接之，非其道則避之。故禮恭 (104)，而後可與言道之方；辭順，而後可與言道之理；色從，而後可與言道之致。故未可與言而言謂之傲 (105)，可與言而不言謂之隱，不觀氣色而言謂之瞽。故君子不傲，不隱，不瞽，謹順其身 (106)。《詩》曰："匪交匪舒 (107)，天子所予。"此之謂也。

百發失一 (108)，不足謂善射；千里蹞步不至 (109)，不足謂善御。倫類不通 (110)，仁義不一，不足謂善學。學也者 (111)，固學一之也。一出焉 ⑫，一入焉，涂巷之人也。其善者少，不善者多，桀、紂、盜跖也 ⑬。全之盡之 ⑭，然後學者也。

君子知夫不全不粹之不足以為美也 ⑮，故誦數以貫之，思索以通之，為其人以處之，除其害者以持養之，使目非是無欲見也 ⑯，使耳非是無欲聞也，使口非是無欲言也，使心非是無欲慮也。及至其致好之也 ⑰，目好之五色，耳好之五聲，口好之五味，心利之有天下。

是故權利不能傾也 ⑱，群眾不能移也，天下不能蕩也。生乎由是 ⑲，死乎由是，夫是之謂德操。德操然後能定 ⑳，能定然後能應，能定能應 ㉑，夫是之謂成人。天見其明 ㉒，地見其光，君子貴其全也。

《荀子集解》卷一

❶ 已：終止，停止。

❷ 青：靛（diàn）青。

❸ 取：提取，提煉。藍：蓼（liǎo）藍草，葉可做藍色染料。

❹ 中（zhòng）：符合。繩：木工用的墨線，用來衡量木材的曲直。

❺ 輮（róu）：通"揉"，使直的東西彎曲。

❻ 規：圓規，量圓的工具。

❼ 有：通"又"。槁暴（gǎo pù）：曬乾。槁，枯乾。暴，曬。

❽ 挺：直。

❾ 受繩：經過墨繩校正。

❿ 金：金屬製成的刀劍。礪：磨刀石。

⓫ 參：檢驗。省（xǐng）：反省，考察。一説 "參" 通 " "。《論語·學而》："曾子曰：'吾日三省吾身。'"

⓬ 知：同 "智"。

⓭ 溪：山澗。

⓮ "干、越、夷、貉之子" 四句：意為干國、越國、夷族、貉族的人，剛生下時的啼哭聲音都是一樣的，而長大後風俗習慣卻不相同，這是由于後天所受教育不同的結果。干、越，春秋時國名，在今江蘇、浙江一帶。干，本一小國，被吳所滅，故又稱吳為干。夷、貉（mò，通 "貊"），古代對東方和北方少數民族的蔑稱。子，這裏指人。

⓯ "《詩》曰" 七句：《詩經》中説："你這個君子啊，不要老是想着安逸，安于你的職位吧，愛好正直的德行。這樣，神就會了解你，給你極大的幸福。"（見《詩·小雅·小明》）靖，安。共，通 "恭"，看重。好，愛好。介，助。景，大。

⓰ 神：此處指最高的精神境界。《詩》中所謂神，指神靈，荀子引《詩》對于神作了新的解釋。化道：受道的教化，指思想行動符合道。道，指社會、政治、思想的總原則。

⓱ "吾嘗終日而思矣" 二句：大意是我曾經整天苦思冥想，但是不如學習一會兒收獲大。嘗，曾經。須臾（yú），一會兒。

⓲ 跂（qǐ）：踮起腳後跟。

⓳ 博見：看得寬廣。

⓴ 疾：壯，這裏指聲音宏亮。

㉑ 彰：清楚。

㉒ 假：憑藉，利用。

㉓ 利足：指跑得很快。

㉔ 楫：同 "楫"，船槳。

㉕ 能水：指水性好。能，善。

㉖ 絕：動詞，指渡過。

㉗ "君子生非異也"二句：君子的本性和別人並沒有甚麼不同，只不過是善于藉助和利用客觀事物罷了。善，擅長。

㉘ 蒙鳩：即"鷦鷯"（jiāo liáo），一種羽毛赤褐色的小鳥，體長約三寸。

㉙ 編之以髮：用毛髮編結起來。

㉚ 繫：聯結。葦苕（tiáo）：蘆葦的嫩條。葦，蘆葦。

㉛ 射干：一種草藥名，又稱"烏扇"。

㉜ 仞（rèn）：長度單位。古時八尺或七尺為一仞。

㉝ 蓬：草名，又稱"飛蓬"。

㉞ "白沙在涅（niè）"二句：原無，今據《尚書正義·洪範》篇引文補。涅，黑土。

㉟ "蘭槐之根是為芷（zhǐ）"四句：大意是蘭槐的根叫作芷，如果把它浸到臭水裏，君子就不會去接近它，普通人也不會佩戴它。蘭槐，即"白芷"，香草名，開白花，氣味香，古人把它的苗稱為"蘭"，根稱為"芷"。其，若，如果。漸，浸泡。滫（xiǔ），酸臭的淘米水，這裏指污水。庶人，眾人，普通人。服，佩戴。

㊱ 所漸者然也：是由于把它浸入了臭水的緣故。

㊲ "故君子居必擇鄉"三句：因此君子定居時一定要謹慎地選擇好地方，外出必須和有學問有道德的人交往，這是為了防止受邪惡人的影響，而使自己接近于正道。遊，外出交往。中正，恰當正確的東西，指上文"神莫大于化道"的"道"。

㊳ 起：發生。

㊴ 必象其德：一定和他自己的品德優劣相應。象，相似，相應。

㊵ 蠹（dù）：蛀蟲。

㊶ "怠慢忘身"二句：懶散到了不顧自己的一切行為，災禍就要降臨了。

❷ “強自取柱”二句：質地堅硬的東西自然會被人們用作支柱，質地柔軟的材料自然會被人們用來捆束西。

❸ “邪穢在身”二句：自己的行為邪惡骯髒，那就必然造成人們對你的怨恨。穢（huì），污穢，骯髒。構，結，造成。

❹ “施薪若一”二句：堆放的柴草看起來一樣，火總是先從乾燥的柴草燒起。

❺ 濕：潮濕，這裏指低窪的地方。

❻ 疇：通“儔”，同類，同處。

❼ 質的（dì）：指箭靶。質，古時一種箭靶。的，箭靶中心的目標。

❽ 斤：與斧相似，比斧小而刃橫，一般用以砍木。

❾ 醯（xī）：醋。蜹（ruì）：類似蚊子的昆蟲。

❺⓪ “故言有召禍也”三句：所以説話有時會招來禍害，做事情有時會引來恥辱，君子應謹慎地對待自己言論和行動的立腳點。立，立腳點，這裏指學甚麼，以甚麼為指導。

❺① “積土成山”二句：土堆積起來成了山，風雨就從這裏形成了。古代有山吐雲納霧的説法，並認為風雨是從山中形成的。荀子藉此説明只要堅持不懈，專心一意，就能有所作為。

❺② “積善成德”三句：不斷地做好事而養成高尚的品德，那麼自然就會達到最高的智慧，也就具備了聖人的精神境界。神明，最高的智慧。自得，自然達到。

❺③ 蹞（kuǐ）步：半步。蹞，同“跬”。

❺④ 騏驥（qí jì）：千里馬，傳説能日行千里。

❺⑤ 駑（nú）馬：劣馬。十駕：十天的路程。駕，一天的行程。

❺⑥ 舍：同“捨”，放棄。

❺⑦ 鍥（qiè）：用刀子刻。

❺⑧ “鍥而不舍”二句：如果堅持雕刻而不停止，那麼金石也可以雕出花紋。鏤（lòu），雕刻。

❺ 螾（yǐn）：同"蚓"，即"蚯蚓"。

❻ 埃土：塵土。

❻ 黃泉：地下的泉水。

❻ 六跪：六足。蟹實有八足。螯（áo）：螃蟹如鉗形的腳。

❻ 蟺（shàn）：同"鱔"，即"鱔魚"。

❻ 躁：浮躁，不專心。

❻ "是故無冥冥之志者"四句：所以沒有刻苦鑽研精神的人，在學習上就不會有顯著的成績；不能埋頭苦幹的人，在事業上就不能取得巨大的成就。冥冥，幽暗，這裏比喻專心致志、埋頭苦幹。昭昭，顯著。惛惛，意思與"冥冥"同。赫赫，巨大。

❻ "行衢道者不至"二句：在歧途上徘徊不定的人是達不到目的地的，同時事奉兩個君主的人，任何一方都不會容納他。衢（qú），十字路，這裏指歧路。

❻ "螣（téng）蛇無足而飛"二句：螣蛇雖然沒有腳，但是能飛；鼫（shí）鼠雖然有五種技能，但仍然沒有辦法。螣蛇，古時傳說中一種能飛的蛇。梧鼠，鼫鼠（據《大戴禮記》），一種形狀像兔的鼠類。據說它有多種技能，但都不能專心一意做到底。所以，它能飛，卻不能上屋；能爬樹，卻不能爬到樹頂；能游泳，卻不能渡過山澗；能打洞，卻不能掩身；善行走，卻不能走在別的動物前頭。窮，沒有辦法。

❻ "尸鳩在桑"六句：見《詩·曹風·鳲鳩》。大意為：布穀鳥居住在桑樹上，專心一意將七隻小鳥哺育；那善良的君子，行動要專一邪；行動專一邪啊，意志才能堅定不變。尸鳩，布穀鳥。據說這種鳥在桑樹上哺育七隻小鳥，早晨從上而下餵它們，傍晚又從下而上餵它們，天天如此，從不間斷。鳲鳩，即尸鳩，布穀鳥。淑人，善人。儀，儀表、舉止，這裏指行動。一，專一。結，凝結，這裏是堅定的意思。

❻ "昔者瓠（hù）巴鼓瑟而流魚出聽"二句：古代瓠巴彈瑟，瑟聲悠揚，連河底的魚都游出來聽；伯牙彈琴，琴聲悦耳，連馬也仰頭

停食而聽。瓠巴，傳說中古代擅長彈瑟的人。流，《大戴禮記》引文為"沉"。伯牙，傳說中古代善彈琴的人。六馬，古代天子用六匹馬駕車。秣（mò），飼料。

⑦ "故聲無小而不聞"二句：所以聲音不管多麼小，總會被人聽見；行動不管多麼隱蔽，也總會顯露出來。

⑦ "玉在山而草木潤"二句：山上如果有了寶玉，草木都會滋潤；深淵裏如果有了珍珠，淵邊山崖都會增添光彩。不枯，不枯燥，這裏指有色彩。

⑦ "為善不積邪"二句：為善只怕不積累吧？若積善，哪有不為人知的道理呢？邪，疑問詞，"吧"的意思。

⑦ "學惡（wū）乎始"二句：學習從哪裏開始？在哪裏結束？惡，疑問詞，哪裏。

⑦ 數：數術，即方法、辦法。經：指儒家經典。

⑦ "其義則始乎為士"二句：學習的原則，就是從作士開始，最後成為聖人。義，原則。荀子在《儒效》篇中說："彼學者：行之，曰士也；敦慕焉，君子也；知之，聖人也。"

⑦ "真積力久則入"二句：學習如果能踏實持久，就深入了；學習要到死，然後才停止。沒（mò），通"歿"，死。

⑦ 須臾：一會兒。舍：離開。

⑦ "為之"四句：努力學習的，這是人；放棄學習的，就如同禽獸了。

⑦ "故《書》者"二句：所以《尚書》這本書，是記載政事的。《書》，即《尚書》、《書經》。紀，通"記"，記載。

⑧ "《詩》者"二句：《詩》把符合樂章標準的詩歌都收集下來了。中聲，符合標準的樂章。止，存。

⑧ "《禮》者"四句：《禮》，講的是確定法律的總綱，是以法類推的各種條例的綱要，所以說學習一定要到《禮》才算完成。《禮》，據《大略》"亡于《禮經》而順人心者，皆禮也"，這裏的《禮》可能即指《禮經》。大分，總綱。類，類比，指以法類推的條例。

綱紀，綱要。荀子在《王制》篇中説："有法者以法行，無法者以類舉。"是説有法律條文規定的，按照規定辦；沒有法律條文規定的，要以法類推。

⑧²"《禮》之敬文也"五句：《禮》所規定的敬重禮節儀式的準則，《樂》所培養的和諧一致的感情，《詩》、《書》所記載的廣博的知識，《春秋》所包含的隱微道理，這些把天地間的事情都完備地包括了。敬，敬重。文，指禮節、儀式。《樂》，即《樂經》，現已失傳。中和，和諧。微，隱微，隱含褒貶勸誡之意。畢，完全，完備。

⑧³"君子之學也"五句：君子為學，聽在耳裏，記在心上，外散于身體儀態之中，而表現于一舉一動之間。箸，通"貯"，積貯。布，同"佈"，分佈，指體現。四體，四肢，這裏指儀表舉止。形，表現。

⑧⁴"端而言"三句：即使是極細小的言行，都可以作為別人學習的榜樣。端，通"喘"，小聲説話的樣子。蝡（rú），同"蠕"，慢慢行動的樣子。一，都。

⑧⁵"小人之學也"五句：小人為學，從耳朵裏進，從嘴巴裏出，口耳之間不過才四寸，怎麼能夠對七尺之軀有所補益呢？則，通"財"，"才"的意思。曷（hé），何，怎麼。軀，身體。

⑧⁶"古之學者為己"二句：古代的人，學習是為了提高自己；現在有的人，學習是為了給別人看。

⑧⁷禽犢：家禽、小牛，古時常常用它們作為禮物互相贈送。這裏用來比喻那些小人學了一點東西就到處賣弄，討人喜歡。

⑧⁸"故不問而告謂之傲"二句：所以別人不問，你告訴了他，這是急躁；問一而告二，這是囉嗦。傲，通"躁"，急躁。囋（zàn），嘮叨。

⑧⁹君子如嚮矣：君子當如鐘的迴響一樣，問甚麼答甚麼。如嚮，好像迴響那樣。嚮，同"響"。這裏指君子回答問題要適度。

⑨⁰學莫便乎近其人：學習的途徑沒有比接近良師益友更省事的了。便，簡便，省事。其人，指良師益友。

⑨¹《禮》、《樂》法而不説：《禮》、《樂》規定了一定的法度，但沒有

詳細説明道理。法，法度。説，説明道理。

㊒ “《詩》、《書》故而不切”二句：《詩》、《書》記載的都是過去的東西，而不切合當前的實際。《春秋》講的道理隱晦不明，使人不能很快理解。故，過去，舊。切，切合實際。約，隱晦，不明。速，迅速，這裏指很快理解。

㊓ “方其人之習君子之説”三句：效仿賢師而聆聽學習君子的學説，就能養成崇高的品格，得到諸經之傳，而合於世用。方，通“仿”，仿效。説，學説。尊，崇高。以，而。遍，全面。周，周到，這裏有通達的意思。

㊔ “學之經莫速乎好其人”二句：學習的途徑沒有比誠心請教良師益友收效更快的了，其次是尊崇禮義。經，通“徑”，道路，途徑。隆禮，尊崇禮義。

㊕ “安特將學雜識志”四句：安，這裏解作“則”。特，只，僅僅。雜，指雜記之書、百家之説。識、志，都是記的意思。順，通“訓”，解釋。末世窮年，一生一世，一輩子。陋儒，學識淺陋的儒生。

㊖ “將原先王”三句：要考察先王的旨意，尋求禮義的根本，那麼學習禮義是正確的途徑。經緯，南北為經，東西為緯，這裏指四通八達。蹊徑，小路，這裏指道路。

㊗ “若挈（qiè）裘領”三句：這就好像用手握住皮衣的領子，用力抖動，皮衣的毛自然就順了。挈，用手提起。裘，皮袍。詘，同“屈”。頓，抖擻，整頓。

㊘ “不道禮憲”六句：不實行禮法，而用《詩》、《書》去辦事，就好像用手指去測量河水的深度，用戈舂米，用錐子當筷子吃飯一樣，是達不到預期目的的。道，實行。憲，法令。飡（cān），同“餐”，吃。壺，古代盛食品的器皿，這裏指食品。

㊙ 法士：指遵守禮法的人。

⓿ “不隆禮”三句：不尊崇禮法，即使聰明善辯，終究也是不守禮法的儒生。察辯，明察善辯。散儒，指不遵守禮法的儒生。

⑩ "問楛（kǔ）者"二句：有人問不符合禮法的事，不要告訴他。楛，惡劣，這裏指不合禮法。

⑩ 有爭氣者：態度蠻橫、不講道理的人。

⑩ "故必由其道至"三句：所以必須是按照道的標準來請教的人，才接待他；不按照道的標準來請教的人，就迴避他。

⑩ "故禮恭"六句：所以見來的人恭敬有禮，然後才可以和他談論"道"的方向；見他言詞謙遜，然後才可以給他講解"道"的內容；見他表現得樂意聽從，然後才可以進一步和他談論"道"的深刻含義。理，條理，指道的內容。致，極點。

⑩ "故未可與言而言謂之傲"三句：所以對那些不可以交談的人偏要交談，叫作急躁；對那些可以交談的人卻不交談，叫作隱瞞；不看對方的表情就去交談，叫作盲目。隱，隱瞞。瞽（gǔ），盲。

⑩ 謹順其身：謹慎地對待那些來請教的人。

⑩ "匪交匪舒"二句：見《詩·小雅·采菽》。不急迫，不緩慢，就會受到天子的賞賜。交，通"絞"，急迫。舒，緩慢。予，賜予。

⑩ "百發失一"二句：射一百次箭，有一次沒射中，也不能叫作善于射箭。

⑩ "千里蹞步不至"二句：一千里的路程，只差半步沒有達到，也不能叫作善于駕車。

⑩ "倫類不通"三句：對各類事物不能融會貫通，觸類旁通，對仁義不能做到完全徹底，就不能夠叫作善于學習。倫類，泛指各類事物。一，指下文的"全之盡之"，這裏有完全徹底的意思。

⑪ "學也者"二句：學習，本來就應該一心一意，要學到完全徹底。

⑫ "一出焉"三句：一會兒這樣去學，一會兒又不這樣去學了，這是普通的人。涂巷之人，這裏指普通的人。涂，同"途"，指道路。巷，小巷，胡同。

⑬ 桀：夏朝最後一個君主。紂：商朝最後一個君主。他們都是荒淫無道之主。盜跖（zhí）：傳說中春秋末年的一個大盜。

⓮ "全之盡之"二句：學習要達到完全徹底，才稱得上是一個好的學者。

⓯ "君子知夫不全不粹之不足以為美也"五句：君子知道學識不全面、不純粹是不足以稱為完美的，所以他反復學習以達到前後聯繫，用心思考以達到融會貫通，效法良師益友努力地去實行，除掉有害的東西，培養有益的學識。夫，指示代詞，指學習。粹，純粹。誦數，即上文講的"其數則始乎誦經，終乎讀禮"，指按照由經到禮的次序去學習。貫，聯繫。處，居，這裏是實行的意思。

⓰ "使目非是無欲見"四句：使眼睛非所學不去看，耳朵非所學不去聽，嘴巴非所學不去説，心非所學不願去想。

⓱ "及至其致好之也"五句：到了極其喜好學習的時候，就像目好看五色，耳好聽五聲，口好食五味，心中所好，則遠甚于擁有天下。五色，即青、黃、赤、白、黑。五聲，即宮、商、角、徵、羽。五味，即酸、辛、苦、甜、鹹。

⓲ "是故權利不能傾也"三句：因此權力和利益不能打動他，眾人不能改變他，天下之大也不足以動搖他的心志。

⓳ "生乎由是"三句：活着堅持這樣去做，到死也不改變它，這就叫道德操守。

⓴ "德操然後能定"二句：有德操就有定力，有定力才能應對外來事物。定，堅定。應，應對，即能應付各種事變。

㉑ "能定能應"二句：內有定，外有應，才可稱為全人。成人，即前文所言"全之盡之"的學者。

㉒ "天見其明"三句：天顯現出它的光明，地顯現出它的廣大，君子所貴就在其全啊。見，同"現"，顯現。光，通"廣"。貴，重視。

解析

　　荀子認為，學習的根本目的在于培養道德操守，涵育君子人格。故而在為學之初，就必須首先樹立起“精誠專一”、“持之以恆”的人格取向，這樣才能夠善始善終，升堂入室，最終達到“積善成德”、完全純粹的精神境界。

　　《勸學》首先從“內外因關係”的角度論證了學習的重要性，指出作為“外因”的學習是升華個人內在品性、才能的必由之路。如：“木直中繩，輮以為輪，其曲中規，雖有槁暴，不復挺者，輮使之然也。”即是以“中繩”的“直木”比喻人內在的才能、品性，而以“輮”喻外在的學習，以“輪”喻有用之材。只有藉助與“輮”相似的學習這一外在歷程，如“直木”一般的內在才能、品性才能得以定型並獲得發展，晉級為如“輪”一般“雖有槁暴，不復挺者”的成器之才。

　　然而，教育和學習又是一種獨特的外因。它能夠超越外在的自然環境而對個人的才能、品性發揮直接的升華與促進作用。比如，文中的“干、越、夷、貉之子，生而同聲，長而異俗，教使之然也”即就此而言，從側面指出了教育和學習對涵育個體人格乃至社會習俗的決定性意義。

　　在從外因角度闡明學習和教育的重要性之後，《勸學》將論述的重點轉移到了發揮學習者內在主觀能動性方面，着重論述為學的態度、內容、方法和技巧。首先，該篇創造性地提出了“君子善假于物”的觀點。此觀點的內涵較為豐富：其一，教育和學習本身就是君子賴以提升自我、不斷成長的一種可"假"之"物"，故而"須臾之所學"，也會收獲比"終日而思"更為顯著的效果。其二，要提高學習的效率，還必須善于藉鑑前人、他人先進、有效的學習方法和成功經驗，以便像藉"登高"達到"見者遠"、藉"順風"達到"聞者彰"、藉"輿馬"達到"致千里"、藉"舟檝"達到"絕江河"一般，收到事半功倍的良好效果。

在從方法論的角度樹立起"善假于物"的學習觀之後，《勸學》進一步點明學習者應秉持的態度，即從細微處着眼，如"積土成山"、"積水成淵"一樣，精誠專一、持之以恆、鍥而不捨地積累品德、修養、學識與才能，在"積跬步"的悠悠歷程中讓自己的生命持續得到成長，通過不懈地提升自己的精神層次來升華到"得神明"、"備聖心"的超遠、純粹之境界。

找到了科學的方法，具備了堅定的態度，下一步就要指明學習的範圍與途徑了。即"始乎誦經，終乎讀禮"。如此則既可仰聞先王之教化，又可備曉禮法而在當今之世靈活運用，以收獲實績。

最後，該篇對論述的內容進行了歸納，點出學習的宗旨和方向，即從"為士"開始，達到"為聖人"而結束。故而學習之目的在于培養人格、生命而令其日趨完美，而學習之終極目的則是成為"聖人"。此"聖人"也可稱之為"成人"，即"天見其明，地見其光，君子貴其全"的集大成之人。

《荀子》

天論

《荀子》經西漢劉向校錄整理，定為十二卷三十二篇，取名《孫卿新書》。唐代中葉楊倞為之作注，重新編次，分為二十卷，稱《荀卿子》。宋以後則通稱為《荀子》。清代王先謙採集各家之說，撰有《荀子集解》，是現在通行的注本。《荀子》現存三十二篇，多為荀子本人所著，也有部分篇章是其弟子整理的。本篇《天論》集中體現了荀子的天人觀，這裏所選的是前半部分。

天行有常 ❶，不為堯存 ❷，不為桀亡 ❸。應之以治則吉 ❹，應之以亂則凶。強本而節用 ❺，則天不能貧；養備而動時 ❻，則天不能病；循道而不貳 ❼，則天不能禍。故水旱不能使之飢 ❽，寒暑不能使之疾，祅怪不能使之凶 ❾。本荒而用侈，則天不能使之富；養略而動罕 ❿，則天不能使之全；倍道而妄行 ⓫，則天不能使之吉。故水旱未至而飢，寒

暑未薄而疾 ⑫，祅怪未至而凶。受時與治世同 ⑬，而殃禍與治世異，不可以怨天，其道然也。故明于天人之分 ⑭，則可謂至人矣 ⑮。

不為而成，不求而得，夫是之謂天職 ⑯。如是者，雖深，其人不加慮焉 ⑰；雖大，不加能焉 ⑱；雖精，不加察焉。夫是之謂不與天爭職。天有其時，地有其財，人有其治，夫是之謂能參 ⑲。舍其所以參而願其所參 ⑳，則惑矣。

列星隨旋 ㉑，日月遞照 ㉒，四時代御 ㉓，陰陽大化 ㉔，風雨博施，萬物各得其和以生 ㉕，各得其養以成 ㉖，不見其事而見其功，夫是之謂神。皆知其所以成，莫知其無形，夫是之謂天。唯聖人為不求知天。

天職既立，天功既成，形具而神生 ㉗，好惡、喜怒、哀樂臧焉 ㉘，夫是之謂天情 ㉙。耳目鼻口形 ㉚，能各有接而不相能也，夫是之謂天官。心居中虛 ㉛，以治五官，夫是之謂天君 ㉜。財非其類 ㉝，以養其類，夫是之謂天養。順其類者謂之福，逆其類者謂之禍，夫是之謂天政 ㉞。暗其天君 ㉟，亂其天官 ㊱，棄其天養 ㊲，逆其天政，背其天情 ㊳，以喪天功，夫是之謂大凶。聖人清其天君，正其天官，備其天養，順其天政，養其天情，以全其天功。如是，則知其所為，知其所不為矣，則天地官而萬物役矣 ㊴。其行曲治 ㊵，其養曲適，其生不傷，夫是之謂知天。

故大巧在所不為 ㊶，大智在所不慮 ㊷。所志于天者 ㊸，已其見象之可以期者矣 ㊹。所志于地者，已其見宜之可以息者矣 ㊺。所志于四時者，已其見數之可以事者矣 ㊻。所志于陰陽者，已其見和之可以治者矣 ㊼。官人守天 ㊽，而自為守道也。

治亂，天邪？曰日月、星辰、瑞曆 (49)，是禹、桀之所同也。禹以治，桀以亂，治亂非天也。時邪？曰繁啟蕃長于春夏 (50)，畜積收臧于秋冬，是又禹、桀之所同也。禹以治，桀以亂，治亂非時也。地邪？曰得地則生，失地則死，是又禹、桀之所同也。禹以治，桀以亂，治亂非地也。《詩》曰："天作高山 (51)，大王荒之。彼作矣，文王康之。"此之謂也。

天不為人之惡寒也輟冬 (52)，地不為人之惡遼遠也輟廣，君子不為小人之匈匈也輟行 (53)。天有常道矣，地有常數矣，君子有常體矣。君子道其常 (54)，而小人計其功。《詩》曰："禮義之不愆 (55)，何恤人之言兮！"此之謂也。

楚王後車千乘 (56)，非知也 (57)；君子啜菽飲水 (58)，非愚也，是節然也 (59)。若夫志意修 (60)，德行厚，知慮明，生于今而志乎古，則是其在我者也。故君子敬其在己者 (61)，而不慕其在天者；小人錯其在己者 (62)，而慕其在天者。君子敬其在己者，而不慕其在天者，是以日進也；小人錯其在己者，而慕其在天者，是以日退也。故君子之所以日進 (63)，與小人之所以日退，一也。君子小人之所以相縣者 (64)，在此耳。

《荀子集解》卷一一

注釋

❶ 天行有常：自然界的運行經久不變。

❷ 堯：上古五帝之一，傳說中的賢君。

❸ 桀：夏朝末代君主，荒淫殘暴，常被用來指代暴君。

❹ 應：應對。治：按道理、規律做事。

❺ 本：這裏指農業，古代以農業為本業。

❻ 養備而動時：衣食給養充備並按時令行事。

❼ 循：遵循，順從。忒（tè）：差錯。此句原作"修道而不貳"，現依王念孫説改。

❽ 故水旱不能使之飢："飢"下原有"渴"字，現依王念孫説刪。

❾ 祆（yāo）怪：自然界的反常變異。祆，通"妖"。下文皆同。

❿ 略：粗略，不足。罕：稀少。

⓫ 倍：通"背"，違背。

⓬ 薄：迫近。

⓭ "受時與治世同"二句：（亂世之人）所遇到的天時與社會安定時期（的人）相同，但遭受的災禍卻與安定時期（的人）不同。時，天時。

⓮ 天人之分：自然規律與人事各有不同，所謂天行有常，不為堯存，不為桀亡。

⓯ 至人：明白至理的人。

⓰ 天職：自然的職能。

⓱ 其人：指上文所説的至人。

⓲ 能：力，這裏指用力加以干預。

⓳ 參：參與配合。"天"、"地"、"人"三者各有其道，相互參配。

⓴ 舍其所以參而願其所參：捨棄自身用以與天、地相參配的職能，而嚮往所參配的天、地的職能。意指捨棄人的治理，而指望天地的恩賜。

㉑ 列星：有固定排列位置的星，如二十八宿等。隨旋：相隨旋轉。

㉒ 遞：更替。

㉓ 四時代御：四季交替着發揮作用。代，交替。御，控制。

㉔ 陰陽：古人認為宇宙萬物由陰、陽二氣組成，兩者不斷運動、相互作用而生成萬事萬物。化：變化生成。

㉕ 和：指陰陽二氣的調和。

㉖ 養：指風雨對萬物的滋養。

㉗ 形具而神生：人的形體具備，精神也隨之產生。

㉘ 臧：同 “藏”，蘊藏。下文同。

㉙ 天情：天生的情感。

㉚ “耳目鼻口形” 三句：耳、目、鼻、口及四肢百骸各自與外物接觸但不能相互代用，這叫作天然的感官。

㉛ 中虛：中部空虛的地方，指胸腔。

㉜ 天君：天然的主宰。

㉝ “財非其類” 三句：人類能夠利用不是自身同類的萬物來奉養人類，這就叫作天然的給養。財，通 “裁”，裁奪，利用。

㉞ 天政：天然賞罰的政令。

㉟ 暗其天君：使心昏暗，神志糊塗。

㊱ 亂其天官：指感官享受過度，縱情聲色飲食，不得其宜。

㊲ 棄其天養：指暴殄天物，不能務本節用。

㊳ 背其天情：指喜怒哀樂沒有節制。

㊴ 天地官：天地能行使自己的職能為人所用。萬物役：萬物為人類所使用。

㊵ 曲：周，遍。

㊶ 所不為：即 “有所不為”，指聖人只發揮人的職能，不與天爭職。

㊷ 所不慮：即 “有所不慮”，指不求知天。

㊸ 志：認識，了解。

㊹ 已其見象之可以期者矣：止于天所表現出的那些徵象，從而可據以預期的（那部分）。已，止，停止。

㊺ 宜：適宜，這裏指適宜萬物生長的條件。息：繁息，指作物生長。

㊻ 數：曆數，四時變化的次序規律。事：指從事農業生產。

㊼ 和：原作“知”，現依王念孫説改。意為調和，這裏指陰陽二氣所顯現的調和狀態。

㊽“官人守天”二句：大意是只掌握人為之事，不與天爭職，這就是遵守了根本的道理和法則。守天，指遵守自然規律。道，指前文所提出的“明于天人之分”。

㊾ 瑞曆：即曆象。

㊿ 繁啟蕃長于春夏：（百物）在春夏繁密地萌芽，茂盛地成長。繁，多。啟，發。蕃，茂盛。

(51)“天作高山”四句：語出《詩·周頌·天作》。高山，指岐山。大王，太王，即古公亶父，周文王的祖父。荒，治，墾荒。康，使之安定。

(52) 惡（wù）：厭惡。輟：廢止。

(53) 君子不為小人之匈匈也輟行：原作“君子不為小人匈匈也輟行”，現依王先謙説改。匈匈，通“訩（xiōng）訩”，喧譁吵鬧的樣子。

(54)“君子道其常”二句：君子遵循常規，而小人計較一時的功利。道，行，經由。

(55)“禮義之不愆（qiān）”二句：此處所引的是沒有收入《詩經》中的逸詩。愆，過錯，過失。恤，憂慮。原無“禮義之不愆”五字，現依《文選》卷四五東方朔《答客難》篇補。

(56) 後車：侍從之車。乘（shèng）：古代四馬駕一車為一乘。

(57) 知：同“智”，與下文“知慮明”的“知”相同。

(58) 啜（chuò）：吃。菽（shū）：豆類的總稱，泛指粗糧。

(59) 節然：偶然。

⑥ 志意修：原作"心意修"，現依王念孫説改。

⑥ 敬：重視，謹慎對待。

⑥ 錯：通"措"，擱置，捨棄。

⑥ "君子之所以日進"三句：意為君子日進和小人日退的道理是相同的，二者都有所慕，所慕的對象不同，導致結果不同。一，同。

⑥ 縣：同"懸"，懸殊。

在荀子的時代，人們往往將一些難以解釋的現象看作是天降的吉凶，由此導致了人們畏懼于天，遇事便求神問鬼，而忽視了人自身的作為。針對這種現象，荀子深刻探討了天與人、自然與社會之間的關係，強調了人對于社會發展的重要作用。

荀子在開篇便一針見血地提出"天行有常"，自然的運行有其自身的規律，不以朝代的治亂和人的賢愚為轉移。荀子進一步提出要"明于天人之分"，將自然界和人類社會區分開來，反對用自然的現象來說明社會的治亂。在明確了天與人各自特點的基礎上，荀子對天人關係作了辯證的探討：一方面正是自然界的演化才形成了人類，所以人類必然要受自然界的約束。因此，荀子提出要順應自然規律，按規律辦事。另一方面，他又強調發揮人的主觀能動性，認為人在自然面前不是無所作為的，主張"制天命而用之"。

荀子在《天論》中所描述的"天"具有物質性、規律性、客觀性等特點，這種對自然界本質屬性的認識，達到前所未有的水平。而"明于天人之分"和"制天命而用之"的提出，有別于一切天人感應說，標誌着人類在對自身偉大力量的認識方面，前進了一大步。

五蠹

　　韓非（前 280 年？—前 233 年），戰國末期韓國公子，喜刑名法術之學，與李斯俱師荀子。韓非口吃而善著述，有《孤憤》、《五蠹》等十餘萬言，受到秦國重視。後因不為韓國國君所用，到了秦國，遭李斯等人讒言，被迫自殺。《史記》卷六三有傳。

　　《漢書·藝文志》著錄《韓子》五十五篇，今存《韓非子》一書，具有代表性的作品有《顯學》、《五蠹》、《定法》、《難勢》、《詭使》、《六反》、《問辯》諸篇。韓非思想歷來被認為是中國法家思想的重要成果，其中也能夠找到儒家、道家、墨家、名家，甚至兵家學說的影子。因此，不少研究者認為韓非思想是集先秦各家思想之大成者。

　　蠹（dù），本義為蛀蟲，喻有害于國的事或人。《五蠹》篇，是說治理國家的過程中要批判的五種人群或思想。他們分別是，儒者（戰國末期儒家）、言說者（縱橫家）、患御者（逃避戰爭者）、帶劍者（遊俠）、工商之徒。韓非主張養耕戰之士（農民、軍隊），這種議論正是所謂“論世之事，因為之備”

（《五蠹》）。據《史記》記載，秦王（即後來的秦始皇嬴政）見《孤憤》、《五蠹》，歎曰：“寡人得見此人與之遊，死不恨矣！”可見此文在當時影響之大。本文所選的是《五蠹》篇的後半部分。

　　鄙諺曰：“長袖善舞，多錢善賈 ❶。”此言多資之易為工也。故治強易為謀，弱亂難為計。故用于秦者，十變而謀希失 ❷；用于燕者，一變而計希得。非用于秦者必智，用于燕者必愚也，蓋治亂之資異也。故周去秦為從，期年而舉 ❸；衞離魏為衡，半歲而亡。是周滅于從，衞亡于衡也。使周、衞緩其從衡之計，而嚴其境內之治，明其法禁，必其賞罰，盡其地力，以多其積；致其民死以堅其城守，天下得其地則其利少，攻其國則其傷大；萬乘之國莫敢自頓于堅城之下，而使強敵裁其弊也，此必不亡之術也。舍必不亡之術而道必滅之事，治國者之過也。智困于內而政亂于外，則亡不可振也。

　　民之政計，皆就安利如辟危窮 ❹。今為之攻戰，進則死于敵，退則死于誅，則危矣。棄私家之事而必汗馬之勞 ❺，家困而上弗論 ❻，則窮矣。窮危之所在也，民安得勿避？故事私門而完解舍 ❼，解舍完則遠戰，遠戰則安。行貨賂而襲當塗者則求得 ❽，求得則私安，私安則利之所在，安得勿就？是以公民少而私人眾矣。

　　夫明王治國之政，使其商工遊食之民少而名卑，以寡趣

本務而趨末作 ^❾。今世近習之請行 ^❿，則官爵可買，官爵可買，則商工不卑也矣。奸財貨賈得用于市，則商人不少矣。聚斂倍農，而致尊過耕戰之士，則耿介之士寡，而高價之民多矣。

是故亂國之俗，其學者，則稱先王之道以籍仁義 ^⓫，盛容服而飾辯說，以疑當世之法 ^⓬，而貳人主之心。其言古者 ^⓭，為設詐稱 ^⓮，借于外力，以成其私，而遺社稷之利。其帶劍者，聚徒屬，立節操，以顯其名，而犯五官之禁 ^⓯。其患御者 ^⓰，積于私門，盡貨賂，而用重人之謁，退汗馬之勞。其商工之民，修治苦窳之器 ^⓱，聚弗靡之財 ^⓲，蓄積待時，而侔農夫之利 ^⓳。此五者，邦之蠹也。人主不除此五蠹之民，不養耿介之士，則海內雖有破亡之國，削滅之朝，亦勿怪矣。

《韓非子集解》卷一九

❶ 賈（gǔ）：做買賣。

❷ 希：同"稀"，稀少。這裏指計謀用于強秦，大體不會發生過失，因為"多資之易為工"，即內部強大。

❸ 期（jī）年：滿一年。

❹ 辟：通"避"，避開。

❺ 汗馬之勞：指戰爭的勞苦。

❻ 上弗論：君主不加過問。

❼ 事：侍奉。解：通“廨”，官府，官舍。

❽ 貨賂：用寶貨進行賄賂。襲：因襲，追隨。當塗者：指有權勢的當政者。

❾ 以寡趣本務而趨末作：意思是百姓不務本分而求那些商工遊食之事。趣，同“趨”。

❿ 近習：親近熟悉的人。

⓫ 籍：通“藉”，憑藉。

⓬ 疑：通“擬”，匹敵，抗衡。

⓭ 言古者：推崇古法的人。一說“言談者”，指好口辯言談之人。

⓮ 為：通“偽”。

⓯ 五官：古代指司徒、司空、司馬、司士、司寇五種官職。

⓰ 患御者：害怕或逃避戰爭的人。

⓱ 苦窳（gǔ yǔ）之器：指粗劣、不堅實的商品。

⓲ 弗：一說通“費”。

⓳ 侔：通“牟”，牟取。

解析

　　本文開篇先說時移世易，人口增多，資源變少，“事力勞而供養薄”，所以難免“爭”。這種情況下，上古的秩序和仁愛思想也就漸漸不適應新的時代了。所以作者說：“仁義辯智非所以持國也。”這種態度與當時戰亂時期各諸侯國亟需強大實力從而穩固國家地位有密切的關係，正所謂“古今異俗，新故異備”，這體現了作者進化的歷史觀。在韓非看來，當時很多國君都是“舉浮淫之蠹，而加之于功實之上"（《史記·老子韓非列傳》）。他對儒家思想中"聖人"的道德理想如何普及于民提出了質疑，他說，要求千千萬萬老百姓也成為孔子這樣的人是不可能的，真正能夠讓大多數老百姓有所理解和信服，還是應依據適當的權勢和法律。所以，他說："故明主之道，一法而不求智，固術而不慕信，故法不敗而群官無奸詐矣。"

接着，他根據實際情形，提出在建設國家的進程中五種帶來危害的人群或思想。他認為"儒以文亂法"。儒家思想中血親倫理的愛和社會性的大法則必然發生矛盾，這和墨家"兼愛"之說有所重合。他還認為，"俠以武犯禁"。當時社會混亂，遊俠甚眾，他們憑藉武力，嚴重擾亂了社會治安。他批判了那些主張"縱橫"、以辯說為長的策士們，"談言者務為辯而不周于用"，這些看似能夠運籌帷幄的國家外交策略，並不能從根本上讓一個國家強大。而後，他批判當時社會上存在的因為害怕或逃避戰爭以充私門的混亂現象，那些為了逃避戰爭不惜"行貨賂而襲當塗者"以求得安穩的人，敗壞了社會風氣，使國力減弱。在他看來，農業才是根本，而那些工商遊食之民，並不能給社會帶來益處，他們只會通過聚斂財富、賣官鬻爵，擾亂社會風氣，以致削弱耕戰的力量。

正如韓非在本篇文章中提到的那樣，法家思想產生于特殊的"爭"的歷史時期，這種看似嚴酷的學說，是為應付混亂和激變的時局的。在這種情形下，如果想要迅速成為一個強大的國家，應該採用更為嚴苛的政策以樹立權威，同時通過發展耕戰來增強自己的實力。韓非的主張中有些可供我們參考。

《孝經》四章

《孝經》記孔子向曾參講述孝道的言論。其成書約在戰國時期，至于作者則歷來眾說紛紜，有孔子說、曾子說、曾子門人說、子思說、孔子門人說、齊魯間儒者說、孟子門人說和漢儒說等各種說法。大多認為此書是子思所作。子思（前483年—前402年），姓孔，名伋，字子思，是孔子的嫡孫，曾子的學生。孔子的學說由曾子傳子思，然後由子思再傳孟子。《孝經》有今文經和古文經之別，在歷史上曾引起今古文之爭。兩者的章節和文字有所不同。古文《孝經》二十二章。今文《孝經》十八章，經西漢劉向校定而定型。今文《孝經》版本眾多，通用版本有清阮元校刻《十三經注疏》本。本文選取《孝經》之《開宗明義章》、《紀孝行章》、《廣要道章》、《諫諍章》四章，以見《孝經》之宗旨大要，其中包括推行孝道之理由及其事親、諫諍等思想。

開宗明義章

　　仲尼居 ❶，曾子侍 ❷。子曰："先王有至德要道 ❸，以順天下，民用和睦 ❹，上下無怨。汝知之乎？"曾子避席曰 ❺："參不敏 ❻，何足以知之。"子曰："夫孝，德之本也，教之所由生也。復坐 ❼，吾語汝。身體髮膚，受之父母，不敢毀傷，孝之始也 ❽。立身行道 ❾，揚名于後世，以顯父母 ❿，孝之終也。夫孝，始于事親，中于事君，終于立身。《大雅》云 ⓫：'無念爾祖 ⓬，聿修厥德。'"

《孝經注疏》卷一

❶ 仲尼：即孔子（前 551 年—前 479 年），名丘，字仲尼。魯國陬（zōu）邑（今山東曲阜東南）人，春秋時期著名思想家和教育家，儒家學說的創始人。後世尊其為孔聖人。居：平素家居。

❷ 曾子：曾參（前 505 年—前 435 年），字子輿，魯國南武城（今山東費縣西南）人，孔子七十二弟子之一。孔子以他能通孝道而向其傳授孝的道理。他是孔子儒家學說的主要傳承人。侍：陪侍。

❸ 先王：前代的聖賢帝王，指堯、舜、禹、湯、周文王、周武王等。至德要道：最高的、完美的道德，至關重要的道理、方法。

❹ 用：因此。

❺ 避席：起身離開席位。表示敬意。

❻ 不敏：謙詞，猶不才，不聰明。

❼ 復坐：回到席位上。

❽ 始：開端。

❾ 立身行道：修養自身，奉行道義。

❿ 顯：使顯耀。

⓫《大雅》：《詩》之一部分，凡三十一篇，為西周王室貴族的作品，主要歌頌周祖先及武王、宣王的事跡。

⓬ "無念爾祖"二句：是說你怎麼能不追念你的先祖呢，要努力發揚他的美德啊。見《詩・大雅・文王》。聿（yù），句首語氣詞。厥，其，他的。

紀孝行章

　　子曰："孝子之事親也 **❶**，居則致其敬，養則致其樂，病則致其憂，喪則致其哀，祭則致其嚴。五者備矣，然後能事親。事親者 **❷**，居上不驕，為下不亂，在醜不爭。居上而驕則亡，為下而亂則刑，在醜而爭則兵。三者不除，雖日用三牲之養 **❸**，猶為不孝也。"

《孝經注疏》卷六

❶ "孝子之事親也"六句：是說孝子侍奉雙親，日常起居要做到恭敬；進奉膳食時要和顏悅色；父母有疾病，要感到憂慮；父母去世，要

表現出悲痛；祭祀父母，要莊嚴肅穆。致，通"至"，盡，極。

❷ "事親者"四句：是説侍奉雙親，要身居高位但不傲慢，在下層能
恭謹奉上，與眾人相處能和順不爭鬥。醜，眾，卑賤之人。

❸ "雖日用三牲之養"二句：即使每日用三牲奉養雙親，也屬不孝。
三牲，古代祭祀所用。有大小三牲之分，大三牲指羊、豕、牛，
謂之太牢，是郊祀中最高等級的祭祀標準，用于大祀；小三牲指
雞、鴨、兔，缺少牛。此處當指大三牲，泛指美味佳餚。

廣要道章

　　子曰："教民親愛，莫善于孝。教民禮順 ❶，莫善于
悌。移風易俗，莫善于樂 ❷。安上治民，莫善于禮。禮者，
敬而已矣。故敬其父，則子悅；敬其兄，則弟悅；敬其君，
則臣悅；敬一人，而千萬人悅。所敬者寡，而悅者眾。此之
謂要道也。"

《孝經注疏》卷六

❶ "教民禮順"二句：是説教育人民講禮儀，知順從，再沒有比尊重
兄長更好的方式了。悌（tì），敬重兄長。

❷ 樂：音樂。《禮記·樂記》："樂也者，聖人之所樂也，而可以善民
心，其感人深，其移風易俗，故先王著其教焉。"

諫諍章

　　曾子曰："若夫慈愛、恭敬、安親、揚名 ❶，則聞命矣 ❷。敢問子從父之令，可謂孝乎？"子曰："是何言與 ❸？是何言與？昔者，天子有爭臣七人 ❹，雖無道 ❺，不失其天下；諸侯有爭臣五人 ❻，雖無道，不失其國；大夫有爭臣三人 ❼，雖無道，不失其家；士有爭友，則身不離于令名 ❽；父有爭子，則身不陷于不義。故當不義，則子不可以不爭于父，臣不可以不爭于君。故當不義，則爭之。從父之令，又焉得為孝乎！"

《孝經注疏》卷七

❶ 揚名：即《孝經‧開宗明義章》所指"立身行道，揚名于後世"，也即《廣揚名章》所指"是以行成于內，而名立于後世矣"。

❷ 聞命：接受教導。

❸ 與：通"歟"，句末語氣詞，表示疑問或感歎。

❹ 爭臣七人：天子有三公四輔，"三公"即太師、太傅、太保，"四輔"即疑、承、輔、弼。爭臣，諫臣。

❺ 無道：不遵守王道。

❻ 爭臣五人：是天子派去輔佐諸侯的人。一說為三卿和內史、外史。"三卿"指司馬、司徒、司空。

❼ 爭臣三人：大夫的家臣。《孔傳》說三人是家相、室老、側室。

❽ 令名：美名，好名聲。

　　《孝經》十八章大體可以分為三個部分。第一部分，開宗明義，講述了《孝經》的理論基礎，即"孝"是"德之本"，"教之所由生"。孝可分為事親、事君和立身三個階段（《開宗明義章》），進而分析了天子、諸侯、卿大夫、士和庶人等五種不同層次的人所行"孝道"的不同內涵（《天子章》、《諸侯章》、《卿大夫章》、《士章》、《庶人章》）。第二部分，將孝道與政治結合起來，明確了以孝治天下的要求和方法。孔子強調"夫孝，天之經也，地之義也，民之行也"（《三才章》），聖人之道德皆源自于孝，且以孝治天下也基本取得了良好的效果（《孝治章》、《聖治章》）。孝道乃"德之本"，君主在施政中推廣孝道，是至關重要的道理和最高的美德（《廣要道章》、《廣至德章》）。孝道通行，上下一心，則可使統治更加順暢（《感應章》）。不孝者則要施以五刑（《五刑章》）。第三部分講述了行孝的禮儀。孝子行孝道要在雙親家居、贍養、生病、去世和祭祀時有相應的表現（《紀孝行章》、《喪親章》）。當然行孝也不是一味順從，必要時需要對長輩進行規勸（《諫諍章》）。

　　本文所選《開宗明義章》是本書之綱，闡述了《孝經》的宗旨和義理，指出孝乃一切道德的根本，孝可以分為事親、事君和立身三個階段。《紀孝行章》指明孝子侍奉雙親時在居、養、病、喪、祭五方面應有的行為。《廣要道章》闡釋了推廣孝道作為至關重要道理的理由。《諫諍章》則指出尊者、長者有不義行為時，晚輩要對其進行規勸。

孝是中華民族的優良傳統。尊老、敬老、養老是現今中國公民的法定義務和責任。《孝經》倡導孝行，強調了尊老、敬老、養老的原則和方法，在今天仍有其重要意義。

邲之戰

 題解

　　《春秋公羊傳》簡稱《公羊傳》，是儒家經典《春秋》三傳之一，相傳為戰國齊人公羊高所傳，但今本《公羊傳》則出于西漢公羊壽、胡毋生之手。《公羊傳》作為解釋《春秋》之書，起止時間與《春秋》相同。與《左傳》重在敘事講史不同，《公羊傳》通過"設問"的方式，挖掘《春秋》經的微言大義，闡述了儒家"大一統"、"尊王攘夷"、"張三世"等思想。《公羊傳》有強烈的政治倫理色彩，後世往往藉其議政，內中深邃的歷史哲學也值得我們重視。本文選自《公羊傳》宣公十二年（前 597 年），篇題為後人所加。

 原文

　　【經】夏六月乙卯 ❶，晉荀林父帥師及楚子戰于邲 ❷，晉師敗績 ❸。

　　【傳】大夫不敵君，此其稱名氏以敵楚子何 ❹？不與晉而與楚子為禮也 ❺。曷為不與晉而與楚子為禮也 ❻？莊王伐鄭，勝乎皇門❼，放乎路衢❽。鄭伯肉袒❾，左執茅旌❿，右執鸞刀⓫，以逆莊王曰⓬："寡人無良⓭，邊垂之臣⓮，以干天禍⓯。是以使君王沛焉⓰，辱到敝邑⓱。君如矜此喪人⓲，錫之不毛之地⓳，使帥一二耋老而綏焉⓴，請唯君王之命㉑。"莊王曰："君之不令臣交易為言㉒，是以使寡人得見君之玉面㉓，而微至乎此㉔。"莊王親自手旌，左右撝軍退舍七里㉕。將軍子重諫曰㉖："南郢之與鄭㉗，相去數千里㉘，諸大夫死者數人，廝役扈養㉙，死者數百人，今君勝鄭而不有㉚，無乃失民臣之力乎？"莊王曰："古者杅不穿㉛，皮不蠹，則不出于四方。是以君子篤于禮而薄于利，要其人而不要其土，告從㉜，不赦，不詳㉝，吾以不詳道民㉞，災及吾身，何日之有㉟？"既則晉師之救鄭者至，曰："請戰。"莊王許諾㊱。將軍子重諫曰："晉，大國也，王師淹病矣㊲，君請勿許也。"莊王曰："弱者吾威之㊳，強者吾辟之㊴，是以使寡人無以立乎天下。"令之還師而逆晉寇。莊王鼓之，晉師大敗，晉眾之走者㊵，舟中之指可掬矣㊶。莊王曰："嘻！吾兩君不相好，百姓何罪？"令之還師而佚晉寇㊷。

《春秋公羊傳注疏》卷一六

❶ 夏六月乙卯：清包慎言認為，宣公十二年（前597年）六月無乙卯，當是五月十四日。

❷ 晉荀林父帥師及楚子戰于邲（bì）：晉國中軍主將荀林父率軍與楚莊王在鄭國邲地大戰。荀林父，晉國大夫，姓荀，名林父。因任中行之將，以官為氏，又稱中行氏。荀林父為晉軍中軍主將，即晉軍最高將領。楚子，指楚莊王，姓羋（mǐ），熊氏，名侶。魯文公十四年（前613年）至魯宣公十八年（前591年）在位，春秋五霸之一。邲，鄭地，在今河南滎陽東北。

❸ 敗績：此指軍隊潰敗。

❹ 此其稱名氏以敵楚子何：據《公羊傳》之義，大夫與國君名位不對等，故大夫帥師常稱"某人"，而此處"荀林父"稱其名氏與楚子對等，含有對晉貶斥之義。敵，對等。

❺ 與（yù）：贊同。

❻ 曷：何，為甚麼。

❼ 皇門：鄭國郭門名。

❽ 放：直至。路衢（qú）：四通八達的道路。

❾ 鄭伯肉袒（tǎn）：指鄭襄公脫去上衣袒露肌膚，表示向楚國投降謝罪。鄭伯，姬姓，鄭氏，名堅，春秋時期鄭國第十一位國君。肉袒，脫去上衣袒露肌膚，表示恭敬惶恐。

❿ 茅旌：一種旗幟，桿端以氂牛尾做裝飾。"茅"，通"旄"。"茅旌"與下句中的"鸞刀"皆為宗廟祭祀所用，鄭襄公執此二器以示宗廟將不血食，願歸順楚莊王。

⓫ 鸞刀：環上有鈴的刀，古代祭祀時用于割牲。鸞，鈴。

⓬ 逆：迎接。

⓭ 寡人：言己為寡德之人，古代君主用作謙稱。無良：沒有良好的德行。

⓮ 邊垂：邊境。垂，通"陲"。

⓯ 干：冒犯，觸犯。

⓰ 是以使君王沛焉：因此引發了您的盛怒。是以，因此。沛，水盛貌，這裏引申為盛怒的樣子。

⑰ 辱到敝邑：承蒙您來到我們國家。辱，謙辭，相當于"承蒙"、"蒙辱"之意。敝邑，謙稱自己的國家。

⑱ 矜：憐憫，同情。喪人：喪國之人，鄭伯自稱。

⑲ 錫：通"賜"，賜予。

⑳ 耋（dié）老：老年人，這裏指老臣。綏：安定。

㉑ 請唯君王之命：唯君主之命是聽，表示臣服。

㉒ 令：善。交易：往來。

㉓ 見君之玉面：尊稱與對方見面。

㉔ 而微至乎此：如果不是因為這個緣故，我怎麼能至于此呢？微，若沒有。

㉕ 撝（huī）：指揮。退舍：退卻，退避。

㉖ 子重：楚莊王之弟，名嬰齊，字子重，任楚令尹。

㉗ 郢（yǐng）：春秋時楚國都城，在今湖北江陵的紀南城。

㉘ 相去：相距。

㉙ 廝役扈（hù）養：指各類隸役。艾草為防者曰廝，汲水漿者曰役，養馬者曰扈，炊享者曰養。

㉚ 勝鄭而不有：戰勝了鄭國卻不能實際擁有鄭國。

㉛ 杅（yú）不穿，皮不蠹（dù）：器皿磨穿，皮革損壞，這裏指物資出現匱乏。杅，盛湯漿的器皿。穿、蠹，這裏皆指損壞。

㉜ 告從：請求歸順。

㉝ 不詳：不吉利。詳，通"祥"，吉利。

㉞ 道（dǎo）：引導。

㉟ 何日之有：還能有多少時日。

㊱ 許諾：同意。

㊲ 淹病：長時間的困頓疲憊。淹，長久，長期。病，疲憊困乏。

㊳ 弱者吾威之：弱國我欺凌威懾他們。威，威懾。

㊴ 強者吾辟之：強國我躲避他們。辟，通“避”，躲避。

㊵ 走：逃跑。

㊶ 舟中之指可掬：船裏被砍掉的手指都可以捧起來了，極言其多。指，手指。掬，捧。

㊷ 令之還師而佚晉寇：楚莊王命令將軍子重班師回國，讓潰敗的晉師可以逃歸。佚，通“逸”，使逃走，放走。

　　邲之戰是春秋時期晉楚爭霸中的重要戰役。楚國在此戰後，勢力達到頂峰，楚莊王成為春秋五霸之一。《公羊傳》認為，邲之戰中楚莊王有禮，《春秋》是讚許楚莊王的。在伐鄭中，楚莊王不滅其國，篤于禮而薄于利，此霸者之智；遇強晉不避而戰勝之，此霸者之勇；憫晉軍傷殘而留其生路，此霸者之仁。顯然，邲之戰中的楚莊王符合儒家理想中的賢君，故《春秋》予以褒獎。

《禮記》

禮運

　　《禮記》，又名《小戴禮記》，是戰國到秦漢時期禮學資料的彙編，相傳為孔子七十子後學和漢代學者所作，與《周禮》、《儀禮》合稱"三禮"。《禮記》有《大戴禮記》和《小戴禮記》兩種。《大戴禮記》由漢代戴德所傳，共八十五篇，今存三十九篇；《小戴禮記》由漢代戴聖所傳，共四十九篇，後收入"十三經"，由東漢鄭玄作注，唐代孔穎達正義，這就是《禮記正義》，是目前比較通行的注本。《禮記》內容廣博，是研究先秦時期社會情況、典章制度和儒家思想的重要資料，其中有記載婚喪祭禮和日常生活的各項禮節條文，如《曲禮》、《檀弓》、《喪服小記》、《少儀》等；有專門解釋《儀禮》的，如《冠義》、《昏義》等；有託名孔子言論的，如《仲尼燕居》、《儒行》等；還有反映儒家思想的論述，如《禮運》、《大學》等。《禮記·禮運》篇在《十三經注疏》本《禮記注疏》中分卷二一、卷二二兩篇，這裏所選的是卷二一的開頭部分、卷二二的中間一段。禮運，即禮的運行。關于《禮運》的作者和成書年代，歷代眾說紛紜。目前一般認為其主體部分由子游記錄，大概寫于戰國初期，又經後人整理成為目前所看到的《禮運》篇。

　　昔者仲尼與于蜡賓 ❶，事畢，出遊于觀之上 ❷，喟然而歎。仲尼之歎，蓋歎魯也。言偃在側 ❸，曰："君子何歎？"孔子曰："大道之行也 ❹，與三代之英，丘未之逮也，而有志焉。大道之行也，天下為公，選賢與能 ❺，講信修睦 ❻。故人不獨親其親 ❼，不獨子其子，使老有所終 ❽，壯有所用，幼有所長 ❾，矜寡孤獨廢疾者 ❿，皆有所養，男有分 ⓫，女有歸。貨惡其棄于地也 ⓬，不必藏于己；力惡其不出于身也，不必為己。是故謀閉而不興 ⓭，盜竊亂賊而不作，故外戶而不閉 ⓮，是謂大同 ⓯。今大道既隱，天下為家 ⓰。各親其親，各子其子，貨力為己，大人世及以為禮 ⓱，城郭溝池以為固 ⓲，禮義以為紀 ⓳。以正君臣，以篤父子，以睦兄弟，以和夫婦，以設制度，以立田里 ⓴，以賢勇知 ㉑，以功為己。故謀用是作 ㉒，而兵由此起。禹、湯、文、武、成王、周公 ㉓，由此其選也。此六君子者，未有不謹于禮者也，以著其義 ㉔，以考其信，著有過，刑仁講讓 ㉕，示民有常 ㉖。如有不由此者 ㉗，在埶者去，眾以為殃。是謂小康 ㉘。"

《禮記注疏》卷二一

注釋

❶ 昔者仲尼與（yù）于蜡（zhà）賓：從前孔子以陪祭者的身份參加蜡祭。與，參加。蜡，古代天子或諸侯年終舉行的一種祭祀。賓，陪祭的人。

❷ 觀（guàn）：宗廟或宮廷門外兩旁的高建築物。

❸ 言偃：孔子弟子，姓言，名偃，字子游，吳人。

❹ "大道之行也"四句：意思是大道實行的時代和夏、商、周三代英明之主當政的時代，我都沒有趕上，但有書籍記載那時的情況。大道，指五帝時期的治國之道。英，傑出人物。丘，孔子自稱。逮，及，趕上。志，記載。一說有志于此，表示心裏嚮往。

❺ 與（jǔ）：通"舉"，推舉。

❻ 講信修睦：講求誠信，相處和睦。

❼ "故人不獨親其親"二句：所以人們不只是孝敬自己的雙親，不只是撫愛自己的子女。第一個"親"字，把……當作雙親。第一個"子"字，把……當作子女。

❽ 終：終其天年。

❾ 長（zhǎng）：成長。

❿ 矜（guān）：通"鰥"，老而無妻的人。寡：年老無夫的人。孤：年幼喪父的人。獨：年老無子女的人。

⓫ "男有分（fèn）"二句：男子都有自己的職務，女子到了適婚年齡都能出嫁。分，職分。歸，出嫁。

⓬ "貨惡（wù）其棄于地也"四句：意思是説對于財貨，惟恐它丟棄在地上不被利用，倒不一定自己佔有收藏。對于能力，惟恐自己有卻沒有發揮出來，倒不一定是為自己出力。惡，討厭，憎惡。

⓭ 是故謀閉而不興：因此為非作歹的念頭被閉塞而不會發生。閉，杜絕。興，起。

⓮ 外戶而不閉：從外面把門關上但不用插門閂，意指不用防範別人。

❶ 大同：高度的和平。

❶ 天下為家：天下是私家的，指把天子之位傳給自己的子孫。

❶ 大人世及以為禮：天子諸侯世襲相承成為禮制。大人，天子諸
侯。世，父子相傳。及，兄弟相傳。

❶ 溝池：指護城河。

❶ 紀：綱紀，準則。

❷ 立田里：劃分田地和住宅。這裏指有關田里的制度。

❷ 賢勇知（zhì）：尊崇勇猛之人和才智之士。賢，尊重，重視。知，
同 “智”，智慧。

❷ 謀用是作：謀亂由此而興起。用，由。是，這。

❷ “禹、湯、文、武、成王、周公” 二句：因此大禹、商湯、文王、
武王、成王、周公，就是在這樣的時代背景下產生的傑出人物。
選，選拔出來的，這裏指在這樣的環境中產生的傑出人物。

❷ “以著其義” 二句：用禮來彰顯道義，成就誠信。著，顯露。

❷ 刑仁講讓：把合于仁的行為定為法則，提倡不爭。刑，通 “型”，
把⋯⋯當作法則。

❷ 常：常法，常規。

❷ “如有不由此者” 三句：如果有不遵守禮義的，即使有權勢也會被
罷免職務，百姓視之為禍害。執（shì），同 “勢”，權勢。

❷ 小康：小安，相對于 “大同” 而言。

（孔子曰）故聖人耐以天下為一家 ❶，以中國為一人
者，非意之也 ❷，必知其情，辟于其義 ❸，明于其利，達
于其患 ❹，然後能為之。何謂人情？喜、怒、哀、懼、愛、

惡、欲，七者弗學而能。何謂人義？父慈、子孝、兄良、弟弟 ❺、夫義、婦聽、長惠 ❻、幼順、君仁、臣忠十者，謂之人義。講信修睦，謂之人利。爭奪相殺，謂之人患。故聖人之所以治人七情，修十義，講信修睦，尚辭讓，去爭奪，舍禮何以治之？飲食男女，人之大欲存焉。死亡貧苦，人之大惡存焉。故欲惡者，心之大端也 ❼。人藏其心，不可測度也。美惡皆在其心，不見其色也 ❽。欲一以窮之 ❾，舍禮何以哉？

《禮記注疏》卷二二

❶ 耐（néng）：同"能"，能夠。

❷ 非意之也：並不是主觀臆想。意，揣度，臆想。

❸ 辟：通曉。

❹ 達：通曉，明白。

❺ 第二個"弟（tì）"字：同"悌"，敬愛兄長。

❻ 長（zhǎng）惠：年長者關愛年幼者。惠，關愛。與下文"幼順"相對。

❼ 端：頭緒，源頭。這裏指欲望和憎惡是引發人之七情的根源。

❽ 不見（xiàn）其色也：不表現在臉色上。色，臉上的神情、氣色。

❾ 欲一以窮之：想用一種方法盡知人心的美惡。窮，窮盡。

禮樂文化是儒家思想體系的核心，儒家經典的主要內容之一就是倡導以禮治國。那麼，"禮"是甚麼，如何運用到社會治理中？《禮運》篇對此作了一個總結性的回答。本篇節選的內容主要闡釋了"禮"的作用及重要性，文章藉孔子對子游"喟然而歎"，提出了著名的"大同"、"小康"概念，描繪了兩幅美好的社會理想圖景。在"天下為公"的"大同"社會，社會秩序主要靠內部的自覺意識維繫，但進入到"天下為家"的"小康"社會中，"大道既隱"，社會秩序需要外在的力量來規範，而最根本的約束力量便是"禮"。古代賢明之君以禮為綱紀，知人情，知人義，以此來保持社會的安定、有序。

儘管孔子嚮往遠古公有制的大同社會，但他明白實現大同社會相當困難，只能作為一種理想，"小康"才是他實際追求的目標，這也是孔子一生致力于宣揚禮義的重要原因。

《禮運》中所描繪的"大同"社會，是一個儒家的理想社會，社會治理秩序的最根本特徵就是"天下為公"。"天下為公"的字面意義指天下是天下人共有之天下，其思想意義則在後世的理解中不斷得到豐富。古代儒家認為大同社會是公天下而不是家天下，政治制度和倫理觀念一切為公而不為己；政權傳賢不傳子，用人選能不任親，孝慈既行于家，亦推廣于社會。這種古代的天下觀和大同社會理想，以及公而無私的價值觀，為後世儒家所傳承，在中國歷史上發揮了重要影響，並成為近代中國人推翻君主制、追求共和、嚮往理想社會的重要理念基礎。

《禮運》描述了小康之世的圖景，鮮明地提出禮治在實現社會和諧中所起的重要作用。儘管這種和諧是一種等級化的和諧，與當今的人人平等觀念有所區別，但它所呈現的是儒家的社會政治理想 —— 倡導社會各階層的人們按照 "禮" 的規範和諧相處。

中庸

 關于《中庸》的作者和產生年代，眾說紛紜，一般認為是孔子之孫子思所作，成書約在戰國初期。《中庸》最初並非獨立成篇，原是《禮記》中的第三十一篇。自漢代起，不斷有人為它作注解。從唐代開始受到重視，韓愈、李翱為維護道統而推崇《中庸》與《大學》，認為其是與《孟子》同樣重要的經書。北宋程顥、程頤大力推崇《中庸》，將其視為"孔門傳授心法"。南宋朱熹繼承二程思想，將《中庸》從《禮記》中抽出來，重新校對章句並作注，並將它與《大學》、《論語》、《孟子》並列為"四書"，著成與"五經"處于同等重要地位的《四書章句集注》。《中庸》比較通行的注本有收入《十三經注疏》的《禮記注疏》和朱熹的《中庸章句》。

何謂"中庸"？有兩種代表性的觀點，一是認為庸即"用"，中庸就是以中為用，在承認事物兩面性的前提下，取其中端，力戒偏頗。如鄭玄《三禮目錄》："名曰'中庸'者，以其記中和之為用也。庸，用也。"二是認為庸即"常"，如朱熹《中庸章句》："中者，不偏不倚，無過不及之名。庸，平常也。"是講"中"如何運用在普通的日常生活中。

本文是《中庸》的節選。

天命之謂性 ❶，率性之謂道，修道之謂教。道也者，不可須臾離也，可離非道也。是故君子戒慎乎其所不睹 ❷，恐懼乎其所不聞。莫見乎隱 ❸，莫顯乎微，故君子慎其獨也 ❹。喜怒哀樂之未發謂之中 ❺，發而皆中節謂之和 ❻。中也者，天下之大本也；和也者，天下之達道也 ❼。致中和 ❽，天地位焉，萬物育焉。

仲尼曰："君子中庸 ❾，小人反中庸。君子之中庸也 ❿，君子而時中。小人之中庸也 ⓫，小人而無忌憚也 ⓬。"

子曰："中庸其至矣乎 ⓭！民鮮能久矣。"

子曰："道之不行也 ⓮，我知之矣。知者過之 ⓯，愚者不及也。道之不明也，我知之矣。賢者過之，不肖者不及也。人莫不飲食也 ⓰，鮮能知味也。"

子曰："道其不行矣夫。"

子曰："舜其大知也與！舜好問而好察邇言 ⓱，隱惡而揚善，執其兩端 ⓲，用其中于民，其斯以為舜乎！"

子曰："人皆曰'予知' ⓳，驅而納諸罟擭陷阱之中，而莫之知辟也。人皆曰'予知'，擇乎中庸而不能期月守也 ⓴。"

子曰："回之為人也 ㉑，擇乎中庸，得一善，則拳拳服

膺而弗失之矣 ❷。”

子曰：“天下國家可均也 ❷，爵祿可辭也，白刃可蹈也，中庸不可能也。”（以下有省略）

哀公問政。子曰：“文、武之政，布在方策 ❷，其人存則其政舉，其人亡則其政息。人道敏政 ❷，地道敏樹。夫政也者，蒲盧也 ❷。故為政在人，取人以身 ❷，修身以道，修道以仁。仁者，人也，親親為大；義者，宜也，尊賢為大。親親之殺 ❷，尊賢之等，禮所生也。在下位不獲乎上 ❷，民不可得而治矣。故君子不可以不修身，思修身不可以不事親，思事親不可以不知人，思知人不可以不知天。天下之達道五，所以行之者三，曰：君臣也，父子也，夫婦也，昆弟也 ❸，朋友之交也。五者，天下之達道也。知、仁、勇三者，天下之達德也，所以行之者一也 ❸。或生而知之 ❸，或學而知之，或困而知之，及其知之一也 ❸。或安而行之 ❸，或利而行之，或勉強而行之，及其成功一也。”

子曰：“好學近乎知，力行近乎仁，知恥近乎勇。知斯三者，則知所以修身；知所以修身，則知所以治人；知所以治人，則知所以治天下國家矣。”凡為天下國家有九經，曰：修身也，尊賢也，親親也，敬大臣也，體群臣也 ❸，子庶民也 ❸，來百工也 ❸，柔遠人也 ❸，懷諸侯也 ❸。修身則道立，尊賢則不惑，親親則諸父昆弟不怨，敬大臣則不眩 ❹，體群臣則士之報禮重 ❹，子庶民則百姓勸 ❹，來百工則財用足，柔遠人則四方歸之，懷諸侯則天下畏之。

齊明盛服 ❸，非禮不動，所以修身也。去讒遠色，賤貨而貴德，所以勸賢也 ❹。尊其位，重其祿，同其好惡 ❹，所以勸親親也。官盛任使 ㊻，所以勸大臣也。忠信重祿，所以勸士也。時使薄斂 ㊼，所以勸百姓也。日省月試 ㊽，既廩稱事 ㊾，所以勸百工也。送往迎來，嘉善而矜不能 ㊿，所以柔遠人也。繼絕世 ㉛，舉廢國 ㉜，治亂持危 ㉝，朝聘以時，厚往而薄來，所以懷諸侯也。

凡為天下國家有九經，所以行之者一也。凡事豫則立 ㉞，不豫則廢。言前定則不跆 ㉟，事前定則不困，行前定則不疚 ㊱，道前定則不窮。

《禮記注疏》卷五二

❶ "天命之謂性"三句：天所賦予人的叫作性，遵循天性而行叫作道，使人修養道叫作教。率，依循。

❷ "是故君子戒慎乎其所不睹"二句：因此君子在沒有人看見的時候也警戒謹慎，在沒有人聽到的時候也小心畏懼。指時刻謹慎守道。乎，相當于介詞"于"，在。

❸ "莫見（xiàn）乎隱"二句：沒有比在幽暗處更容易顯現的了，沒有比在細微的事情上更容易顯露的了。指在幽暗之處、細微之事上，都沒有離道的表現。莫，沒有。見，同"現"。

❹ 慎其獨：在獨處時也謹慎守道。

❺ 發：產生，生發。

❻ 中（zhòng）節：符合節度。

❼ 達道：通達的道理，公認的準則。

❽ "致中和"三句：到達中和的境界，天地各安其所，萬物生育繁

中庸　　　　　　　　　　　　　　　　　　　　　　　225

衍。位，得其正位。

❾ "君子中庸"二句：君子的言行符合中庸之道，小人的言行違反中
庸之道。君子，道德品質高尚的人。小人，道德品質低下的人。

❿ "君子之中庸也"二句：君子之所以能夠達到中庸，是因為他們的
言行時刻合宜適中。

⓫ 小人之中庸也：依陸德明《經典釋文》引王肅本，此處應作"小
人之反中庸也"。

⓬ 無忌憚：無所顧忌和畏懼。

⓭ "中庸其至矣乎"二句：中庸作為一種道德真是至高無上的了，很
少有人能長時間地做到這一點。鮮（xiǎn），少。一說很少有人能
夠做到，已經很久了。

⓮ 道：指中庸之道。

⓯ 知（zhì）：同"智"，智慧。

⓰ "人莫不飲食也"二句：人們沒有不吃不喝的，但很少有人能夠真
正品嘗辨知滋味。這兩句用來比喻中庸之道很難做到。

⓱ 好察邇言：喜歡仔細辨別淺近的話。邇，近。

⓲ "執其兩端"三句：大意是說舜能夠掌握過和不及的兩端，選取適
中點，然後施行到民眾中，這大概就是舜之所以被稱為舜的原因
吧。

⓳ "人皆曰'予知'"三句：人人都說"我是明智的"，但在利益的
驅使下，像動物一樣被驅趕到捕獸的網、木籠和陷阱中，連躲避
都不知道。罟（gǔ），網。擭（huò），裝有機關的捕獸木籠。

⓴ 期（jī）月：一整個月。

㉑ 回：顏回，字子淵，春秋末期魯國人，孔子弟子。

㉒ 拳拳服膺（yīng）：牢牢記在心中。拳拳，奉持之貌，牢握不捨的
樣子。膺，胸。

㉓ "天下國家可均也"四句：天下國家可以平治，官爵俸祿可以辭

掉，利刃可以踩踏，只有中庸之道是不容易做到的。

㉔ 布：同“佈”，公佈，記載。方：書寫用的木版。策：竹簡。

㉕ “人道敏政”二句：治理百姓的方式是努力行政，就如治理土地的方式是努力種植一樣。敏，勤勉，努力。樹，種植草木。

㉖ 蒲盧：即蜾蠃，俗稱土蜂（細腰蜂）。古人認為蒲盧不能生子，取桑蟲的幼子當作自己的幼子。這裏孔子用蒲盧喻政，古代賢君之政不能自舉，須待賢君推行，就如蒲盧不能自生，而待桑蟲之子。

㉗ 取人以身：明君招取賢人，在于自身的品德修養。

㉘ 親親之殺（shài）：對親人的親情有遠近親疏之別。親親，第一個“親”是動詞，親近愛護；第二個“親”是名詞，親人。殺，等級，差別。

㉙ “在下位不獲乎上”二句：這兩句是紕誤而重出在此。意為在下位的人若得不到上位的人的支持和信任，就不可能治理好民眾。

㉚ 昆弟：兄弟。

㉛ 一：一致，一樣。

㉜ 或：有的人。

㉝ 及其知之一也：（這幾種人當初的情況有差別，）等到他們都知道以後也就一樣了。

㉞ 安：無所妄求，從容自覺。

㉟ 體：體恤，體察。

㊱ 子：像對待子女一樣地愛護。

㊲ 來（chì）：同“勑”，勸勉。

㊳ 柔：和好，安撫。

㊴ 懷：安撫，撫慰。

㊵ 不眩：不迷亂。

㊶ 報禮重：以重禮相回報，指能為君死于患難之中。

㊷ 勸：努力。

㊸ 齊明盛服：穿戴整齊明潔的衣冠。

㊹ 勸：勉勵，鼓勵。

㊺ 同其好惡（hào wù）：對親人的賞罰原則保持一致。好，這裏指獎賞。惡，這裏指誅罰。

㊻ 官盛任使：設置眾多官屬以供大臣差遣（，使大臣不親自做瑣事）。盛，多。

㊼ 時使薄斂：使百姓不違農時，薄收賦稅。時，適時。

㊽ 省（xǐng）：省察，察看。

㊾ 既廩（lǐn）稱事：使其所得祿糧與其工作相稱。既廩，指古代官府所發的給養。既，通"餼（xì）"，糧食。

㊿ 矜：憐惜，同情。

(51) 繼絕世：延續世系已斷絕的諸侯國。

(52) 舉廢國：振興已廢置的諸侯國。

(53) 治亂持危：有亂事的要為之治理，有危難的要加以扶持。

(54) 豫：同"預"，提前作準備。

(55) 跲（jiá）：絆倒，窒礙。這裏指言語不暢。

(56) 疚：災禍。

原文

在下位不獲乎上，民不可得而治矣。獲乎上有道❶，不信乎朋友，不獲乎上矣。信乎朋友有道，不順乎親，不信乎朋友矣。順乎親有道，反諸身不誠，不順乎親矣。誠身有道，不明乎善，不誠乎身矣。誠者，天之道也。誠之者❷，人之道也。誠者，不勉而中 ❸，不思而得，從容中道，聖人也。誠之者，擇善而固執之者也 ❹。博學之 ❺，審問之，慎思之，明辨之，篤行之。有弗學 ❻，學之弗能，弗措也。有弗問，問之弗知，弗措也。有弗思，思之弗得，弗措也。有弗辨，辨之弗明，弗措也。有弗行，行之弗篤，弗措也。人一能之 ❼，己百之。人十能之，己千之。果能此道矣，雖愚必明，雖柔必強。

自誠明謂之性 ❽，自明誠謂之教。誠則明矣，明則誠矣。唯天下至誠 ❾，為能盡其性。能盡其性，則能盡人之性。能盡人之性，則能盡物之性。能盡物之性，則可以贊天地之化育 ❿。可以贊天地之化育，則可以與天地參矣 ⓫。

其次致曲 ⓬，曲能有誠 ⓭，誠則形，形則著，著則明，明則動，動則變，變則化。唯天下至誠為能化。

至誠之道，可以前知。國家將興，必有禎祥 ⓮。國家將亡，必有妖孽 ⓯。見乎蓍龜 ⓰，動乎四體。禍福將至，善必先知之，不善必先知之。故至誠如神。

誠者自成也 ⓱，而道自道也。誠者，物之終始，不誠無物。是故君子誠之為貴。誠者，非自成己而已也，所以成物也。成己，仁也；成物，知也 ⓲。性之德也，合外內之道也，故時措之宜也 ⓳。故至誠無息，不息則久，久則徵 ⓴，徵則悠遠，悠遠則博厚，博厚則高明。博厚所以載物也，高明所以覆物也，悠久所以成物也。博厚配地，高明配天，悠久無疆。如此者，不見而章 ㉑，不動而變，無為而成。天地之道可壹言而盡也 ㉒，其為物不貳 ㉓，則其生物不測。天地之道博也，厚也，高也，明也，悠也，久也。（以下有省略）

大哉聖人之道！洋洋乎發育萬物，峻極于天 ㉔。優優大哉 ㉕！禮儀三百 ㉖，威儀三千，待其人然後行。故曰："苟不至德 ㉗，至道不凝焉。" 故君子尊德性而道問學 ㉘，致廣大而盡精微，極高明而道中庸，溫故而知新，敦厚以崇禮。是故居上不驕，為下不倍 ㉙。國有道，其言足以興，國無道，其默足以容 ㉚。《詩》曰 ㉛："既明且哲，以保其身。"其此之謂與！

《禮記注疏》卷五三

❶ 道：途徑，方法。

❷ "誠之者"二句：使自身真誠，是做人的道理。

❸ 不勉而中（zhòng）：不用勤勉努力就能合于至善。

❹ 固執：堅定地執行。

❺ "博學之"五句：廣泛地學習，詳細地問，慎重地考慮，明確地分辨，踏踏實實地實行。之，指代這幾個動作的對象。

❻ "有弗學"三句：意思是除非不學，學了就不放下。措，廢棄，擱置。

❼ "人一能之"二句：別人學它一次就會，我卻學習一百次。意思是要多下苦功。能，完成。

❽ "自誠明謂之性"二句：由至誠之心而明曉道德，這叫作天性。由于明曉道理而有至誠之心，這叫作教化。自，從，由。

❾ "唯天下至誠"二句：只有天下至誠之人，才能徹底發揮他的天性。

❿ 贊：輔佐，幫助。

⓫ 參：匹配。一説"參"同"三"。

⓬ 其次致曲：那些次于聖人的賢人，能夠推至細小的事物上。其次，指自明誠者。曲，猶小之事。

⓭ "曲能有誠"七句：在細小的事物上能真誠，真誠就都表現出來，表現出來就會逐漸顯著，逐漸顯著就會更加昭明，昭明就會感動人心，感動人心就會改變人，改變人就能化惡為善。

⓮ 禎（zhēn）祥：吉祥，這裏指吉兆。

⓯ 妖孽：災異，這裏指凶兆。

⓰ "見（xiàn）乎蓍（shī）龜"二句：意思是説吉凶的徵兆都會體現在占筮和占卜的結果上，表現在動作儀態上。見，同"現"。蓍龜，古代用于占卜的蓍草和龜甲。四體，一説是龜之四足。

⓱ "誠者自成也"二句：誠是自我成就完善的，而道是自己履行的。自道（dǎo），引導自我通達于道。

⓲ 知（zhì）：同"智"。

⓳ 時措之宜：隨時施行都能適宜。

⓴ 徵：徵驗，證實。一説"徵"為"徹"之字誤。

㉑ 不見（xiàn）而章：不須表現而自然彰顯。見，同"現"。章，同"彰"，彰顯，昭著。

㉒ 可壹言而盡也：可以用一句話來概括。

㉓ 不貳：真誠，沒有二心。

㉔ 峻：高大。

㉕ 優優：寬裕之貌。

㉖ "禮儀三百"二句：（聖人制定了）大的禮儀三百之多，具體行事的儀禮三千之多。三百、三千，虛數，指多。

㉗ "苟不至德"二句：如果不是具備最高德行的人，最偉大的道理也就不會形成。凝，凝聚。

㉘ 尊德性而道問學：尊崇德性而勤問好學。

㉙ 倍：通“背”，背離，背叛。

㉚ 其默足以容：他靜默自守足以容身自保，免于禍害。其，人稱代詞，指賢人。

㉛ “《詩》曰”三句：出自《詩‧大雅‧烝民》。大意是既明達又智慧，足以保全其身。

解析

　　中庸是儒家思想體系中的重要道德準則，也是儒家所追求的為人處世的最高境界。“中庸”一詞始見于《論語‧雍也》篇。《禮記‧中庸》篇是對《論語》以來的中庸思想所進行的最為系統的闡發，主要闡釋了兩個問題，一是何謂中庸，一是中庸的核心思想是甚麼。

　　甚麼是中庸？中庸即中和、時中、無過無不及，就是在思考問題或為人處世時，要做到恰到好處，合時宜。偏離中庸就會走極端，孔子把超過了“中”，稱為“過”，把達不到“中”，稱為“不及”。中庸的哲學意義就是在承認事物存在兩面性的前提下，隨時折中、平衡，力戒偏頗。

　　中庸的核心思想是“誠”。甚麼是“誠”？“誠”就是真實無妄。“誠”有天道、人道之別，“誠者，天之道也。誠之者，人之道也”。天道的關鍵在于“誠”，而人道的終極目標則是對“誠”的追求。如何達到“誠”？《中庸》提出要明善，要擇善而固執之，並且要終生漸積。

"誠"是中國傳統哲學中重要的思想範疇，具有本體論、道德論的雙重文化內涵。在思想史上，《中庸》是第一部對"誠"進行了深入系統闡釋的儒家經典。《中庸》中的"誠"將天（自誠明）與人（自明誠）聯結起來，是天人合一的樞紐。同時，它既是道德本體，也是道德實踐，對君子提出了內在修為與外在踐行相互合一的高要求；它既是個體自身的修養，也是人際關係充分協調的原則。

　　《中庸》因其內涵的豐富性和哲理的思辨性，成為"四書"中最難理解且爭議最多的一部書，被不斷地誤讀與扭曲。但其實撥開《中庸》神祕的面紗，裏面蘊含着極其樸實的道理。如本篇選文以"誠"貫穿全文，其實內涵在于強調人的道德修養。文中提出君子要"素其位而行"，就是提倡得其分、安其位，不做好高騖遠之事；提出"言顧行，行顧言"，就是要求言行一致、表裏如一；提出"人一能之，己百之。人十能之，己千之"，強調人的堅持不懈、自強奮鬥；提出"誠者，非自成己而已也，所以成物也。成己，仁也；成物，知也。性之德也，合外內之道也"，認為自我完善後的真正目的在于兼善天下，將道德修養提升到了儒家兼濟天下思想的最高境界，也向世人展示了積極的人生意義。

大學

關于《大學》的作者及產生年代，主要有兩種不同的說法。一種認為《大學》是儒家的政治哲學，產生于春秋戰國時期，為孔子弟子曾子所作；另一種則認為《大學》產生于兩漢時期，作者不可考。現在一般認為《大學》為曾子所作。《大學》自唐代以後逐漸受到重視。北宋理學家程顥、程頤對《大學》格外推崇，南宋朱熹繼承二程思想，將其列為“四書”之首。《大學》通行的版本有兩種，一為《十三經注疏》本《禮記注疏》，一為朱熹《大學章句》本。朱熹注本將《大學》重新編次，分為經、傳兩部分來闡述章旨，並按照自己的見解補編了“格物傳”一章。何謂“大學”？鄭玄《禮記目錄》說：“名曰‘大學’者，以記其博學可以為政矣。”可見“大學”是使學問廣大之意。而朱熹《大學章句序》則說：“《大學》之書，古之大學所以教人之法也。”認為《大學》得名于“大學”，古代貴族子弟十五入大學，《大學》是對他們進行“窮理正心、修己治人”教育的教學方法。

大學之道，在明明德 ❶，在親民 ❷，在止于至善 ❸。知止而後有定 ❹，定而後能靜，靜而後能安，安而後能慮，慮而後能得 ❺。物有本末，事有終始，知所先後，則近道矣。

古之欲明明德于天下者 ❻，先治其國。欲治其國者，先齊其家。欲齊其家者，先修其身。欲修其身者，先正其心。欲正其心者，先誠其意 ❼。欲誠其意者，先致其知 ❽，致知在格物 ❾。物格而後知至，知至而後意誠，意誠而後心正，心正而後身修，身修而後家齊，家齊而後國治，國治而後天下平。自天子以至于庶人，壹是皆以修身為本 ❿。其本亂而末治者 ⓫，否矣。其所厚者薄 ⓬，而其所薄者厚，未之有也。此謂知本，此謂知之至也 ⓭。

所謂誠其意者，毋自欺也。如惡惡臭 ⓮，如好好色 ⓯，此之謂自謙 ⓰。故君子必慎其獨也 ⓱。小人閒居為不善 ⓲，無所不至，見君子而後厭然 ⓳，揜其不善 ⓴，而著其善。人之視己，如見其肺肝然 ㉑，則何益矣。此謂誠于中，形于外，故君子必慎其獨也。曾子曰 ㉒：“十目所視，十手所指，其嚴乎！”富潤屋，德潤身，心廣體胖 ㉓，故君子必誠其意。

《詩》云：“瞻彼淇澳 ㉔，菉竹猗猗。有斐君子，如切如磋，如琢如磨。瑟兮僩兮，赫兮喧兮。有斐君子，終不可諠兮。”“如切如磋”者，道學也 ㉕。“如琢如磨”者，自修也。“瑟兮僩兮”者，恂慄也 ㉖。“赫兮喧兮”者，威儀也。“有斐君子，終不可諠兮”者，道盛德至善，民之不能忘也。《詩》云：“于戲 ㉗！前王不忘。”君子賢其賢而親其親 ㉘，小人樂其樂而利其利 ㉙，此以沒世不忘也 ㉚。《康誥》

曰 ㉛：“克明德 ㉜。”《大甲》曰：“顧諟天之明命 ㉝。”《帝典》曰：“克明峻德 ㉞。” 皆自明也。湯之《盤銘》曰 ㉟：“苟日新 ㊱，日日新，又日新。”《康誥》曰：“作新民 ㊲。”《詩》曰：“周雖舊邦 ㊳，其命惟新。”是故君子無所不用其極 ㊴。《詩》云：“邦畿千里 ㊵，惟民所止。”《詩》云：“緡蠻黃鳥 ㊶，止于丘隅。” 子曰：“于止 ㊷，知其所止，可以人而不如鳥乎？”《詩》云：“穆穆文王 ㊸，于緝熙敬止。”為人君止于仁，為人臣止于敬，為人子止于孝，為人父止于慈，與國人交止于信。子曰：“聽訟 ㊹，吾猶人也，必也使無訟乎！”無情者不得盡其辭 ㊺，大畏民志 ㊻，此謂知本。

所謂修身在正其心者，身有所忿懥則不得其正 ㊼，有所恐懼則不得其正，有所好樂則不得其正 ㊽，有所憂患則不得其正。心不在焉，視而不見，聽而不聞，食而不知其味，此謂修身在正其心。

所謂齊其家在修其身者，人之其所親愛而辟焉 ㊾，之其所賤惡而辟焉，之其所畏敬而辟焉，之其所哀矜而辟焉 ㊿，之其所敖惰而辟焉 51。故好而知其惡 52，惡而知其美者，天下鮮矣。故諺有之曰：“人莫知其子之惡，莫知其苗之碩。”此謂身不修，不可以齊其家。

所謂治國必先齊其家者，其家不可教而能教人者，無之。故君子不出家而成教于國。孝者，所以事君也；弟者 53，所以事長也；慈者 54，所以使眾也。《康誥》曰：“如保赤子 55。”心誠求之，雖不中 56，不遠矣。未有學養子而後嫁者也。一家仁，一國興仁；一家讓，一國興讓；一人貪戾 57，一國作亂。其機如此 58。此謂一言僨事 59，一人定國。堯舜率天下以仁，而民從之；桀紂率天下以暴，而民從之。其所令反其所好 ⓺，而民不從。是故君子有諸己而後求諸人 ⓺，無諸己而後非諸人。所藏乎身不恕 ⓺，而能喻諸人者 ⓺，未之有也。故治國在齊其家。《詩》云：“桃之夭夭 ⓺，其葉蓁蓁，之子于歸，宜其家人。”宜其家人而後可以教國人。《詩》云：“宜兄宜弟 ⓺。”宜兄宜弟而後可以教國人。《詩》云：“其儀不忒 ⓺，正是四國。”其為父子兄弟足法 ⓺，而後民法之也。此謂治國在齊其家。

所謂平天下在治其國者，上老老而民興孝 ⓺，上長長而民興弟 ⓺，上恤孤而民不倍 ⓺，是以君子有絜矩之道也 ⓺。所惡于上毋以使下 ⓺，所惡于下毋以事上，所惡于前毋以先後，所惡于後毋以從前，所惡于右毋以交于左，所惡于左毋以交于右，此之謂絜矩之道。《詩》云：“樂只君子 ⓺，民之父母。”民之所好好之 ⓺，民之所惡惡之，此之謂民之父母。《詩》云：“節彼南山 ⓺，維石岩岩。赫赫師尹，民具爾瞻。”有國者不可以不慎，辟則為天下僇矣 ⓺。《詩》云：“殷之未喪師 ⓺，克配上帝。儀監于殷，峻命不易。”道得眾則得國，失眾則失國。

是故君子先慎乎德，有德此有人 ⓺，有人此有土，有土此有財，有財此有用。德者本也，財者末也。外本內末，爭民施奪 ⓺。是故財聚則民散，財散則民聚。是故言悖而出者亦悖而入 ⓺，貨悖而入者亦悖而出。《康誥》曰：“惟命不于常 ⓺。”道善則得之，不善則失之矣。《楚書》曰 ⓺：“楚國無以為寶，惟善以為寶。”舅犯曰 ⓺：“亡人無以為寶 ⓺，仁親以為寶。”《秦誓》曰 ⓺：“若有一个臣 ⓺，斷斷兮無

他技 ，其心休休焉 ，其如有容焉。人之有技，若己有之。人之彥聖 ，其心好之，不啻若自其口出 ，實能容之，以能保我子孫黎民，尚亦有利哉！人之有技，媢嫉以惡之 。人之彥聖，而違之俾不通 ，實不能容，以不能保我子孫黎民，亦曰殆哉！"唯仁人放流之 ，迸諸四夷，不與同中國。此謂唯仁人為能愛人，能惡人。見賢而不能舉，舉而不能先，命也 。見不善而不能退，退而不能遠，過也。好人之所惡 ，惡人之所好，是謂拂人之性 ，菑必逮夫身 。是故君子有大道，必忠信以得之，驕泰以失之 。生財有大道，生之者眾，食之者寡，為之者疾 ，用之者舒，則財恆足矣。仁者以財發身，不仁者以身發財。未有上好仁而下不好義者也，未有好義其事不終者也，未有府庫財非其財者也 。孟獻子曰 ："畜馬乘不察于雞豚 ，伐冰之家不畜牛羊 ，百乘之家不畜聚斂之臣 。與其有聚斂之臣 ，寧有盜臣。"此謂國不以利為利，以義為利也。長國家而務財用者 ，必自小人矣。彼為善之 ，小人之使為國家，菑害並至，雖有善者，亦無如之何矣 。此謂國不以利為利，以義為利也。

《禮記注疏》卷六〇

注釋

❶ 明明德：彰顯人光明的德行。第一個"明"，彰明。第二個"明"，光明，明亮。

❷ 親民：親愛人民。一說"親"當為"新"，使人自新，見朱熹《大學章句》。

❸ 止于至善：達到最美善的境界。至，最。

❹ 知止而後有定：知道應該達到的目標後才能有確定的志向。

❺ 得：指得其所止，也就是達于至善。

❻ 古之欲明明德于天下者：古代想把內心美好德行推廣到天下的人。

❼ 誠其意：使自己的意念真實。誠，實。

❽ 致其知：獲得知識。

❾ 格物：推究事物的原理。格，窮究。

❿ 壹是：一切，全部。

⓫ 本亂：指不修身。末治：指國家治理得井井有條。

⓬ "其所厚者薄"三句：對應當厚待的對象卻用力薄，而該用力薄的卻用力厚，（如此想達到治國、平天下的目的，）還沒有過這樣的事。

⓭ 知之至：學習知識的最高境界。至，極。

⓮ 惡惡臭（xiù）：厭惡難聞的氣味。前"惡"讀 wù，後"惡"讀 è。臭，同"嗅"。

⓯ 好好色：喜歡美色。前"好"讀 hào，後"好"讀 hǎo。

⓰ 謙：通"慊（qiè）"，滿足。

⓱ 慎其獨：在獨處時也謹慎守道。

⓲ 閒居：獨處。

⓳ 厭（yǎn）然：掩飾躲藏的樣子。

⓴ "揜（yǎn）其不善"二句：掩藏自己不好的行徑，而彰顯自己好的地方。揜，遮掩。

㉑ 如見其肺肝然：（別人看自己）好像能看見自己的肺和肝一樣。意指做了壞事是遮掩不住的。

㉒ "曾子曰"四句：曾子說過："（獨處的時候）就像有好多雙眼睛盯着你，好多隻手指着你，多麼讓人畏懼呀！"十目、十手，均為虛指，這裏指眾多。

㉓ 心廣體胖（pán）：人的心胸寬廣，身體才能舒適安泰。胖，寬舒。

㉔ "瞻彼淇澳（yù）"九句：引自《詩·衞風·淇澳》。淇，淇水。澳，指水岸深曲之處。菉（lù）竹，草名。猗（yī）猗，茂盛的樣子。斐，有文采。"如切如磋，如琢如磨"，指君子無論在學問還是品行上都追求精益求精。切、磋、琢、磨，分別指的是古代把骨頭、象牙、玉、石頭加工成器物。瑟，莊嚴的樣子。僩（xiàn），心胸開闊的樣子。赫，明亮的樣子。喧，顯赫的樣子。諠（xuān），同"諼"，忘記。

㉕ 道學：指研討學問。下文的"道盛德至善"仿此。

㉖ 恂（xún）慄：內心謹慎而有所戒懼。

㉗ "于戲（wū hū）"二句：引自《詩·周頌·烈文》。讚美前代君王德不可忘。于戲，歎詞，即嗚呼。前王，指周武王。

㉘ 君子賢其賢而親其親：繼位的君子尊重前代君王的賢德，親近前代君王的族親。

㉙ 小人樂其樂而利其利：百姓樂于享受前代君王所創造的歡樂和利益。意指百姓因此不忘前代君王。

㉚ 沒（mò）世：終身，永遠。

㉛ 《康誥（gào）》曰：《康誥》及下文的《大（tài）甲》、《帝典》都是《尚書》篇名。《帝典》即《堯典》。

㉜ 克明德：能彰顯美好的德行。克，能夠。

㉝ 顧諟（shì）天之明命：時刻顧念上帝英明的命令。諟，通"是"，此，這。

㉞ 峻德：大德。

㉟ 湯之《盤銘》：商王成湯沐浴之盤，上面刻有警戒自己的文辭。

㊱ "苟日新"三句：假如今日更新自身，那麼就要天天更新，每天更

新。

❸ 作新民：重新改造殷民。指周公以殷商餘民封康叔，望殷人剔除商紂時代的惡俗，改過自新。

❸ "周雖舊邦"二句：引自《詩·大雅·文王》。意思是周雖然是舊有的諸侯邦國，但它承受天命，不斷自新。

❸ 無所不用其極：沒有一個地方不竭盡全力。極，盡。

❹ "邦畿（jī）千里"二句：引自《詩·商頌·玄鳥》。意思是殷商方圓千里，人民因君主賢德選擇居住在這裏。邦畿，王都。

❹ "緡（mián）蠻黃鳥"二句：引自《詩·小雅·綿蠻》。緡蠻，小鳥貌。緡，通"綿"。丘隅，山丘。

❹ "于止"三句：大意是黃鳥尚且知道選擇該棲息的地方，人難道還不如鳥嗎？此處指人應當擇禮義樂土而居。

❹ "穆穆文王"二句：引自《詩·大雅·文王》。大意是端莊謙恭的周文王，不斷走向光明，敬其所處的位置。穆穆，莊嚴和善的樣子。緝，繼續。熙，光明。

❹ "聽訟"三句：語出《論語·顏淵》。大意是審理案件我和別人一樣，一定要使人們之間沒有爭執。聽，審理。訟，案件。

❹ 無情者不得盡其辭：沒有實情的人不能夠肆意編造謊言。情，實情。

❹ 畏：使敬畏。

❹ 忿懥（zhì）：生氣，怨恨。

❹ 好樂（hào yào）：喜歡。

❹ 人之其所親愛而辟焉：意思是（不能修身的）人對于所親愛的人難免偏愛。辟，通"僻"，偏見，偏差。

❺ 哀矜：哀憐，憐憫。

❺ 敖惰：傲慢怠惰。敖，同"傲"。

❺ "故好（hào）而知其惡"三句：因此喜歡某一事物但還能看到它

的缺點，厭惡某一事物但還能看到它的優點，這樣的人已經很少了。

㊲ 弟（tì）：同 "悌"，敬愛兄長。

㊳ "慈者" 二句：慈愛子女的感情，可以用來對待民眾。

㊴ 如保赤子：（對待民眾）如同愛護嬰兒。保，養育。

㊶ 中（zhòng）：符合。

㊷ 貪戾：貪婪暴戾。

㊸ 機：關鍵。

㊹ 僨（fèn）事：敗壞事情。

⑥ "其所令反其所好" 二句：君王頒佈的命令與自己的喜好相反，百姓是不會遵從的。

㊶ "君子有諸己而後求諸人" 二句：君子自己有了美好德行之後才會要求別人，自己沒有不良惡習之後才會指責他人。諸，相當于 "之于"。非，指責。

㊷ 恕：寬恕，指推己及人之道。

㊸ 喻：使明白。

㊹ "桃之夭夭" 四句：引自《詩‧周南‧桃夭》。意思是桃花嬌艷美好，枝葉繁茂，這個女子就要出嫁了，她一定能使夫家美滿和睦。夭夭，少壯美盛的樣子。蓁（zhēn）蓁，草木茂盛的樣子。之子，這個女子。歸，嫁。

㊺ 宜兄宜弟：引自《詩‧小雅‧蓼蕭》。這是一首讚美周成王的詩，因其有德，宜為人兄，宜為人弟。

㊻ "其儀不忒（tè）" 二句：引自《詩‧曹風‧鳲鳩》。意思是君子容貌舉止莊重嚴肅，能夠成為四方國家的表率。忒，差錯。

㊼ 足法：足以為人們所效法。

㊽ 老老：尊敬老人。

⑥ 長長：敬重兄長。

⑦ 倍：通"背"，背離。

⑦ 絜（xié）矩之道：用同樣的尺度衡量他人與自己，指以推己及人為準則的道德規範。絜，指用繩度量圍長。矩，畫直角或方形用的曲尺。

⑦ 所惡于上毋以使下：凡是上面人的為我所厭惡的態度，我不會用它對待下面的人。下面幾句話的意思與此相仿。

⑦ "樂只君子"二句：引自《詩·小雅·南山有臺》。只，語氣詞。

⑦ "民之所好（hào）好（hào）之"二句：百姓喜歡的就喜歡，百姓厭惡的就厭惡。

⑦ "節彼南山"四句：引自《詩·小雅·節南山》。意思是雄偉高大的南山，山崖險峻。權勢顯赫的太師伊尹，民眾都仰望着你。節，高峻的樣子。岩岩，岩石層疊高峻的樣子。赫赫，顯盛。師尹，周幽王太師尹氏。

⑦ 辟：通"僻"，偏差，這裏指偏離正道。僇（lù）：通"戮"，殺。

⑦ "殷之未喪師"四句：引自《詩·大雅·文王》。意思是殷朝還沒有喪失民心的時候，能夠得到上天的保佑；應當藉鑑殷朝興亡的經驗教訓，永保天命並非易事。師，眾人。克，能。儀，通"宜"。監，藉鑑。峻，大。

⑦ 此：乃，才。下同。

⑦ 爭民施奪：爭民利奪民財。

⑧ "是故言悖而出者亦悖而入"二句：大意是説君王頒佈的政教悖逆人心，民眾也會違抗君命；君王悖逆人心厚斂財貨，財貨也會悖逆君心不能長久。

⑧ 惟命不于常：天命不是永恆的。

⑧ 《楚書》：指《國語》中的《楚語》。

⑧ 舅犯：即狐偃，字子犯，晉文公重耳之舅。

㉞ 亡人：流亡在外的人。

㉟ 《秦誓》：《尚書》篇名。

㊱ 个："個"的異體字。一本作"介"。

㊲ 斷斷：誠實專一的樣子。

㊳ "其心休休焉"二句：心地寬厚，能夠容人容物。休休，寬容好善的樣子。

㊴ 彥聖：道德高尚。

㊵ 不啻（chì）若自其口出：（喜好別人）不只體現在語言上。啻，僅僅，只。

㊶ 媢（mào）嫉：嫉妒。

㊷ 違之俾（bǐ）不通：打擊他人，使其不被重用。俾，使。通，指不通于國君，即不被重用。

㊸ "唯仁人放流之"三句：只有仁人能夠放逐這些嫉妒賢才之輩，將他們驅逐到四方蠻夷之地，不與他們同住在中原地區。迸（bǐng），通"摒"，排除。中國，中原地區。

㊹ 命：當為"慢"字，輕慢。

㊺ "好（hào）人之所惡（wù）"二句：喜歡人們所厭惡的，厭惡人們所喜歡的。

㊻ 拂：逆，違背。

㊼ 菑（zāi）：通"災"。逮：及。

㊽ 驕泰：驕縱，傲慢。

㊾ "為之者疾"二句：創造財富迅速，消費財富緩慢。舒，緩慢。

⑩ 未有府庫財非其財者也：沒有（臣民愛好道義）而國庫裏的財貨竟不屬于國家所有的。

⑩ 孟獻子：春秋時期魯國大夫，仲孫氏，名蔑，諡號曰獻。

⑩ 畜（xù）馬乘（shèng）不察于雞豚：餵養四匹馬的大夫，就不管

餵雞養豬的事情了。畜，飼養。乘，四匹為一乘。古時由士初為大夫的人才能使用一乘。

⑩ 伐冰之家：指卿大夫以上之家。古時只有卿大夫以上等級的，在舉行喪祭的時候才能使用冰塊。

⑩ 百乘之家：擁有百乘車馬的公卿之家。

⑩ "與其有聚斂之臣"二句：與其有聚斂財富的家臣，還不如有盜竊主人財物的臣屬。

⑩ 長國家：統治國家。長，做……首領。

⑩ 彼為善之：（如果）君王讚賞這些小人。彼，指國君。

⑩ 無如之何：不知道該怎麼辦。

　　《大學》在儒家文化的傳承中佔有重要地位。文章通篇闡述"修己治人"之道，基本內容可概括為"三綱領"和"八條目"。三綱領為"明明德"、"親民"、"止于至善"。八條目為"格物"、"致知"、"誠意"、"正心"、"修身"、"齊家"、"治國"、"平天下"。八條目是對三綱領的具體展開和說明。三綱領中的"明明德"指君子的道德修養，它是一切行為的根基；"親民"是儒家強烈社會責任感和擔當的體現；而"止于至善"則是最終所要達到的理想境界。八條目以"修身"為核心，"格物"、"致知"、"誠意"、"正心"都是"修身"的具體步驟，"齊家"、"治國"、"平天下"則是"修身"的自然結果和外化。因此，在儒家的思想體系中，"修己"和"治人"

是教育與政治相結合的完整形態，也是推己及人的一個過程。

　　《大學》篇蘊含着儒家深邃的政治道理，強調為政在人，而人的根本在于德，德是政治運作的基礎。而德的完善、擴充都需要人的自我修養，德是修身更為具體的層面，構成了修身的內涵。因此全篇談論最多的就是修身。《大學》對德的要求有兩方面，一方面是對自身的要求，如"明明德"、"君子先慎乎德"，另一方面是對待他人時所體現的德，如"仁"、"義"、"讓"等。因此它所建設的是社會中人與人之間的關係，文中所提出的"恕道"、"絜矩之道"，都在闡釋以己及人，客觀、公正地對待自己和周圍的人，使家庭、社會各階層的關係都能處于和睦的狀態。儒家所提出的這種和諧社會理想，體現了崇尚和諧共處的中華民族精神，對于今人仍有藉鑑價值。此外，在德、財的關係上，德是精神性的，財是物質性的，《大學》提出"德者本也，財者末也"，深刻體現了中華民族的精神意向。

　　《大學》篇也詳盡闡釋了個人修養的具體途徑和方法，其中提出的誠意、正心、慎獨等要求，對世人無不具有警示意義。

察今

戰國晚期，秦相呂不韋（？—前235年）組織門客編成《呂氏春秋》二十六卷。《呂氏春秋》又名《呂覽》，其成書時間約在秦王政（始皇帝）八年（前239年）。全書分十二紀、八覽、六論，共一百六十篇，二十餘萬言。全書篇章的劃分十分整齊，結構上組合成了一個所謂的"法天地"完整體系。十二紀按照一年十二個月的順序排列，是時間的縱向流程。八覽是由八方、八極等觀念而來的，是空間的橫向劃分。六論緣于六親、六義等人間事象。《呂氏春秋》博採先秦諸子各派學說，目的是為秦國統一天下、治理國家提供思想武器。本文選自卷一五《慎大覽》中的第八篇。題目"察今"的意思是制定法令制度必須考察當今的實際情況，即"察今變法"。

八曰：上胡不法先王之法 ❶？非不賢也，為其不可得而法 ❷。先王之法，經乎上世而來者也，人或益之，人或損之，胡可得而法？雖人弗損益，猶若不可得而法 ❸。東夏之命 ❹，古今之法，言異而典殊 ❺。故古之命多不通乎今之言者，今之法多不合乎古之法者。殊俗之民，有似于此。其所為欲同 ❻，其所為異。口惛之命不愉 ❼，若舟車衣冠滋味聲色之不同。人以自是，反以相誹。天下之學者多辯，言利辭倒 ❽，不求其實，務以相毀，以勝為故 ❾。先王之法，胡可得而法？雖可得，猶若不可法。

凡先王之法，有要于時也 ❿。時不與法俱至，法雖今而至，猶若不可法。故擇先王之成法 ⓫，而法其所以為法 ⓬。先王之所以為法者，何也？先王之所以為法者，人也，而己亦人也。故察己則可以知人，察今則可以知古。古今一也，人與我同耳。有道之士，貴以近知遠，以今知古，以益所見 ⓭，知所不見。故審堂下之陰 ⓮，而知日月之行、陰陽之變；見瓶水之冰，而知天下之寒、魚鱉之藏也；嘗一脟肉 ⓯，而知一鑊之味 ⓰、一鼎之調 ⓱。

荊人欲襲宋，使人先表澭水 ⓲。澭水暴益 ⓳，荊人弗知，循表而夜涉，溺死者千有餘人，軍驚而壞都舍 ⓴。嚮其先表之時可導也 ㉑，今水已變而益多矣，荊人尚猶循表而導之，此其所以敗也。今世之主，法先王之法也，有似于此。其時已與先王之法虧矣 ㉒，而曰此先王之法也，而法之以為治，豈不悲哉？

故治國無法則亂，守法而弗變則悖，悖亂不可以持國。世易時移，變法宜矣。譬之若良醫，病萬變，藥亦萬變。病變而藥不變，嚮之壽民 ㉓，今為殤子矣 ㉔。故凡舉事必循法以動，變法者因時而化，若此論則無過務矣 ㉕。

夫不敢議法者，眾庶也 ㉖；以死守者 ㉗，有司也 ㉘；因時變法者，賢主也。是故有天下七十一聖 ㉙，其法皆不同。非務相反也，時勢異也。故曰良劍期乎斷，不期乎鏌鋣 ㉚；良馬期乎千里，不期乎驥驁 ㉛。夫成功名者，此先王之千里也。

　　楚人有涉江者，其劍自舟中墜于水，遽契其舟 ㉜，曰：“是吾劍之所從墜 ㉝。”舟止，從其所契者入水求之。舟已行矣，而劍不行，求劍若此，不亦惑乎？以此故法為其國，與此同。時已徙矣，而法不徙，以此為治，豈不難哉？

　　有過于江上者，見人方引嬰兒而欲投之江中，嬰兒啼。人問其故，曰：“此其父善游。”其父雖善游，其子豈遽善游哉？此任物 ㉞，亦必悖矣。荊國之為政，有似于此。

《呂氏春秋》卷一五

❶ 上：國君。胡：何，為甚麼。前“法”：取法，效法。後“法”：法令，法度。

❷ 不可得：不可能。

❸ 猶若：仍然，還是。

❹ 東：指東夷，東方少數民族。夏：指華夏，中原各國。命：名，指事物的名稱。

❺ 典：典章制度。

❻ 其所為欲同：“為”為衍文。

❼ 口惛（hūn）之命不愉：各地方言的發音不同，難于通曉。口惛，指方言。一説"惛"通"吻"。愉，通"諭"，通曉。

❽ 言利辭倒：言語犀利，顛倒是非。

❾ 故：事。

❿ 要于時：成于時，切合時代的需要。要，成。

⓫ 擇：通"釋"，放棄，丟開。

⓬ 所以為法：用來制定法令的依據。

⓭ "以益所見"二句：是説以其所見推知所不見。一説"益"即"蓋"字之誤，"以益"當作"蓋以"。

⓮ 陰：指日月的影子。

⓯ 一胳（luán）肉：一塊肉。胳，通"臠"，切成塊狀的肉。

⓰ 鑊（huò）：無足的鼎。與下文的"鼎"，都是古代的煮肉器具。

⓱ 調（tiáo）：調和，這裏指調味。

⓲ 表：做標記。下文"循表"中的"表"指標記。灉水：也作"灘水"，其故道為黃河所淤塞，已無遺跡可尋，當在今河南境內。

⓳ 暴：突然。益：水漫外溢，這個意義後來寫作"溢"。

⓴ 都舍：大房子。

㉑ 嚮：從前。可導：指可以順着標記渡過去。

㉒ 虧：通"詭"，差異。

㉓ 壽民：長壽的人。

㉔ 殤（shāng）子：未成年而死的孩子。

㉕ 無過務：無錯事。務，事。

㉖ 眾庶：指百姓。庶，眾。

㉗ 以死守者：一説"守"下當有"法"字。

㉘ 有司：指各級官吏。

㉙ 七十一聖：指古代的聖賢君主。言其數之多，非實指。

㉚ 鏌鋣（mò yé）：寶劍名。

㉛ 驥（jì）驁（áo）：二者皆千里馬之名。

㉜ 契：刻。

㉝ 所從墜：從這裏墜落。

㉞ 任物：對待事物。任，審查。

　　《察今》首先設問："上胡不法先王之法？"然後自答其問，指出先王之法雖好，但它是根據當時的社會現實制定的，只適合先王之世。時至今日，不但法令條文有增補刪減，更重要的是客觀的現實形勢已發生變化了，因此後世立法治國，不能沿襲先王成法，惟一值得效法的是先王立法的精神，即"法其所以為法"。這就抓住了問題的要害與本質。既然不能墨守成規，那當然就要因時變法了。接下來再設一問："先王之所以為法者，何也？"強調先王立法的依據是"人"，出發點是人而不是古代的成法。因此，當今之人亦應從當今的實際出發，以此作為立法的根據。經過前面的論述推導，然後正面提出了"察今"是為了"變法"，而"變法"又必須"察今"，"故察己則可以知人，察今則可以知古"的題意。為了使論點更加明確和形象，文章又用"循表夜涉"、"刻舟求劍"和"引嬰投江"三個寓言故事，以畫

龍點睛式的筆法，嘲諷治國者不知審時度勢、固守舊法
的迂腐愚昧，從而深化了順應時勢、法與時變的論題。

《黄帝内經》

上古天真論

　　《黃帝內經》是中國最早的醫學典籍之一，居傳統醫學四大經典之首（其餘三者為《難經》、《傷寒雜病論》、《神農本草經》），相傳為黃帝所作，被稱為醫之始祖。但後世多認為該書是由中國歷代黃老醫家傳承增補並發展創作而成，最終成型于西漢，作者亦非一人。

　　《黃帝內經》的理論體系博大精深，其中包含"陰陽五行學說"、"藏象學說"、"病因學說"、"養生學說"、"藥物治療學說"、"經絡治療學說"等中醫學基礎理論。這些理論彼此存在嚴密的邏輯關係，共同建構了較為完備的傳統醫學理論及治療實踐模式體系。

　　《黃帝內經》分《靈樞》、《素問》兩部分，共一百六十二篇。其中《素問》共二十四卷八十一篇，主要通過黃帝與岐伯等人的"對問"來闡釋醫理。"素"可解釋為本，"問"是指黃帝問于醫學先知——岐伯。《素問》保存了先秦時期《揆度》、《醫經》、《上經》、《下經》、《金匱》等二十多本古醫書的經典理論，重點論述了臟腑、經絡、病因、病機、病證、診法、治療原則以及針灸等內容，為後來中醫理論的發展、創新奠定了基礎。

《素問》之名最早見于張仲景的《傷寒雜病論》序，其注本最早為隋代全元起注本，但宋以後便亡佚了。現存版本中較為完善者是唐代王冰的注本，後經宋代林億校正，孫兆改誤，稱《重廣補注黃帝內經素問》。卷一《上古天真論》專論養生，主要闡述上古之人如何保養先天真氣以延年益壽。本文為節選。

昔在黃帝 ❶，生而神靈，弱而能言，幼而徇齊 ❷，長而敦敏 ❸，成而登天 ❹。乃問于天師曰 ❺：余聞上古之人，春秋皆度百歲 ❻，而動作不衰。今時之人，年半百而動作皆衰者，時世異耶？人將失之耶 ❼？

岐伯對曰：上古之人，其知道者 ❽，法于陰陽 ❾，和于術數 ❿，食飲有節，起居有常，不妄作勞 ⓫，故能形與神俱 ⓬，而盡終其天年 ⓭，度百歲乃去。今時之人不然也，以酒為漿 ⓮，以妄為常 ⓯，醉以入房 ⓰，以欲竭其精，以耗散其真 ⓱，不知持滿 ⓲，不時御神 ⓳。務快其心，逆于生樂 ⓴，起居無節 ㉑，故半百而衰也。

夫上古聖人之教下也，皆謂之虛邪賊風 ㉒，避之有時 ㉓，恬惔虛無 ㉔，真氣從之 ㉕，精神內守 ㉖，病安從來 ㉗？是以志閑而少欲，心安而不懼，形勞而不倦，氣從以順，各從其欲，皆得所願。故美其食 ㉘，任其服，樂其俗，高下不相慕，其民故曰朴。是以嗜欲不能勞其目 ㉙，淫邪不能惑其心，愚智賢不肖，不懼于物，故合于道。所以能年皆度百歲而動作不衰者，以其德全不危也 ㉚。

黃帝曰：余聞上古有真人者 ㉛，提挈天地，把握陰陽，呼吸精氣，獨立守神，肌肉若一，故能壽敝天地，無有終時，此其道生。中古之時，有至人者 ㉜，淳德全道 ㉝，和于陰陽，調于四時，去世離俗，積精全神 ㉞，遊行天地之間，視聽八達之外 ㉟。此蓋益其壽命而強者也，亦歸于真人。其次有聖人者，處天地之和，從八風之理 ㊱，適嗜欲于世俗之間，無恚嗔之心 ㊲，行不欲離于世，被服章 ㊳，舉不欲觀于俗 ㊴，外不勞形于事 ㊵，內無思想之患，以恬愉為務 ㊶，以自得為功，形體不敝，精神不散，亦可以百數。其次有賢人者，法則天地 ㊷，象似日月，辯列星辰，逆從陰陽，分別四時，將從上古 ㊸，合同于道，亦可使益壽而有極時。

《黃帝內經素問》卷一

❶ 黃帝：古華夏部落聯盟首領，中國遠古時代華夏民族的共主，傳說中的五帝之一。他是有熊國君少典與附寶之子，本姓公孫，後改姬姓，故稱姬軒轅。居軒轅之丘，號軒轅氏，建都于有熊，亦稱有熊氏。史載黃帝因有土德之瑞，故號黃帝。黃帝以統一華夏部落與征服東夷、九黎族而統一中華的偉績被載入史冊。黃帝被尊為中華"人文初祖"。他在位期間，播百穀草木，大力發展生產，始制衣冠、建舟車、制音律、創醫學等。見《史記·五帝本紀》。

❷ 徇（xùn）齊：非常聰明、敏慧。徇，通"迅"，疾速，引申指敏慧。

❸ 敦敏：誠信敏達。

❹ 登天：指登帝位，為天子。

❺ 天師：古代稱有道術的人為天師，這裏指岐伯。岐伯，中國上古時期最有聲望的醫學家，被後世尊稱為"華夏中醫始祖"、"醫聖"。今傳《素問》基本上是黃帝詢問，岐伯作答，以闡述醫學理論，顯示了岐伯高深的醫學造詣。中國傳統醫學素稱"岐黃"，或謂"岐黃之術"，岐伯當居首要地位。

❻ 春秋：年齡。

❼ 人將失之耶：（還是）現在的人違背了養生規律造成的呢？

❽ 知道：懂得養生的規律和道理。

❾ 陰陽：指天地之常道。在中國古代文明中，陰陽被認為是蘊藏在自然規律背後並推動自然發展變化的基礎因素，也是各種事物孕育、發展、成熟、衰退直至消亡的原動力，更是奠定中華文明邏輯思維基礎的核心要素。這裏的"陰陽"既是天地萬物的準則，也是治病必須推求的根本。

❿ 和于術數：把各種適合生命規律的方法或行為有機、和諧地結合起來進行養生。術數，多種適合生命規律的養生方法。術，技巧，方法。數，中國傳統文化中的"數"具有相互關聯的雙重含義，即數學之"數"與哲學之"數"。比如《周易》中的象數就是哲學之"數"。這裏的"數"指反映事物的規律。《老子》第四十二章："萬物負陰而抱陽，沖氣以為和。"《四氣調神大論》曰："陰陽四時者，萬物之始終，死生之本，逆之則災害生，從之則苛疾不起，是謂得道。"本句所闡述的也是此道理。"法于陰陽，和于術數"是養生至理，所以首先要加以闡釋。

⓫ 勞：勞損，損耗。

⓬ 形與神俱：指形與神的高度協調平衡狀態，即生命存在以及身心健康的基本特徵。這裏的健康是指人體在形態結構、生理機能和精神心理方面的完好、協調狀態。張介賓《類經·藏象類》有：

"形神俱備，乃為全體。" 形，人的肉體。神，觀照自己、觀照萬物的精神。《內經》直接以 "神" 來指代人的生命現象，以 "神" 的存在與否作為判定人生死之標準。因 "神" 在，萬物才有生命，這是《內經》的生化之道。中國古代道家思想認為 "神" 是有形與無形之間轉化互通的主因，而且 "神" 在生理上為人體生化功能之主宰，但在文化層次上則表現為智慧。中醫學的精妙之處就在于從無形處着眼，來把握有形的官能，因此在對待 "形"、"神" 關係方面更為強調 "神" 的作用。即使偶有強調 "形" 之處，比如 "神" 由 "形" 而立、依于 "形" 而存，但其目的還是為人之有意義的生存提供一個藉以使用的工具，藉以深入闡明 "神" 的靈妙。過分強調 "形" 的作用，只能導致 "神" 的呆滯，終使其 "形" 也不能相保。這是人生命中一以貫之的道理。

⓭ 天年：天賦的年壽，就是一個人在保持身體各器官都健康運行狀態下的自然壽命。

⓮ 以酒為漿：把酒當作漿水一樣。指縱飲無度。

⓯ 以妄為常：以虛妄為真常。這裏的 "以妄為常" 不僅僅是指錯誤的生活方式，更是指錯誤的世界觀、認識論。由于人們不懂得養生之道，認虛假為真實，所以才會產生勞倦過度、好逸惡勞、飲食不節、起居無常、貪酒好色等等不良的生活習慣。"妄"、"常" 意義相反。"以妄為常" 是這些錯誤生活方式的內在原因，"以酒為漿" 等則是其外在表現。

⓰ 醉以入房：乘着酒興縱意房事。

⓱ 以耗散其真：指因放縱情欲而消耗、減損人體生命的本原。耗，輕易使用而消耗、減損。真，本原，即先天賦予的生命本原。

⓲ 不知持滿：《老子》第九章："持而盈之，不如其已。" 端着盛滿液體的器皿稍不注意就可能灑落，反而不如適可而止。這裏指不善養生者縱欲無度，不知適可而止的道理。

⓳ 御神：調節心神。

⓴ 逆于生樂：背棄了養生的樂趣。逆，背棄，背離。生樂，世俗生活的快樂。在養生家看來，人如果背棄了養生的樂趣，就違背了

恬淡虛無的養生之道，就要"不時御神"，這樣精神就不能內守而會向外散放，這樣就會"以欲竭其精，以耗散其真"。

㉑ 起居無節：生活沒有規律。節，規律。

㉒ 虛邪賊風：泛指一切不正常的氣候變化和有害于人體的內外界致病因素。虛，指人體正氣（正常功能）不足的狀態。邪，四時中自然界及人體內的不正之氣。古人認為，由于人體陰陽二氣的消長變化與四季氣候變化節律相同步，無論在哪一節令中，如果有與該節令常態相反的氣候出現，人體都可能因不適應這種反季節的氣候而導致內在正常功能不足，即產生"虛"。那麼這種反季節的氣候則趁虛而入，導致人體機能失調。因此反季節的氣候可稱為"外風"或"外邪"，人體內部失調之機能便被稱為"內風"或"內邪"。兩者合稱為"風邪"。"邪"干"正"，即失常的機能妨礙正常功能的發揮，又更進一步加劇了"虛"。賊，意謂危害人體健康的因素。王冰注："邪乘虛入，是謂虛邪。竊害中和，謂之賊風。"

㉓ 避之有時：適時地避讓。《靈樞》說："邪氣不得其虛，不能獨傷人。"

㉔ 恬愉虛無：指生活淡泊質樸，心境平和寧靜，外不受物欲之誘惑，內不存情慮之激擾，堪稱物我兩忘的境界。恬愉虛無本為道家所尊奉的養生之根本途徑，後被道教養生學說所襲用，並深刻地影響了中醫養生學說，這在《黃帝內經》中有多處反映。

㉕ 真氣從之：指真氣順從于"道"（生命本然的規律）。精神清靜就不會耗費真氣，不會干擾真氣的升降出入。惟此，真氣才能很好地按照"道"，即生命本然的規律生化運行。這應是"恬愉虛無，真氣從之"以及後文"道生"的真意。

㉖ 精神內守：中醫認為人的精氣和神氣均應潛守于內，不宜妄泄，妄泄則為致病之由。精神，指精氣與神氣二者而言。內守，即守于內（體內）。

㉗ 安：哪裏。

㉘ "故美其食"五句：所以都能以自己所食用的食物為甘美，所穿着的衣服為舒適，所處的環境為安樂，不因地位的尊卑而羨慕嫉

妒，這樣的人民才稱得上是樸實。朴，通“樸”，質樸，樸實。由于人們無欲無求，所以心意自足。《老子》第四十六章：“禍莫大于不知足，咎莫大于欲得，故知足之足，常足矣。”《內經》中的許多觀點應該是源于《老子》，如本句就與《老子》第八十章“甘其食，美其服，安其居，樂其俗”之意略同。據此可以看出醫道合流符合歷史的事實，故而醫家與道家以及道教之間的關係渾融通貫而為一體。

㉙ “是以嗜欲不能勞其目”五句：所好的欲望不能干擾他們的視聽，過分而不合理的情欲也無法擾亂他們的心態。無論是愚笨的、聰明的，或者是有才能的、能力差的，都能追求內心的安定，而不汲汲于外物的獲得或喪失，故而能夠符合養生之道。

㉚ 德全不危：養生之道完備而無偏頗。德，人符合“道”而表現出的本性，即本原的生命規律。因符合本原的生命規律，故而能夠遠離危難，得終天年。

㉛ “余聞上古有真人者”九句：我聽說上古時代有一種人稱作真人，他能把握天地自然變化之機，掌握陰陽消長之要，吐故納新，保養精氣，精神內守，超然獨立，肌肉形體永恒不變，所以能與天地同壽，永無終結。這是因為契合養生之道，因而能夠長生。真人，成道之人。本文認為真人是境界在聖人、賢人之上，且超然于天地之外，不受陰陽束縛之人。真人、至人與聖人、賢人的分別之處在于壽命的無限與有限。挈（qiè），提，懸持，這裏引申為把握。精氣，天地間的靈氣。肌肉，形體。敝，衰敗。壽敝天地，與天地共同衰敗，即與天地同壽。古人認為天地無衰敗之時，故而壽敝天地的真人亦無衰敗之時。這幾句講真人心合于氣，氣合于神，神合于無，所以能夠呼吸天地靈氣，保養精神，使身體長存不衰。此句應和上文“真氣從之，精神內守”一起理解，其核心之意是按照自然之理，守住自身之“神”，則能夠支配自身功能長久保持正常運行的狀態，以至長生不衰。

㉜ 至人：達到某種道德標準的人。此處的道德與今天理解的“道德”一詞不同。道家認為，物由“道”而各得其“德”。“德”即由普遍之“道”而派生出的各種事物之獨特本性及必由規律。這裏的至人，即高度符合人類獨特本性及必由規律的人。他與真人的區

別在于後者主動把握天地普遍之道，而至人較為被動地符合于人類獨特本性及必由規律，雖亦可歸于真人，但終究屬于真人當中較低的層次。

㉝ 淳德全道：指品德敦厚，道德全備。

㉞ 積精全神：積聚精氣，保全神氣。亦即本篇前文所說的“精神內守，病安從來”、“呼吸精氣，獨立守神”，皆是強調精神在養生長壽、祛病延年方面的重要作用。

㉟ 八達：指道路八面通達，此處引申為世界之八方。

㊱ 從八風之理：順合于八風的變化。八風，八種季候風。《易緯通卦驗》說：“八節之風謂之八風。立春條風至，春分明庶風至，立夏清明風至，夏至景風至，立秋涼風至，秋分閶闔風至，立冬不周風至，冬至廣莫風至。”

㊲ 恚（huì）：怨，恨，怒。嗔：怒。

㊳ 被服章：不欲離于世俗服飾。一說此文為衍文。

㊳ 舉不欲觀于俗：不刻意讓自己的舉動凸顯于世俗之中。觀，顯示。

㊵ “外不勞形于事”二句：就外在而言不使形體過度勞累，就內在來說不讓思想有所負擔。

㊶ “以恬愉為務”五句：務求精神安逸愉悅，以悠然自得為成就，形體不會衰憊，精神不會耗散，也可以活到百餘歲。

㊷ “法則天地”五句：以天地為法則，觀察日月的運行，分辨星辰的位置，順從陰陽的消長，根據四時氣候的變化來調養身體。法則天地，指賢人能效法天地間陰陽的變化規律來養生。法，效法。象，模擬。逆，上溯。

㊸ “將從上古”三句：希望追隨上古真人，以求符合于養生之道。這樣，也能夠使壽命延長到極限。

中國傳統醫學典籍浩如煙海，而《黃帝內經》則是現存文獻中最早的一部經典。此書既總結了秦漢以前的醫療經驗，更汲取了古代哲學與自然科學的成就，融合了人類對生命規律的認識，從宏觀上為中國傳統醫學奠定了理論基礎。

　　該書《素問》的首篇《上古天真論》，揭示了先天真元之氣在人類生命歷程中的重要作用，着重探討了上古之人保養先天真元之氣而袪病延年的原則、方法和道理。其中，"天"指先天；"真"指"真氣"，也稱"元氣"。"天真"即指先天稟賦的真元之氣，亦即人類生命的原動力。本篇在論述如何保養"天真"的過程中，也揭示出了中醫學"主動合道"的能動精神。

　　從整體來說，本篇首先採用古今對比的方法，從正反兩方面論述養生的原則、方法和目的，並引出了"形與神俱"的觀點；而後以真人、至人、聖人、賢人為例，論述養生效果所能達到的四個不同層次，闡明了養生原則與方法的實際功用。

　　在論證養生的原則和方法時，藉岐伯之口，通過闡述古人的生活方式及養生方法，提出"法于陰陽，和于術數"是養生的基本原則，並指出應遵循自然界和人體的陰陽規律來展開養生實踐。而這些養生原則在生活中的具體表現則是"食飲有節，起居有常，不妄作勞"，此即養生保健的常規性法則。在此基礎上遵循自然界寒暑往來的陰陽變化規律，即可遠離損害健康的因素，探求到適合生命規律的養生方法。

這裏提出的“形與神俱，而盡終其天年”可謂養生的要點，是指通過養生達到健康長壽之目的。健康與長壽兩者缺一不可，在長壽的基礎上提高生活質量，這才是養生的要旨。要達到“形與神俱”，就必須內守“精神”，斂聚真氣而使之符合于道。真氣即“天真”。作為人類生命的原動力，先天稟賦的真元之氣宜匯聚內守而不宜放散，這是由人類生命的本原規律所決定的。真氣不散，則能夠驅動人體的各種官能正常運行，避免內外風邪的侵擾，使人體保持陰陽動態平衡的健康狀態。而斂聚真氣的要旨則在于“精神內守”。惟其如此，方能“外不勞形于事，內無思想之患”，避免各種內外不利因素對于真元之氣的耗散效應。于是，本篇的養生理論邏輯也就清晰起來，即憑藉“精神內守”而保持“真氣不散”，使之合于“道”，這樣就能夠有效驅動人體的各種官能正常運行，達到“形與神俱，而盡終其天年”之目的。

由此可見，人體的正常生命活動應當是形與神的協調統一，“形與神俱”是生命存在和身心健康的基本特徵。正因如此，中國傳統醫學非常重視調神養性。推崇恬淡虛無的精神境界，追求平和安詳的情緒狀態，就是為了達到本篇所言“以恬愉為務，以自得為功，形體不敝，精神不散”之境界，如此才能“形與神俱”，盡享天年。故而這裏提出的“形與神俱”正是對中醫學“形神合一”觀的精闢概括。

鄒忌諷齊王納諫

題解　　《戰國策》又稱《國策》，是一部國別體史書，記載了戰國初年至秦滅六國約二百四十年間西周、東周及秦、齊、楚、趙、魏、韓、燕、宋、衛、中山各國之事，分為十二策，三十三卷，共四百九十七篇。全書以戰國時期策士的遊說活動為中心，表現他們的政治主張和言行策略，反映了這一時期各國政治、外交的情狀，以及東周戰國時代的歷史特點和社會風貌。由于作者並非一人，成書並非一時，書中文章作者大多不知是誰，西漢劉向編定為三十三篇，書名亦為劉向所擬。《戰國策》沒有系統完整的體例，都是相互獨立的單篇，全書的思想内容也比較複雜，主體上體現了縱橫家的思想傾向，同時也反映出了戰國時期思想活躍、文化多元的歷史特點。《戰國策》有東漢高誘注，宋時已有缺失。宋鮑彪作新注，改變原書次序。元吳師道又據鮑注本重新校刻為《戰國策》十卷，商務印書館《四部叢刊》影印元至正本即此本。

　　鄒忌（前 385 年？—前 319 年），一作"騶忌"，尊稱"騶子"，戰國時期齊國人。有辯才，善鼓琴，以鼓琴遊說齊威王，被用為相國，封于下邳（今江蘇邳州市西南），號成侯。鄒忌有才華，是齊威王的得力助手，幫助持政，出謀劃策。他曾勸說齊威王獎勵群臣吏民進諫，積極革新政治，修訂法律，選拔人才，獎勵賢臣，處罰奸吏，並選薦得力大臣堅守四境，從此齊國漸強。本文就是寫他規勸威王除弊納諫的情況。事情見于《戰國策·齊策一》，篇題為後人所擬。

鄒忌修八尺有餘 ❶，身體昳麗 ❷。朝服衣冠窺鏡 ❸，謂其妻曰：“我孰與城北徐公美 ❹？”其妻曰：“君美甚，徐公何能及公也！”城北徐公，齊國之美麗者也。忌不自信，而復問其妾曰：“吾孰與徐公美？”妾曰：“徐公何能及君也！”旦日 ❺，客從外來，與坐談，問之客曰：“吾與徐公孰美？”客曰：“徐公不若君之美也 ❻。”明日徐公來，孰視之 ❼，自以為不如，窺鏡而自視，又弗如遠甚 ❽。暮寢而思之，曰：“吾妻之美我者 ❾，私我也 ❿；妾之美我者，畏我也；客之美我者，欲有求于我也。”

于是入朝見威王，曰：“臣誠知不如徐公美 ⓫，臣之妻私臣，臣之妾畏臣，臣之客欲有求于臣，皆以美于徐公。今齊地方千里，百二十城，宮婦左右莫不私王 ⓬，朝廷之臣莫不畏王，四境之內莫不有求于王。由此觀之，王之蔽甚矣 ⓭。”王曰：“善 ⓮。”

乃下令：“群臣吏民，能面刺寡人之過者 ⓯，受上賞；上書諫寡人者 ⓰，受中賞；能謗議于市朝 ⓱，聞寡人之耳者，受下賞。”令初下，群臣進諫，門庭若市 ⑱。數月之後，時時而間進 ⑲。期年之後 ⑳，雖欲言，無可進者。燕、趙、韓、魏聞之，皆朝于齊 ㉑。此所謂戰勝于朝廷 ㉒。

《戰國策》卷八

① 修八尺有餘：身高八尺多。修，長，高。古尺比今尺短，“八尺有餘”在當時被認為是標準身材的高度。

② 身體：一本作“而形貌”。昳（yì）麗：光艷美麗。昳，光艷。

③ 朝：早晨。服：穿戴。窺鏡：照鏡子。

④ “我孰與”句：我和城北的徐公相比，誰更美。孰，誰，哪個。

⑤ 旦日：明日。

⑥ 若：如。

⑦ 孰視之：仔細看他。孰，古“熟”字。

⑧ 弗如：不如。

⑨ 美我：認為我美。

⑩ 私我：對我有偏愛。

⑪ 誠知：確實知道。

⑫ 宮婦左右：宮裏的后妃及左右侍臣。

⑬ 蔽：受到的蒙蔽。

⑭ 善：對，好，表示贊同。

⑮ 面刺：當面指責。

⑯ 上書：進呈奏章。寡人：古代國君的謙稱。

⓱ 謗議于市朝：在公眾場合進行指摘議論。議：一本作"譏"。

⓲ 門庭若市：形容進諫者的擁擠，使齊王宮殿門前像鬧市一樣。

⓳ 時時而間（jiàn）進：不定甚麼時候，偶然有人提意見。時時，不定甚麼時候。間，間或。

⓴ 期（jī）年：滿一年。

㉑ 皆朝于齊：都來齊國朝見，可見齊國之強盛。

㉒ "此所謂"句：這叫作在朝廷之上取得勝利。意思是説只要把國內政治整頓好，不用打仗，就能戰勝別的國家。

　　這篇短文講述了齊國大臣鄒忌以自身的生活經驗設喻，通過類比聯想，向齊王闡明了一個重要的道理：為政必須善于納諫。全文短小精悍，論事縝密。鄒忌先說自己的生活體驗，指出妻、妾、客的三種回答是出于不同的動機，給齊威王一個清晰的合乎邏輯的判斷。然後再拿齊王所處的生活環境和自己的經歷作比較，指出齊王受蔽的嚴重。這種現身說法，比喻貼切，論據確鑿，而且修辭簡麗，用意深刻，故而收到了立竿見影的效果。齊威王接受了鄒忌的進諫，下達了廣開言路、納諫除蔽的詔令，勵精圖治，國富民強，致以後二十餘年中，列國諸侯，都不敢侵犯齊國，直接給讀者樹立了一個從善如流的好形象。

　　此外，這篇短文內容相同的地方很多，如對話有重複有排比，但作者能加以種種不同的變化，詳略適當，很見匠心。

觸讋說趙太后

 題解　　本文選自《戰國策·趙策四》。公元前 265 年前後，趙惠文王去世，孝成王繼位，由于孝成王年紀太小，所以由其母趙威后代為掌權。當時國內動盪不安，秦國也趁機攻打趙國，並佔領了趙國三座城市。趙國形勢危急，只好向齊國求救。齊國則要求趙威后以其小兒子長安君為人質，才肯出兵。趙威后溺愛長安君，執意不肯，致使國家危機日深。在這種嚴重的形勢下，趙國大臣觸讋（zhé）因勢利導，以柔克剛，用 "愛子則為之計深遠" 的道理說服了趙威后，讓她同意愛子出質于齊，來換取救援，以解除國難。觸讋，一說名觸龍。

 原文　　趙太后新用事 ❶，秦急攻之。趙氏求救于齊。齊曰： "必以長安君為質 ❷，兵乃出。" 太后不肯，大臣強諫。太后明謂左右： "有復言令長安君為質者，老婦必唾其面 ❸。"

　　左師觸讋願見太后 ❹。太后盛氣而胥之 ❺。入而徐

趨 ❻，至而自謝，曰：“老臣病足 ❼，曾不能疾走 ❽，不得見久矣。竊自恕，而恐太后玉體之有所郄也 ❾，故願望見太后。”太后曰：“老婦恃輦而行 ❿。”曰：“日食飲得無衰乎 ⓫？”曰：“恃粥耳。”曰：“老臣今者殊不欲食 ⓬，乃自強步 ⓭，日三四里，少益耆食 ⓮，和于身也 ⓯。”太后曰：“老婦不能。”太后之色少解 ⓰。

左師公曰：“老臣賤息舒祺 ⓱，最少，不肖 ⓲；而臣衰，竊愛憐之。願令得補黑衣之數 ⓳，以衛王官，沒死以聞 ⓴。”太后曰：“敬諾 ㉑。年幾何矣 ㉒？”對曰：“十五歲矣。雖少，願及未填溝壑而託之 ㉓。”太后曰：“丈夫亦愛憐其少子乎 ㉔？”對曰：“甚于婦人。”太后笑曰：“婦人異甚 ㉕。”對曰：“老臣竊以為媼之愛燕后賢于長安君 ㉖。”曰：“君過矣 ㉗！不若長安君之甚。”左師公曰：“父母之愛子，則為之計深遠 ㉘。媼之送燕后也 ㉙，持其踵 ㉚，為之泣，念悲其遠也，亦哀之矣。已行，非弗思也，祭祀必祝之，祝曰：‘必勿使反 ㉛。’豈非計久長有子孫相繼為王也哉？”太后曰：“然。”

左師公曰：“今三世以前，至于趙之為趙，趙主之子孫侯者 ㉜，其繼有在者乎？”曰：“無有。”曰：“微獨趙 ㉝，諸侯有在者乎？”曰：“老婦不聞也 ㉞。”“此其近者禍及身，遠者及其子孫。豈人主之子孫則必不善哉？位尊而無功，奉厚而無勞 ㉟，而挾重器多也 ㊱。今媼尊長安君之位，而封之以膏腴之地，多予之重器，而不及今令有功于國，一旦山陵崩 ㊲，長安君何以自託于趙 ㊳？老臣以媼為長安君計短也 ㊴，故以為其愛不若燕后。”太后曰：“諾，恣君之所使

之 。"于是為長安君約車百乘 ④，質于齊，齊兵乃出。

子義聞之曰 ②："人主之子也，骨肉之親也，猶不能恃無功之尊，無勞之奉，而守金玉之重也 ④，而況人臣乎？"

《戰國策》卷二一

❶ 趙太后：趙孝成王的母親趙威后。新用事：剛執掌國政。這時趙惠文王死後不久，子孝成王新立。此時孝成王年少，故由趙威后執政。

❷ 長安君：趙太后幼子。長安君是他的封號。質：抵押。和別國結盟，派地位重要的人作質，以示信任。

❸ 唾其面：意謂要當面斥責他。唾，以口水唾之。

❹ 左師：官名。

❺ 盛氣而胥之：很生氣地等待着他。胥，通"須"，等待。原本作"揖"，據《史記》改。

❻ 徐趨：慢慢地走。徐，慢。趨，快走。當時臣見君應該快步走，觸讋的腳有毛病，所以只能慢慢走。

❼ 病足：腳有毛病。

❽ 疾走：快步走。

❾ 郤（xì）：通"隙"，裂縫，引申為病苦。

❿ 恃輦（niǎn）而行：這裏說靠坐車行動。輦：古代兩人拉的車，秦漢以後特指皇帝坐的車子。

⓫ 衰：衰退，減少。

⓬ 殊：很，極。

⑬ "乃自強步"二句：每天才勉強走三四里路。

⑭ 少益耆食：稍微增加了一些食量。耆，通"嗜"。

⑮ 和于身也：使身體順適些。

⑯ 色少解：太后的臉色略為和緩了些。解，通"懈"。

⑰ 賤息：謙稱自己的兒子。息，子。舒祺：觸讋小兒子名。

⑱ 不肖：不賢或不才。

⑲ 願令得補黑衣之數：當時侍衞穿黑衣，這是説希望讓他充當侍衞。

⑳ 沒死以聞：冒昧地提出請求。沒死，即"昧死"，表示極度冒昧，這是臣子對君王説話時的用語。

㉑ 敬諾：非常同意。

㉒ 幾何：多少。

㉓ 填溝壑：原指死後沒有人埋葬，被扔在山溝裏。這裏是委婉的説法，即指死。

㉔ 丈夫：男子漢。少子：小兒子。

㉕ 異甚：特別厲害。

㉖ 媼（ǎo）：老年婦女稱媼。燕后：趙太后之女，嫁到燕國為后，故稱燕后。

㉗ 君過矣：您想錯了。

㉘ 計深遠：作長久打算。

㉙ 送燕后：太后送燕后出嫁。

㉚ 持其踵（zhǒng）：這裏指燕后出嫁時，太后緊跟在她身後不忍分別。一説抓住腳後跟。踵，腳後跟。

㉛ 必勿使反：古代諸侯的女兒嫁到別國，只有被廢或亡國時，才返回父母之國。這裏是説太后常為燕后祈禱，希望她永遠不要因為遭到不幸而返回本國。反，同"返"。

㉜ "趙主之子孫侯者"二句：是説趙王的子孫曾封過侯的，他們的後

代還有繼續為侯的嗎？

㉝ 微獨：非但，不僅。微，非。

㉞ 不聞：沒聽說，意思是說"沒有"。

㉟ 奉：通"俸"，即俸祿。

㊱ 重器：貴重的東西。

㊲ 山陵崩：指死，一般用于國王，這裏指趙太后。

㊳ 何以自託于趙：自己憑甚麼託身于趙國，指身居高位。

㊴ 計短：考慮得不長遠。

㊵ 恣君之所使之：任憑您指派他。恣，任憑。

㊶ 約車百乘：備車百輛。

㊷ 子義：人名。趙國賢士。

㊸ 守金玉之重：保守貴重的地位。金玉比喻貴重。

　　秦攻趙，趙求救于齊，齊提出以長安君為質的條件，趙太后拒絕接受，大臣們紛紛進諫。太后惱怒說："有復言令長安君為質者，老婦必唾其面。"觸讋在這種情況下要見太后，太后自然會想到他求見的用意，因此"盛氣而胥之"。但觸讋只與太后說"老"、"病"，談"飲食"，以謙恭的態度詢問太后的身體狀況，談養生之道，這席話全出乎太后意料之外。之後觸讋僅僅向太后提出讓自己的小兒子入宮當禁衛軍的要求，而不提長安君，使太后以為觸讋是為自己小兒子將來的工作而來。接下來觸讋故意正話反說："老臣竊以為媼之愛燕后賢于長安君。"逼得太后趕緊聲明："君過矣！不若長安君之甚。"觸讋就勢接過話茬，從她對待燕后的態度分析了她對兒女的前途是有長遠考慮的，表明她深明大義，緊接着又用一反問句"豈非計久長有子孫相繼為王也哉？"引出結論：並不是這些子孫全不好，問題就在于他們"位尊而無功，奉厚而無勞"。然後順勢指出太后愛長安君的錯誤："尊長安君之位，而封之以膏腴之地，多予之重器，而不及今令有功于國。"這樣下去，"一旦山陵崩"，他憑甚麼保持原來的位置和俸祿呢？這番話，先消解了太后的抵觸情緒，再使她認識到怎樣才是對兒女的真正的愛，然後引到怎樣使長安君立功上。因此，太后聽完就說："對的！任憑您指派他吧！"終于被說服了。

在如何對待子女的問題上，父母往往都不想讓孩子吃苦歷練，常不免過度呵護。觸讋在規勸時，能夠將親子之愛、家族之愛與國家之愛三者融為一體，以情蓄勢，見勢說理，進行有針對性的勸說。疼愛子女不光是給他們地位和財富，應該讓他們懂得靠自己的努力，開拓人生的天地，還要讓他們為國出力有所貢獻，這才是長遠打算，才是真正的愛護。

〔戰國〕屈原

離騷

題解

　　屈原（前 353 年？—前 277 年？），名平，字原，戰國時期楚國政治家。早年受楚懷王信任，任左徒、三閭大夫，主張舉賢授能、修明法度、改革圖新，在外交上則主張聯齊抗秦，後來受到上官大夫等權貴的毀謗，在懷王、頃襄王時代先後被流放到漢北、沅湘等地。公元前 278 年，秦將白起攻破楚國的郢都（今湖北荊州），不久，屈原抱石自沉于汨羅江。著有《離騷》、《九章》、《九歌》、《天問》等。《史記》卷八四有傳。關于《離騷》的題旨，司馬遷在《史記·屈原列傳》中說："《離騷》者，猶離憂也。"班固的《離騷贊序》也說："離，猶遭也。騷，憂也，明己遭憂作辭也。" 這樣的解釋是平實可信的。《離騷》的確寫出了屈原為實現 "美政" 理想而上下求索的心路歷程，表達了他特立獨行、寧折不彎的高貴人格，以及眷戀故土的愛國情懷。

　　《離騷》是屈原的代表作，全篇甚長，這裏只能節選幾個段落，以小見大，集中展現其主題和氣勢。

原文

帝高陽之苗裔兮①，朕皇考曰伯庸②。攝提貞于孟陬兮③，惟庚寅吾以降④。皇覽揆余初度兮⑤，肇錫余以嘉名⑥。名余曰正則兮⑦，字余曰靈均。紛吾既有此內美兮⑧，又重之以修能⑨。扈江離與辟芷兮⑩，紉秋蘭以為佩⑪。汩余若將不及兮⑫，恐年歲之不吾與。朝搴阰之木蘭兮⑬，夕攬洲之宿莽⑭。日月忽其不淹兮⑮，春與秋其代序⑯。惟草木之零落兮，恐美人之遲暮⑰。（以下有省略）

跪敷衽以陳辭兮⑱，耿吾既得此中正⑲。駟玉虬以乘鷖兮⑳，溘埃風余上征㉑。朝發軔于蒼梧兮㉒，夕余至乎縣圃㉓。欲少留此靈瑣兮㉔，日忽忽其將暮。吾令羲和弭節兮㉕，望崦嵫而勿迫㉖。路曼曼其修遠兮㉗，吾將上下而求索。飲余馬于咸池兮㉘，總余轡乎扶桑㉙。折若木以拂日兮㉚，聊逍遙以相羊㉛。前望舒使先驅兮㉜，後飛廉使奔屬㉝。鸞皇為余先戒兮㉞，雷師告余以未具㉟。吾令鳳鳥飛騰兮，繼之以日夜。飄風屯其相離兮㊱，帥雲霓而來御㊲。紛總總其離合兮㊳，斑陸離其上下㊴。吾令帝閽開關兮㊵，倚閶闔而望予㊶。時曖曖其將罷兮㊷，結幽蘭而延佇㊸。世溷濁而不分兮㊹，好蔽美而嫉妒。（以下有省略）

靈氛既告余以吉占兮㊺，歷吉日乎吾將行㊻。折瓊枝以為羞兮㊼，精瓊爢以為粻㊽。為余駕飛龍兮，雜瑤象以為車㊾。何離心之可同兮，吾將遠逝以自疏。邅吾道夫崑崙兮㊿，路修遠以周流。揚雲霓之晻藹兮(51)，鳴玉鸞之啾啾(52)。朝發軔于天津兮(53)，夕余至乎西極(54)。鳳皇翼其承旂兮(55)，高翱翔之翼翼(56)。忽吾行此流沙兮(57)，遵赤水而

容與 ⁵⁸。麾蛟龍使梁津兮 ⁵⁹，詔西皇使涉予。路修遠以多艱兮，騰眾車使徑待 ⁶⁰。路不周以左轉兮 ⁶¹，指西海以為期 ⁶²。屯余車其千乘兮 ⁶³，齊玉軑而並馳。駕八龍之婉婉兮 ⁶⁴，載雲旗之委蛇 ⁶⁵。抑志而弭節兮，神高馳之邈邈 ⁶⁶。奏《九歌》而舞《韶》兮 ⁶⁷，聊假日以媮樂 ⁶⁸。陟升皇之赫戲兮 ⁶⁹，忽臨睨夫舊鄉 ⁷⁰。僕夫悲余馬懷兮，蜷局顧而不行 ⁷¹。

　　亂曰 ⁷²：已矣哉 ⁷³，國無人莫我知兮，又何懷乎故都 ⁷⁴？既莫足與為美政兮，吾將從彭咸之所居 ⁷⁵。

《楚辭補注》卷一

❶ 高陽：顓頊（zhuān xū）在位時的稱號，傳說中的"五帝"之一，楚人的遠祖。苗裔：遠代的子孫。

❷ 朕（zhèn）：我。皇考：對死去的父親的尊稱。伯庸：屈原父親的名或字，或是作者虛構的名字。

❸ 攝提：攝提格的省稱。木星繞日一周需要十二年，以地支紀年，在寅位曰攝提格。一說"攝提"乃星名，非歲名。貞：正值，正當。孟陬（zōu）：夏曆正月，與十二地支相配屬寅月。孟，始。陬，正月。降：降生。

❹ 庚寅：這裏指庚寅日，作者自敘降生日期在寅年寅月寅日，充滿着神異的特性。

❺ 皇：皇考的省稱。覽：觀察。揆（kuí）：揣測。初度：這裏泛指主人公出生時的種種情況，比如出生年、月、日的神異以及容貌、氣度等。

❻ 肇（zhào）：開始。一説"肇"乃句首虛詞，無義。錫（cì）：通"賜"，賜予。

❼ "名余曰正則兮"二句：意思是説父親在其初生時以及成年後給他取了美好的名和字。正則，公正而有法則。靈均，吉善而勻調。這樣的名和字，與屈原名平、字原相對應，顯示出法天則地的氣象。

❽ 紛：多。內美：稟賦之美。這裏指其家世、降生、名字的不凡。

❾ 重（chóng）：再。修能：卓異的才能。修，長。能，才能。

❿ 扈（hù）：披。楚地的方言詞。江離、辟芷：香草名。

⓫ 紉：連綴。楚地的方言詞。

⓬ 汩（yù）：楚方言，水迅疾的樣子，比喻時光的流逝。

⓭ 搴（qiān）：拔取。阰（pí）：山坡，一説楚國的山名。木蘭：樹名，又稱玉蘭。

⓮ 攬：採。宿莽：香草名。經冬不死，楚人名曰宿莽。

⓯ 淹：停留。

⓰ 代序：輪替。代，更換。序，次序。這裏指春往秋來，輪番更替。

⓱ 恐美人之遲暮：這裏是説時光流逝，歲月將盡，而懷王不舉賢授能，改革圖新，則將老無所成。屈原作品中的"美人"有多指，此處指的是楚懷王。

⓲ 敷：鋪。衽：衣前下襟。

⓳ 耿：光明。中正：中正之道，這裏指歷史興亡、存身立世的道理。

⓴ 馹：四馬拉一車。這裏用作動詞，駕乘。虬（qiú）：無角龍。鷖（yì）：鳳凰的別名。

㉑ 溘（kè）：忽然。埃：塵土。征：行。

㉒ 發軔（rèn）：啟程。軔，止輪之木，猶車閘。蒼梧：神話傳説中的山，舜死後葬于此。

㉓ 縣（xuán）圃：神話中的山名，在崑崙之上。縣，"懸"的古字。

㉔ 靈瑣：神人所居的大門，這裏代指神人之所在。靈，神人。瑣，門上鏤空的花紋，形如連鎖。

㉕ 羲和：給太陽駕車的神。弭節：徐步，讓車子慢慢行駛。弭，按，止。節，指揮車子行駛的符信。

㉖ 崦嵫（yān zī）：神話中的山名，太陽落入之處。

㉗ "路曼曼其修遠兮"二句：言天地廣大遼闊，征途悠遠，我將上下左右，尋找志同道合之人。曼曼、修，皆是長的意思。

㉘ 咸池：天池，在東方，神話中日出之前洗浴之處。

㉙ 總：結。轡：駕馭牲口的嚼子和繮繩。扶桑：神話中的東方神樹，日升之處。

㉚ 若木：神話中崑崙山最西面的神樹，日落之處。拂：擊打。一說遮蔽，一說拂拭，皆不欲太陽西行之意，以表達"恐年歲之不吾與"。

㉛ 相羊：通"徜徉"，徘徊不進。

㉜ 望舒：神話中為月亮駕車的御者。

㉝ 飛廉：風伯，神話中的風神。奔屬：奔跑跟從。

㉞ 鸞皇：鳳凰一類的神鳥。戒：警戒。

㉟ 雷師：神話中的雷神。具：準備。

㊱ 飄風：旋風。屯：聚集。離：遭遇。

㊲ 帥：率領。御：迎。

㊳ 紛：多。總總：聚攏的樣子。離合：乍離乍合。

㊴ 斑：色彩亂。陸離：分散的樣子。上下：忽上忽下。

㊵ 帝閽（hūn）：天帝的守門人。關：門閂。

㊶ 閶闔（chāng hé）：天門。

㊷ 時曖（ài）曖其將罷兮：意思是說日光昏暗，白晝將盡。曖，日光昏暗。

㊸ 延佇：長時間停留。

㊹ 溷（hùn）濁：這裏指其時君亂臣貪。溷，亂。濁，貪。

㊺ 靈氛：神巫，名氛。

㊻ 歷：選擇。

㊼ 羞：肉脯。

㊽ 精：鑿。瓊靡（mí）：玉屑。粻（zhāng）：糧。

㊾ 雜：錯雜。瑤：美玉。象：象牙。極言車之華美。

㊿ 邅（zhān）：轉，改變。

(51) 晻（ǎn）藹：遮天蔽日的樣子。

(52) 玉鸞：以玉為飾的鸞形車鈴。

(53) 天津：天河上的渡口。

(54) 西極：西方極西之山，為閶闔之門。

(55) 翼：展開翅膀。旂（qí）：畫有龍虎的旗。

(56) 翼翼：整齊的樣子。

(57) 流沙：神話中的西北沙漠之地，沙流如水。

(58) 遵：循着。赤水：神話中的水名，出于崑崙山的東南角。容與：從容的樣子。

(59)"麾蛟龍使梁津兮"二句：意思是説指揮大大小小的龍之屬在西海上面搭橋，再告訴少皞使他渡我。麾，舉手。蛟龍，小曰蛟，大曰龍。梁津，在水上架橋。詔，告知，命令。西皇，即少皞，居于西海。涉，渡。

(60) 騰：傳告。徑待：在小路上等待。待，一作"侍"，侍奉。

(61) 不周：神話中的山名，位于崑崙山西北。

(62) 西海：神話中西方的海。期：相會合。

(63)"屯余車其千乘兮"二句：意思是説聚集起我的車子千輛，排列整齊，使它們一起飛馳，極言場面之盛大，車子之華美。屯，聚集。玉軑（dài），車轂以玉為飾。

❻❹ 婉婉：龍駕車行進時從容自如的樣子。

❻❺ 委蛇（wēi yí）：蜿蜒曲折的樣子。

❻❻ 邈邈：高遠無際的樣子。

❻❼ 《九歌》：相傳為夏禹時的樂歌。《韶》：《九韶》，相傳為舜時的樂名。

❻❽ 假日：藉日，趁着目前的時光。媮樂：娛樂。媮，同“愉”。

❻❾ 陟：升。皇：皇天。赫戲：光明的樣子。

❼⓿ 臨睨（nì）：下視。舊鄉：故鄉，這裏指楚地。

❼❶ 蜷（quán）局：拳曲，指馬匹不肯前行。

❼❷ 亂：理。在這裏是總撮其辭，作為樂章的尾聲。

❼❸ 已矣哉：歎詞，等于説罷了。

❼❹ 故都：此處指楚國的郢都。

❼❺ 彭咸：屈原所仰慕的古之賢者，但因文獻無考，其事不詳。王逸《楚辭章句》：“彭咸，殷賢大夫，諫其君不聽，自投水而死。”

　　屈原生活于戰國中後期，楚國在與秦國的一系列軍事、外交等鬥爭中，節節失利，楚、齊聯盟被破壞，楚懷王被扣留，客死秦國，以致兵挫地削，最後于公元前 278 年被秦國大將白起攻破了郢都，楚國只能苟延殘喘，直至最終滅亡。

　　楚國保存了豐富的神話。屈原作品中上天周遊、驅遣龍鳳的超凡藝術想象，就來自于這一深厚的文化土壤。屈原也是戰國時代的思想巨子，在其營構的璀璨的藝術世界中，蘊涵着熾熱的審美情感，也滲透着高度的理性精神。

《離騷》的創作背景，司馬遷在《史記·屈原列傳》中有如下記載："王怒而疏屈平。屈平疾王聽之不聰也，讒諂之蔽明也，邪曲之害公也，方正之不容也，故憂愁幽思而作《離騷》。"屈原在吳起變法之後，試圖改變楚國的現狀，受楚懷王之託，起草"憲令"，但是因為上官大夫的讒言，而遭到了懷王的疏遠。儘管司馬遷的記載因為簡略難詳而啟人疑竇，導致後世歧解紛紜，但是，以《離騷》的文本與司馬遷的記載相對照，還是大體符合的。

《離騷》主要分為兩大部分，前一部分從"帝高陽之苗裔兮"至"夫何煢獨而不予聽"，主要是帶有自敍性質的描寫。後一部分從"依前聖以節中兮"至"吾將從彭咸之所居"，主要以超現實的藝術手法，創造出了一個超現實的神話世界。《離騷》是抒情詩，但是其中穿插着女嬃詈予、重華陳辭、三次求女、靈氛占卜、巫咸降神、天上臨睨等敍事性的情節，從而使敍事更好地服務于抒情，避免了抒情的空泛性和單一化。本文節選的是《離騷》中較為典型的三個段落和最後的"亂"辭。

第一段，作者以驕傲的口吻誇耀了楚國的遠祖和自己的家世，強調自己出生于寅年寅月寅日，這是一個順天地陰陽之正的神奇美好日子。自己既有天賦異稟的內美，也重視潔身自好的修為。面對飛逝的時光，詩人感歎人生易老："汨余若將不及兮，恐年歲之不吾與"，"惟草木之零落兮，恐美人之遲暮"。兩個"恐"字，真切地表達了詩人的內心感受：一恐自己老大無成，無法實現建功立業的遠大抱負；一恐懷王年老昏聵，徹底失去除舊佈新的機遇。

第二段，作者乘雲駕龍，周歷天下，欲上訴天帝，但是受到天帝守門人的阻隔。"路曼曼其修遠兮，吾將上下而求索。"表現了勇于探索的精神。"世溷濁而不分兮，好蔽美而嫉妒。"藉此映射了楚國君亂臣貪、是非不分的現實狀況，以及自己受到排擠非毀的真實根源。

第三段，作者在崑崙西遊這一情節中，進一步展開藝術想象，營造出了一個色彩斑斕的神話世界。"言己雖升崑崙，過不周，渡西海，舞《九韶》，升天庭，據光曜，不足以解憂，猶顧視楚國，愁且思也。"（王逸《楚辭章句》）從寫法上說，神話場面渲染得越熱鬧，越快樂，愈加反襯出屈原內心的寂寥與悲哀。"陟升皇之赫戲兮，忽臨睨夫舊鄉。僕夫悲余馬懷兮，蜷局顧而不行。"這種懷戀故鄉、眷戀祖國的感情十分動人。

最後的"亂曰"，是一篇的總結之辭，"已矣哉"表達情感絕望之甚。"美政"是屈原的理想所繫，也是他上下探索、九死不悔的內在動力，但是在清醒地認識到現實中不可能實現自己的理想的情況下，"吾將從彭咸之所居"。傳說彭咸是殷時的賢大夫，諫君不聽，投水而死。這也進一步說明，屈原後來身投汨羅，是其理性選擇的結果。在藝術上，該段"亂"辭，則起到了駿馬注坡的效果。

本書引用參考書目

●────────────────────────────────────

　　本書目分為兩部分，前一部分是引用書目，翔實臚列入選諸文所依據的古籍版本（即底本），後一部分則是參考書目，擇要說明撰稿中曾參考過的當代學術著述。兩部分的細目，大體按照經史子集四部分類法編次。

《周易注疏》：〔三國魏〕王弼、〔東晉〕韓康伯注，〔唐〕孔穎達
　　等正義，中華書局 1979 年影印清阮元校刻《十三經注疏》本

《周易略例》：〔三國魏〕王弼撰，〔唐〕邢璹注，吉林大學出版社
　　1992 年影印《漢魏叢書》本

《尚書注疏》：〔西漢〕孔安國傳，〔唐〕孔穎達等正義，中華書局
　　1979 年影印清阮元校刻《十三經注疏》本

《毛詩注疏》：〔西漢〕毛公傳，〔東漢〕鄭玄箋，〔唐〕孔穎達等
　　正義，同上

《禮記注疏》：〔東漢〕鄭玄注，〔唐〕孔穎達等正義，同上

《春秋左傳注疏》：〔西晉〕杜預注，〔唐〕孔穎達等正義，同上

《春秋公羊傳注疏》：〔東漢〕何休注，〔唐〕徐彥疏，同上

《楚辭補注》：〔東漢〕王逸章句，〔北宋〕洪興祖補注，中華書局
　　1983 年版

《論語注疏》：〔三國魏〕何晏等注，〔北宋〕邢昺疏，中華書局
　　1979 年影印清阮元校刻《十三經注疏》本

《孝經注疏》：〔唐〕唐玄宗注，〔北宋〕邢昺疏，同上

《孟子注疏》：〔東漢〕趙岐注，〔北宋〕孫奭疏，同上

《四書章句集注》：〔南宋〕朱熹撰，中華書局 1983 年版

《說文解字注》：〔東漢〕許慎撰，〔清〕段玉裁注，上海古籍出版
　　社 1988 年版

《史記》：〔西漢〕司馬遷撰，〔南朝宋〕裴駰集解，〔唐〕司馬貞索隱，〔唐〕張守節正義，中華書局點校本

《漢書》：〔東漢〕班固撰，〔唐〕顏師古注，同上

《後漢書》：〔南朝宋〕范曄撰，〔唐〕李賢等注，同上

《三國志》：〔西晉〕陳壽撰，〔南朝宋〕裴松之注，同上

《晉書》：〔唐〕房玄齡等撰，同上

《舊唐書》：〔五代後晉〕劉昫等撰，同上

《新五代史》：〔北宋〕歐陽修撰，同上

《明史》：〔清〕張廷玉等撰，同上

《國語》：〔三國吳〕韋昭注，國家圖書館出版社 2006 年《中華再造善本》影印宋刻宋元遞修本

《戰國策》：〔西漢〕劉向集錄，上海古籍出版社 1985 年版

《貞觀政要》：〔唐〕吳兢撰，〔元〕戈直集注，商務印書館 1934 年《四部叢刊續編》影明本

《史通通釋》：〔唐〕劉知幾撰，〔清〕浦起龍通釋，王煦華校點，上海古籍出版社 1978 年版

《讀通鑑論》：〔清〕王夫之撰，舒士彥點校，中華書局 1975 年版

《疇人傳》：〔清〕阮元等撰，中華書局 2011 年重印《叢書集成初編》本

《文史通義校注》：〔清〕章學誠撰，葉瑛校注，中華書局 1985 年版

《荀子集解》：〔清〕王先謙撰，中華書局 1986 年重印《諸子集成》本

《張載集》：〔北宋〕張載撰，中華書局 2014 年版

《傳習錄》：〔明〕王守仁撰，中華書局 2015 年《王文成公全書》本

《十一家注孫子校理（增訂本）》：〔三國魏〕曹操等注，楊丙安校理，中華書局 1999 年版

《管子》：〔唐〕房玄齡注，商務印書館 1919 年《四部叢刊》影宋本

《商君書》：〔清〕嚴萬里校，中華書局 1986 年重印《諸子集成》本

《韓非子集解》：〔清〕王先謙撰，中華書局 1986 年重印《諸子集成》本

《齊民要術校釋》：〔北朝魏〕賈思勰撰，繆啟愉校釋，中國農業出版社 1998 年版

《黃帝內經素問》：〔唐〕王冰注，〔北宋〕林億等校正，人民衛生出版社 2012 年版

《幾何原本》：〔意大利〕利瑪竇譯，〔明〕徐光啟記，王紅霞點校，上海古籍出版社 2011 年《徐光啟全集》本

《天演論》：〔英〕赫胥黎撰，〔近代〕嚴復譯，商務印書館 1981 年版

《墨子閒詁》：〔清〕孫詒讓撰，孫以楷點校，中華書局 1986 年版

《呂氏春秋》：〔東漢〕高誘注，中華書局 1986 年重印《諸子集成》本

《論衡校釋》：〔東漢〕王充撰，黃暉校釋，中華書局 1990 年版

《顏氏家訓集解（增補本）》：〔北朝齊〕顏之推撰，王利器集解，中華書局 1993 年版

《日知錄集釋》：〔清〕顧炎武撰，〔清〕黃汝成集釋，欒保群、呂宗力校點，上海古籍出版社 2006 年版

《老子注》：〔三國魏〕王弼注，中華書局 1986 年重印《諸子集成》本

《莊子集釋》：〔清〕郭慶藩撰，王孝魚點校，中華書局 1961 年版

《莊子注疏》：〔西晉〕郭象注，〔唐〕成玄英疏，曹礎基、黃蘭發整理，中華書局 2011 年版

《陶淵明集箋注》：〔東晉〕陶淵明撰，袁行霈箋注，中華書局 2003 年版

《陸贄集》：〔唐〕陸贄撰，中華書局 2006 年版

《韓昌黎文集校注》：〔唐〕韓愈撰，馬其昶校注，上海古籍出版社 1986 年版

《柳宗元集》：〔唐〕柳宗元撰，中華書局 1979 年版

《樊川文集》：〔唐〕杜牧撰，陳允吉校點，上海古籍出版社 1978 年版

《王黃州小畜集》：〔北宋〕王禹偁撰，國家圖書館出版社 2006 年《中華再造善本》影印宋刻本

《范文正公集》：〔北宋〕范仲淹撰，中華書局 1984 年《古逸叢書三編》影印宋刻本

《嘉祐集箋注》：〔北宋〕蘇洵撰，曾棗莊、金成禮箋注，上海古籍出版社 1993 年版

《歐陽修全集》：〔北宋〕歐陽修撰，李逸安點校，中華書局 2001 年版

《元公周先生濂溪集》：〔北宋〕周敦頤撰，國家圖書館出版社 2006 年《中華再造善本》影印宋刻本

《溫國文正司馬公文集》：〔北宋〕司馬光撰，商務印書館 1919 年《四部叢刊》影印宋刻本

《臨川先生文集》：〔北宋〕王安石撰，國家圖書館出版社 2006 年《中華再造善本》影印宋刻元明遞修本

《蘇軾文集》：〔北宋〕蘇軾撰，孔凡禮點校，中華書局 1986 年版

《文山先生全集》：〔南宋〕文天祥撰，商務印書館 1919 年《四部叢刊》影印明刻本

《遺山先生文集》：〔金〕元好問撰，同上

《伯牙琴》：〔元〕鄧牧撰，清鮑廷博輯刻《知不足齋叢書》（第十一集）本

《宋學士文集》：〔明〕宋濂撰，商務印書館 1919 年《四部叢刊》影印明刻本

《宗子相集》：〔明〕宗臣撰，上海古籍出版社影印文淵閣《四庫全書》本

《七錄齋詩文合集》：〔明〕張溥撰，上海古籍出版社《續修四庫全書》影印明刻本

《夏完淳集箋校》：〔明〕夏完淳撰，白堅箋校，上海古籍出版社 1991 年版

《黃宗羲全集》：〔清〕黃宗羲撰，浙江古籍出版社 2005 年版

《方望溪先生全集》：〔清〕方苞撰，商務印書館 1919 年《四部叢刊》影印清刻本

《汪容甫文箋》：〔清〕汪中撰，古直選注，人民文學出版社 1958 年版

《龔定盦全集》：〔清〕龔自珍撰，清光緒萬本書堂刻本

《曾文正公文集》：〔清〕曾國藩撰，商務印書館 1919 年《四部叢刊》影印清刻本

《魏源全集》：〔清〕魏源撰，岳麓書社 2005 年版

《嚴復集》：〔近代〕嚴復撰，王栻主編，中華書局 1986 年版

《飲冰室合集》：〔近代〕梁啟超撰，中華書局 2015 年版

《文選》：〔南朝梁〕蕭統編，〔唐〕李善注，中華書局 1977 年影印清胡克家刻本

《六臣注文選》：〔南朝梁〕蕭統編，〔唐〕李善、呂延濟、劉良、張銑、呂向、李周翰注，中華書局 2012 年影印《四部叢刊》宋刻本

《周易譯注》：黃壽祺、張善文撰，上海古籍出版社 2004 年版

《周易譯注》：周振甫譯注，中華書局 1991 年版

《尚書校釋譯論》：顧頡剛、劉起釪著，中華書局 2005 年版

《白話尚書》：周秉鈞譯注，岳麓書社 1996 年版

《詩經譯注》：周振甫譯注，中華書局 2002 年版

《禮記譯解》：王文錦著，中華書局 2001 年版

《春秋左傳注（修訂本）》：楊伯峻編著，中華書局 1990 年版

《左氏會箋》：〔日〕竹添光鴻著，巴蜀書社 2008 年版

《春秋公羊學講疏》：段熙仲著，南京師範大學出版社 2003 年版

《論語本解（修訂版）》：孫欽善著，三聯書店 2013 年版

《論語譯注》：楊伯峻譯注，中華書局 2009 年版

《孟子譯注》：楊伯峻譯注，同上

《孟子研究》：董洪利著，江蘇古籍出版社 1997 年版

《史記會注考證》：〔日〕瀧川資言考證，〔日〕水澤利忠校補，上海古籍出版社 1986 年版

《史記斠證》：王叔岷著，中華書局 2007 年版

《國語集解》：徐元誥集解，中華書局 2002 年版

《戰國策集注彙考》：諸祖耿著，江蘇古籍出版社 1985 年版

《管子集校》：郭沫若、聞一多、許維遹撰，科學出版社 1956 年版

《管子校注》：黎翔鳳校注，中華書局 2004 年版

《商君書錐指》：蔣禮鴻撰，中華書局 1986 年版

《傳習錄注疏》：鄧艾民注，上海古籍出版社 2012 年版

《孫子譯注》：李零譯注，中華書局 2009 年版

《論衡校讀箋識》：馬宗霍著，中華書局 2010 年版

《老子道德經注》：〔三國魏〕王弼注，樓宇烈校釋，中華書局
　　2008 年版

《老子注譯及評介》：陳鼓應著，中華書局 2006 年版

《帛書老子校注》：高明校注，中華書局 1996 年版

《屈原集校注》：金開誠、董洪利、高路明校注，中華書局 1996 年版

《王弼集校釋》：樓宇烈校釋，中華書局 1980 年版

《呂氏春秋注疏》：王利器著，巴蜀書社 2002 年版

《觀堂集林》：王國維著，中華書局 1959 年版

《説文解字通論》：陸宗達著，中華書局 2015 年版

《黃帝內經研究大成》：王洪圖總主編，北京出版社 1997 年版

《國故論衡疏證》：章太炎撰，龐俊、郭誠永疏證，中華書局
　　2008 年版

《先秦文學史參考資料》：北京大學中國文學史教研室選注，中華書
　　局 1962 年版

《兩漢文學史參考資料》：同上

《魏晉南北朝文學史參考資料》：同上

《中國通史參考資料（古代部分第一至二冊）》：何茲全主編，中華書局 1962 年版

《中國通史參考資料（古代部分第三冊）》：唐長孺主編，中華書局 1965 年版

《中國通史參考資料（古代部分第四冊）》：董家遵主編，中華書局 1965 年版

《中國通史參考資料（古代部分第五冊）》：鄧廣銘主編，中華書局 1982 年版

《中國哲學史資料選輯（魏晉隋唐之部）》：中國社會科學院哲學研究所中國哲學史研究室編，中華書局 1982 年版

《中國哲學史資料選輯（宋元明之部）》：中國社會科學院哲學研究所中國哲學史研究室編，中華書局 1982 年版

《中國哲學史教學資料選輯》：北京大學哲學系中國哲學史教研室選注，中華書局 1981 年版

《周易古史觀》：胡樸安著，上海古籍出版社 2005 年版

《尚書學史（訂補本）》：劉起釪著，中華書局 1996 年版

《春秋學史》：趙伯雄著，山東教育出版社 2004 年版

《王禹偁事跡著作編年》：徐規著，商務印書館 2003 年版

《中國思想通史》：侯外廬主編，人民出版社 1960 年版

《宋明理學》：陳來著，華東師範大學出版社 2004 年版

《中國近世思想史研究》：陳來著，三聯書店 2010 年版

後記

2015年春李克強總理在國務院參事、中央文史館館員座談會上，倡議編纂一部關于中國傳統文化的文選，這個倡議得到館員們熱烈的響應。參事室黨組將這項工作確定為當年的重點工作，召集館員和館外專家就此進行深入研討，並迅速成立了組委會和館內外專家共同組成的編委會。

編委會確定了選文的範圍、讀者對象、時限、體例等等。經過會上和會下的反復研究，最終確定了101篇作品。

此後，編委們指定了一些助理，這些助理都有博士學位，他們在編委的指導下起草初稿，編委審閱後，主編和副主編再逐字逐句地反復修改，最後由主編會議定稿。承擔出版任務的中華書局接到稿件後，又認真加以審校，連同編委和主編，本書前後共經九審三校才付印。

所選文章的內容不僅包括哲學、社會科學，還涉及科學技術、中外關係、軍事思想等諸多領域，尤其注重那些關乎修身立德、治國理政、申張大義、嫉惡刺邪，以及親情倫理的傳世佳作。

前人的文選中流行較廣的《古文觀止》編成于康熙三十四年（1695年），是為當時的學童編纂的帶有啟蒙性的讀物，所選文章到明代為止。《古文辭類纂》編成于乾隆四十四年（1779年），選文以唐宋八大家為主，代表桐城派古文學家的觀點。《經史百家雜鈔》編成于咸豐十年（1860年），所選文章絕大部分都是宋以前的，明代以後只有兩篇清人的文章。就《經史百家雜鈔》而言，從編成至今已經超過一個半世紀。這段時間，中國和世界都發生了巨變，需要一部新的文選，以當代的眼光，汲取傳統文化的精華，藉以育人、資政。此書選文截止到1911年，不僅彌補了前人選本之所缺，而且我們注意到，在這段時間里出現了不少面向世界、倡導改革的文章。我們從中選了若干今天讀來仍有現實意義的文章，如徐光啟的《幾何原本序》、《明史·鄭和傳》、嚴復的《原強》等。本書中有一些以往選本忽略的作品，如司馬遷的《史記·貨殖列傳序》、班固的《漢書·張騫傳》、阮元的《疇人傳序》等。當然，我們並沒有忽視那些歷來受到重視的文章，如《尚書》入選三篇，《詩經》入選四篇，《老子》入選九章，《論語》入選二十六章。唐宋古文家的作品也入選不少。

我們力圖用當代人的眼光重新審視傳統文化，對選文加以新的闡釋，啟發讀者從中汲取古人的智慧和歷史的經驗，以加深對中國特色的認識。我們既立足于現實的需要，追求學術的高水準，又堅守學術的規範，並兼顧讀者的需要，對每一篇文章都做了詳細的注釋和解說。在當前流行淺閱讀和碎片化閱讀的局面下，尤其需要提倡和幫助讀者潛心閱讀原典，全面理解中華文化的精髓。

編纂助理共 12 人，他們是王賀、方韜、申祖勝、冷衛國、張麗娟、張芬、張志勇、張國旺、林嵩、凌麗君、袁媛、曾祥波，特此向他們表示感謝。

限于我們的水平，書中定有疏漏謬誤之處，誠懇歡迎讀者批評指正。

袁行霈

2016 年 8 月 30 日

中華傳統文化
經典百篇

先 秦 時 期

責任編輯：陳思思　阿　桶

封面設計：高　林

排　　版：時　潔

印　　務：林佳年

主編　　袁行霈　王仲偉　陳進玉

編纂　　國務院參事室　中央文史研究館

出版　　中華書局（香港）有限公司
　　　　香港北角英皇道 499 號北角工業大廈一樓 B
　　　　電話：（852）2137 2338　傳真：（852）2713 8202
　　　　電子郵件：info@chunghwabook.com.hk
　　　　網址：http://www.chunghwabook.com.hk

發行　　香港聯合書刊物流有限公司
　　　　香港新界大埔汀麗路 36 號
　　　　中華商務印刷大廈 3 字樓
　　　　電話：（852）2150 2100　傳真：（852）2407 3062
　　　　電子郵件：info@suplogistics.com.hk

印刷　　美雅印刷製本有限公司
　　　　香港觀塘榮業街 6 號海濱工業大廈 4 樓 A 室

版次　　2017 年 5 月初版
　　　　© 2017 中華書局（香港）有限公司

規格　　16 開（230mm×160mm）

ISBN　　978-988-8463-58-9

本書繁體字版由中華書局（北京）有限公司授權出版。